grafit

Dieses Buch ist ein Roman. Handlungen und Personen sind frei erfunden.
Ähnlichkeiten mit lebenden oder toten Personen sind nicht gewollt
und rein zufällig.

Bibliografische Information der Deutschen Nationalbibliothek
Die Deutsche Nationalbibliothek verzeichnet diese Publikation
in der Deutschen Nationalbibliografie; detaillierte bibliografische Daten
sind im Internet über http://dnb.d-nb.de abrufbar.

MIX
Papier | Fördert gute Waldnutzung
FSC® C083411

Cäcilienstraße 48, D-50667 Köln
Internet: http://www.grafit.de
E-Mail: info@grafit.de

Dieses Werk wurde vermittelt durch connACT lit.agency GmbH, Köln.
Umschlaggestaltung: finken & bumiller | buchgestaltung und grafikdesign
unter Verwendung des Bildmotivs shutterstock.com/fran_kie
Gestaltung Innenteil: DÜDE Satz und Grafik, Odenthal
Lektorat: Nadine Buranaseda, typo18, Bornheim
Druck und Bindearbeiten: CPI – Clausen & Bosse, Leck
ISBN 978-3-98659-017-8
1. Auflage 2023

Ingo Bartsch

Ein Mord – drei Tote

Kriminalroman

grafit

Ingo Bartsch wurde 1980 in Kassel geboren und arbeitete lange als Journalist, Redakteur und Texter im Rhein-Main-Gebiet. Inzwischen hat er auf Sozialarbeiter umgeschult und leitet ein inklusives Wohnprojekt. Mit seinen schwarzhumorigen Erzählungen und Romanen ist er seit Jahren auf Lesebühnen quer durch die Republik zu hören. Bartsch ist Mitveranstalter der Mainzer Lesebühne *die Leselampe* und lebt mit seiner Frau und drei Töchtern in Mainz.

Für Sarah

1

»Natürlich gibt es wichtige Anrufe, Adam. Wenn Sie in jeder Sitzung angerufen werden und es nicht für nötig halten, Ihr Smartphone auf lautlos zu stellen, nein, Adam, so etwas kann man ein Mal vergessen, vielleicht ein zweites Mal, aber niemals … Wie dem auch sei, wenn Sie mit solch einer Gleichgültigkeit, ich muss sagen, Respektlosigkeit auftreten, Adam, also wenn Sie hier so auftreten, dann komme ich in Versuchung, Ihre Haltung zu spiegeln, und ich kann Ihnen garantieren, dass wir so keinesfalls in eine wertschätzende Interaktion treten können, um noch einmal die Frage aufzuwerfen, ob nicht ein Ortswechsel für Sie …«

»Vergessen.«

»Wie bitte?«

»Ich habe vergessen, mein Handy lautlos zu stellen. Tatsächlich schon wieder. Zum vierten Mal in Folge, ich weiß. Es muss absurd für Sie klingen und es tut mir leid, Angela …«

Angela Bertermann, die mit übereinandergeschlagenen Beinen dasitzt, umgreift mit den Händen ein Knie und kippt etwas nach vorn auf Götzki zu. Sie kündigt damit an, dass sie ihm jetzt etwas besonders eindringlich mitteilen möchte, dass das, was sie gesagt hat und in wenigen Sekunden wiederholen wird, wirklich wichtig ist und sie durchaus verstehen kann, wenn er etwas nicht sofort begreift, so wie eben, als sie es normal sitzend erklärt hat. Sie sieht ihn mit aufdringlicher Milde an und nickt dazu in Zeitlupe.

»Zum fünften Mal, Adam, ich glaube Ihnen nicht. Ich sage Ihnen das ganz offen. Sie wissen, dass ich Sie vorgezogen habe. Auf Ihrem Stuhl könnte in diesem Augenblick eine verzweifelte Studentin sitzen, die diese Therapiesitzung nötig hat. Sie können an jedem anderen Ort erreichbar sein, Adam, und an den wenigsten Orten wird man sich nicht von Ihnen ernst genommen fühlen, wenn Ihr Smartphone klingelt.«

»Angela«, beginnt Götzki und wird von seinem Telefon unterbrochen. Zerrt es aus der Hosentasche. Wie in einem Albtraum hilft alles Wischen und Tippen nichts, es klingelt einfach weiter. Wieder Ludwig Höhner. Warum?

»Ich werde das jetzt aushalten, Adam.« Angela spießt ihn unbeirrt mit ihrem sanftmütigen Todesblick auf.

Götzki bricht der Schweiß aus. Seine Finger verwandeln sich in knochenlose, zitternde Würmer. Er hört den Aufprall des Smartphones auf dem Fußboden als fernes Echo, eine Fülle von Klängen, ein buntes Klirren. Jemand rollt einen großen Stein vor den Eingang seiner Luftröhre. Ein Rollladen wird heruntergelassen, ein Trommelwirbel direkt am Trommelfell. Sein ganzer Körper, als würden zwei riesige Hände ihn zerknüllen wie ein Blatt Papier.

»Bitte bleiben Sie sitzen, Adam, ich hebe das für Sie auf.«

Kurz bevor es zu spät ist, wird der Stein gesprengt und der Rollladen nach oben gerissen. Götzki nimmt dankbar die staubsatte Zimmerluft auf.

Und atmet aus. Durch den Mund. Macht sich ganz leer. Und wieder ein. Durch die Nase. Öffnet Herz und Brustraum.

»Letzte Woche, irgendwo in der rheinhessischen Provinz. Dem Gutachter zufolge war er mit knapp zweihundert Sachen unterwegs. Ein Traktor bog aus dem Feldweg. Er war zu schnell, konnte weder ausweichen noch bremsen. War sofort tot.«

Götzki fehlen das Ende der Therapiesitzung und der Weg zu Höhner ins BKA. Er würde gerne wissen, ob er mit den Öffentlichen oder dem Auto gekommen ist. Kann aber niemanden fragen. Das Auto könnte irgendwo in der Umgebung stehen. Oder vor der Praxis in Kleinmachnow, fünfundzwanzig Kilometer weit weg. Ist ihm schon mal passiert, Pkw während einer Erinnerungslücke abgestellt und dann stundenlang gesucht.

»Ein Bein von ihm lag über hundert Meter von der Unfallstelle entfernt. Das war so 'n kleiner Traktor, mit denen die dort zwischen den Weinreben rumfahren. Die Dinger sind mickrig, nicht zu vergleichen mit richtigen Traktoren. Was meinst du?«

»Zu dem Traktor?« Tief einatmen, durch die Nase.

»Nein, zu der frei gewordenen Stelle beim Landeskriminalamt Rheinland-Pfalz. Der Mann war Operativer Fallanalyst. Wie du.«

Ausatmen. Nabel einsaugen. Götzki geht einmal die Woche zum Yoga, Empfehlung von Angela. Er liebt die Atemtechnik. Hätte es gerne ohne besonderen Anlass entdeckt, in etwa so, wie er während seines Psychologiestudiums übers Schachspielen gestolpert ist oder wie er vor zehn Jahren so beiläufig wie versehentlich zum Squash kam. Beides geht im Augenblick nicht. Seine Konzentration ist wie ein Zug, auf dessen Strecke plötzlich Schienen fehlen. Nimmt Fahrt auf, fährt stabil, auf einmal Entgleisung und aus.

»In dieser psychischen Ausnahmesituation und dann deine Verfolgungsgedanken. Mal für eine Weile raus aus Berlin. Das ist eine Chance.«

»Ich bin in keiner Ausnahmesituation. Und das, was du Verfolgungsgedanken nennst, sind ganz nüchterne Beobachtungen – nett übrigens, dass du nicht von Wahn sprichst. Habe ich dir schon von der Ratte an meinem Rückspiegel berichtet? Der toten Ratte? Am Schwanz aufgehängt, mit einem Haargummi befestigt? Glaubst du, ich hänge mir selbst so eine Deko ins Auto, Ludwig?«

Höhner, ein Knie umklammernd, kippt auf Götzki zu. Bei ihm eine Geste der Beschwichtigung. »Natürlich nicht, Adam, das war mehr so … falsch ausgedrückt. Man könnte eher sagen, dass es Wahnsinn ist, dass du in Berlin unter diesen Bedingungen leben musst.«

»Als würde ich bei meiner Therapeutin sitzen.«

»Du sagst selbst, dass deine Therapeutin einen Ortswechsel vorschlägt. Warum bist du nicht einfach froh über eine solche Gelegenheit?«

»Hatte ich meinen Autoschlüssel in der Hand?«

»Wie bitte?« Ludwig Höhner nimmt seine Brille ab, als könnte er den Sinn dieser Frage ohne Brille begreifen.

»Schon gut. Jedenfalls möchte ich nicht nach Mainz gehen. Ich habe gar keine Vorstellung von dieser Stadt. Was soll ich dort?«

»Du warst oft genug in Wiesbaden. Mainz liegt direkt daneben.«

»Ist mir nie aufgefallen.«

Ludwig Höhner steht auf, dreht sich um, läuft zum Fenster. Götzki verfolgt die Bewegung des athletischen Methusalemkörpers. Sehnige Muskulosität, die das weiße Hemd verbeult, aber nicht aufbläht. Leuchtend weiße Haarwellen, die sich Richtung Nacken stürzen. Körperhaltung wie ein Fahnenmast. Ein Vorbild. So möchte Götzki auch aussehen mit ... Wie alt ist Ludwig? Zweiundsechzig? Achtzig? Einundfünfzig? Pfeifenraucher – bis wann haben sich Männer dieses spezielle Laster noch zugelegt? Ludwig darf hier drin nicht rauchen, auch nicht Pfeife, auch nicht am offenen Fenster, auch nicht nur hin und wieder. Götzki erinnert sich an Ludwigs emotionale Rede im kleinen Kreis zum fünfundzwanzigjährigen Dienstjubiläum des Brandschutzbeauftragten. Sein Langzeitgedächtnis funktioniert wie ein robuster alter PC mit pedantisch aufgeräumtem Diskettenarchiv. »Du trägst eine enorme Verantwortung, Peter, und beschützt uns still und unbemerkt wie ein sorgender Vater seine schlafenden Kinder. Für mich bist du ein leiser Held, lieber Peter.«

Konzentriert saugt Ludwig die Flamme in den Pfeifenkopf, gibt Paff- und Schmauchgeräusche von sich, dazu ein »Hm«. Er nimmt den Rauch auf, natürlich nicht auf Lunge. Er quillt wie eine weiße Tintenfischwolke aus seinem Mund. Aus diesem Nebel spricht er zu Götzki.

»Der Chef des rheinland-pfälzischen LKA ist ein alter Freund von mir noch aus Bundeswehrzeiten. Ein feiner Kerl. Manchmal etwas steif im Auftreten. Dafür unkompliziert in der Zusammenarbeit, das kannst du mir glauben. Ich habe ihm von dir erzählt, auch, was du geleistet hast und welch ein begnadeter Analytiker du bist, und er sagte: ›Alles klar, schick mir den Mann.‹«

»Schön, Ludwig. Und woran arbeite ich in Rheinland-Pfalz? Obstdiebstahl? Ist nicht Rheinland-Pfalz das Bundesland ohne Großstädte?«

»Bitte, Adam, diesen Zynismus hast du nicht nötig. Selbstverständlich Operative Fallanalyse. Im Augenblick sind sie dort hinter der Autoteilemafia her, da kann er dich gut gebrauchen. Das ist die perfekte Wiedereingliederung. Freundliche Provinz. Verbrechen ohne Entführung, Folter und Vergewaltigung. Und wenn wir feststellen, dass du vierzig Stunden konzentriert arbeiten kannst, steigst du wieder bei uns ein.«

»Autoteilemafia.«

»Die bauen Lenkräder und Navigationssysteme aus hochwertigen Autos aus und …«

»Das ist mir klar.«

»Sie können jemanden mit deinem Verstand und deiner Fachkompetenz passgenau einsetzen. Übrigens alles topkompetente Leute, Vollprofis.«

»Was ist mit meiner Tochter?«

Höhner dreht sich zurück, legt Götzki eine Hand auf die Schulter. »Ich habe persönlich dafür gesorgt, dass sie beschützt wird. Diskret und effektiv, rund um die Uhr. Bis wir wissen, wer dir nachstellt.«

Götzki kaut auf der Unterlippe herum. Eine noch recht junge schlechte Angewohnheit.

»Mainz …«, murmelt er. »Absurder Gedanke.«

»Adam, du bist einer der Besten, und zwar aufgrund deiner Offenheit. Du hast dir alles angesehen, alles in Betracht gezogen, jeder noch so absurden Option eine Chance gegeben. Das war deine Art, die Arbeit des BKA immer dann voranzubringen, wenn es nicht weiterzugehen schien. Alle sind sie an dem Weg vorbeigelaufen, ohne ihn zu sehen, oder haben ihn für eine Sackgasse gehalten. Und du? Du bist abgebogen und hast die Tür gefunden, mit der niemand gerechnet hat. Du hast auf das Unglaubliche spekuliert und recht gehabt. Warum sollte das nicht in deinem Privatleben funktionieren?«

»Ich behaupte nicht, dass das kein Weg ist, den du mir eröffnen möchtest. Allerdings führt dieser Weg in einen Abgrund. Und ich befinde mich schon in einem, aus dem ich gerade versuche rauszuklettern.«

»Bei allem Respekt vor deiner Situation, Adam, aber findest du deine derzeitige Grundeinstellung nicht etwas negativ?«

Götzki steht auf. Besser das Gespräch abbrechen. Die Sache mit seinem Transportmittel macht ihn nervös. Er grübelt. Den Autoschlüssel ertastet er in der rechten Sakkotasche. Als Linkshänder verschließt er den Wagen grundsätzlich mit links und steckt den Schlüssel in die linke Tasche. Bedeutet dieses Detail, dass er ohne Wagen gekommen ist? Vielleicht ist ihm der Schlüssel runtergefallen und er hat ihn mit rechts aufgehoben. Schließlich lässt er öfter Dinge fallen, weil sich seine kräftigen Hände mit den langen Fingern urplötzlich in leere Gummihandschuhe verwandeln.

»Du gehst? Adam, versprich mir, dich ernsthaft damit zu befassen.«

Sein Mund klappt auf, er starrt Höhner an. »Befassen? Womit?«

Höhner lacht sein Golfplatzlachen, gebleacht-kraftstrotzendes Gebiss, umrahmt von einer Altersbräune, die schimmert wie teures Leder. »Du und dein finsterer Humor! Bruno sagt, es ist wichtig, dass du dich innerhalb der nächsten Woche entscheidest. Scheint da intern Leute zu geben, die schon nach der freien Stelle geifern. Pietätlos, wenn du mich fragst. Der arme Kerl ist gestern erst beerdigt worden.«

»Jetzt stehen etliche Grablichter und Kuscheltiere vor der Tür und auf dem Fußabtreter liegen Kondolenzkarten. Deswegen verlässt sie die Wohnung nicht mehr. Sie sagt, sie will nicht an den Tod erinnert werden, wenn sie den Müll rausträgt oder den Briefkasten leert oder einkaufen geht.«

»Warum steht denn von dem Zeug so viel dort rum?«

Sich selbst fragt er: Warum stehe ich hier rum und weiß nicht, wie ich hergekommen bin?

»Die tote Nachbarin war wohl sehr beliebt bei den anderen Leuten im Haus. Mama hat sich ja nie integriert, deshalb erinnern die Sachen sie nicht an die alte Frau, sondern an ihren eigenen Tod.«

»Guter Gedanke. Also, nicht die Todesangst deiner Mutter, sondern deine Ursachenanalyse.« Götzki spürt väterlichen Stolz. »Gehst du heute zu ihr?«

»Morgen wieder. Im Moment jeden zweiten Tag. Ich würde gerne jemanden fragen, ob die Sachen entfernt werden können. Die Frau ist schon seit einigen Tagen tot. Aber an wen soll ich mich wenden? Es ist ja nicht eine einzelne Person für diese Deko verantwortlich.«

»Gibt es nicht eine Hausverwaltung oder so was?«

»Nein. Nur einen alten Mann, der kein Wort Deutsch spricht. Mama will nichts mit ihm zu tun haben, ich soll ihn auf keinen Fall ansprechen. Er ist ein untergetauchter serbischer Kriegsverbrecher, behauptet sie.«

Maja wiederum ist eine strahlende, fröhliche Elfe, die durch eine graue, stinkende, apokalyptische Welt tanzt. Es fiel Götzki zum ersten Mal auf, als er begriff, wie grau und stinkend und blutverschmiert und giftig und bedrückend diese Welt sein kann. Seither bewundert er dieses Kind, hervorgegangen aus der Vereinigung zweier Menschen, die inzwischen mehr oder weniger Wracks sind, demolierte Seelen, stotternde und funkensprühende Gehirne.

»Ich frage mich, woher sie immer diese Geschichten holt. Untergetauchter Kriegsverbrecher. Kameras in Vogelhäuschen. Spionagesoftware in Küchengeräten.«

»Facebook«, sagt Maja und rollt die blauen Augen, die sie eindeutig von ihrer Mutter hat. »Deshalb muss dieses Zeug im Treppenhaus verschwinden, damit sie wieder vor die Tür geht und an der Realität teilnimmt.«

Götzki nickt lächelnd, als könnte er sich das erlauben. Dabei ist er nicht besser als seine Ex, sofern überhaupt von gut die Rede sein kann. Er ist ebenfalls umgeben von täuschend echten Thrillergeschichten und flüsternden Schatten. Fühlt sich ständig beobachtet und verfolgt. Allerdings näher an der Realität als Katha, nah bis zur Greifbarkeit. Manchmal kann er die Verfolgung tatsächlich anfassen, kann sie aufheben und betrachten. So wie die Patronenhülse, die gestern neben seinem Wagen die Abendsonne reflektiert hat. Jetzt ertastet er ihre Form durch den Stoff seiner Hosentasche. Vollkommen real. Wie soll er Maja nur beibringen, dass er Berlin verlassen muss?

»Guck mal, wer heute für uns vorkocht.«

Sie hält ihm ihr Tablet hin. Eine strahlende Mittzwanzigerin im Dead-Kennedys-Tanktop mit Pferdeschwanz und einer Brille, die irgendwie antik aussieht. *Hi, ihr Lieben! Wenn ihr achtsam und wertschätzend mit euch selbst umgehen wollt, empfehle ich euch, schon beim Essen darauf zu achten. Wie euch die Healthy-you-Produkte von* b-care *dabei unterstützen können, verrate ich euch am Ende des Videos oder klickt einfach auf den Link unten. Ich habe euch heute eines meiner Lieblingsrezepte mitgebracht und ich schwöre, in nicht einmal zwanzig Minuten habt ihr ein superleckeres, megabekömmliches …*

»Ihr Vorwort dauert also länger als die Zubereitung«, stellt Götzki fest.

»Chill, Papa. Du musst dir das nicht geben. Hauptsache, du isst es. Wie oft hattest du diese Woche Döner?«

»Dreimal nur.«

»Wir haben Donnerstag.«

Jeden Tag Junkfood. Jede Nacht Sodbrennen. Gelbe-Säcke-weise Styroporboxen und Plastiktüten. Natürlich sieht es aus, als würde er sich gehen lassen. Dabei ist es nur sicherer, die Straße runter- und zehn Minuten später mit einem fertigen Mittagessen wieder raufzugehen, als hungrig vor einem Haufen guter Kochabsichten zu stehen und vor lauter Kopfweh und Konzentrationsstörungen nicht mal einen Topf auf den Herd zu stellen.

»Wer ist die Dame, die unser Essen vorkocht?«

»Eine Influencerin. Sie gibt Tipps, wie man ohne viel Geld und mit kleinem Aufwand einen gesunden und klimafreundlichen Lifestyle haben kann. Echt gut. Ich schicke dir den Link. Am besten, du abonnierst ihren YouTube-Kanal. Das wäre safe was für dich, sie hat unter anderem unglaublich viele Yogaroutinen für Anfänger*innen.«

Das Gendersternchen hallt noch in seinem Kopf nach, da vibriert schon sein Smartphone. Er würde auch gerne so konsequent gendern. Hat ein paarmal in Gesprächen versucht, es ganz einfach zu tun, und festgestellt, dass er sich aufgrund kurzer, irritierter Blicke von Vertreter*innen der althergebrachten Mehrzahlbildung fühlte wie jemand, der zur Konversation laut gefurzt hat. Und so traut er sich meist selbst in Gegenwart seiner fortschrittlichen Tochter nicht. Bloß wenn er Vorträge hält im Job, wenn er vorm Team in ungehindert fließender Rede die Ergebnisse seiner an Ausdauerdenksport grenzenden Arbeit präsentiert, dann spricht Götzki wie selbstverständlich von Täter*innen, Zeug*innen, Kolleg*innen.

»Bist du noch auf zehn Stunden? Woran arbeitest du gerade?«

»Ja, mehr als zehn will Ludwig mir nicht geben. Ich habe ein paar Cold Cases, die ich mir ansehen soll. Ist eher Beschäftigungstherapie. Ich schnüffele in der Zeit herum, in der deine Großeltern kaum älter waren als du jetzt. Mein jüngster Fall ist ein Leichenfund von 1979, der mit der RAF in Verbindung gebracht wird.«

»Hört sich doch spannend an.«

»Lass es mich so ausdrücken: Weder Kinderpornoringe noch kriminelle Clans oder die mexikanischen Drogenkartelle, die sich gerade bei uns ausbreiten, setzen personelle Ressourcen ein, um sich mit spannenden alten Angelegenheiten zu befassen.«

»Schon klar. Aber es tut dir sicher gut, nach deinem Burn-out eine Weile Pause zu machen. Wie lief deine letzte Therapiesitzung?«

»Wie immer, wir haben viel geredet, viel reflektiert, weißt du?«

Das ist die Version für Familie und Freundeskreis: Diagnose Burn-out, daher Arbeitszeitreduzierung und eine sinnvoll dosierte Anzahl psychotherapeutischer Sitzungen. Begriffe wie Verfolgung, Angstattacken, Gedächtnisverlust, Kreislaufzusammenbrüche, Nachtschweiß gehören nicht dazu.

Der nachtragende Mann, der Götzki seit Monaten in solcher Weise zusetzt – mutmaßlich, nicht nachweislich –, bewahrte seine Familie ebenfalls vor Wissen, das sie (Frau, zwei Töchter, ein Sohn) bloß beunruhigt hätte, mindestens beunruhigt, wenn nicht erschüttert und verängstigt. Lev Mammadov. Ein freundlicher Berliner Autohändler, der Gebrauchtwagen nach Russland exportiert und ein gehobenes Spießbürgerdasein gefristet hatte bis hin zum Posten des stellvertretenden Vorsitzenden des Schulelternbeirats am Privatgymnasium seiner ältesten Tochter.

Mammadovs zweite Tochter und sein Sohn waren noch im Grundschulalter, als seine Kollegen auf diesen nie auffällig gewordenen Menschen stießen, und zwar weil Götzki zwei Dutzend Ermittlungsschritte vorher einer Tätowierung auf dem Unterarm eines per Kopfschuss von hinten Hingerichteten unterstellt hatte, nicht die offensichtliche Spur ins Rockermilieu zu sein, nach der sie so sehr aussah, sondern eine Finte, die von dem eigentlichen Mörder und seinen Beweggründen ablenken sollte. Die Verbindung war schließlich der Freund eines Cousins des Getöteten. Der vermietete ein umzäuntes Grundstück an einen Beauftragten Mammadovs. Darauf lagerten die gebrauchten Pkw zwischen, die der Händler Lkw-weise in sein Geburtsland verfrachtete. Als man dem Namen Lev Mammadov begegnete, wurde der unbescholtene Autohändler zunächst nur zu einer weiteren Person in einem Pulk, ein Niemand mit halbseidenen Zufallsbekanntschaften, ein kleiner Punkt in einem Gewimmel.

Höhner höchstpersönlich erkundigte sich damals wiederholt bei Götzki, wie lange er noch aufgrund einer kühnen These Daten anzuhäufen und auszuwerten gedachte. Eine Präsentation seiner Überlegungen weit abseits der klischeehaften Unterwelt löste kollektives Kopfschütteln aus, ein solch kriminelles Großunternehmen wollte niemand in der Mitte der Gesellschaft verorten. Götzki, von Überstunden zermürbt und verzweifelt, holte bereits aus, um die Tattoo-Finten-Flinte im hohen Bogen ins Korn zu werfen.

Doch über Mammadov wollte er sich noch einmal den Kopf zerbrechen, der Vollständigkeit halber, nicht mal wegen eines geringen Verdachtsmoments oder eines vagen Gefühls, sondern aus Zwanghaftigkeit und womöglich auch als Trotzreaktion gegen den nörgelnden Höhner und das zweifelnde Kollegium. So kritzelte Götzki, vom vielen Instantkaffee zur späten Stunde mehr krank als wach, den Namen Lev Mammadov auf einen Collegeblock, ohne zu ahnen, dass es sich dabei um den Kopf eines Menschenhändlerrings handelte, der ganz Westeuropa mit Zwangsprostituierten aus der ehemaligen Sowjetunion versorgte.

Entgegen seiner Funktion begann Götzki damals, selbst zu ermitteln, und er erinnert sich dokumentarfilmisch exakt an seine Recherchen: wie er über das Handelsregister herausfand, dass Mammadov neben dem Autohandel eine Immobilienverwaltungsfirma betrieb. Wie sich erwies, dass die Dienste dieser Firma von nur einem einzigen Kunden in Anspruch genommen wurden, einem russischen Multimillionär, der diverse Immobilien in ganz Berlin hält. Wie Götzki feststellte, dass das Erdgeschoss einer dieser Liegenschaften ein Tattoostudio beherbergte, dass der Geschäftsführer dieser Unternehmung der Bruder eines wegen Totschlags in einer niedersächsischen JVA inhaftierten Georgiers ist und dass jener verurteilte Georgier, über seine mutmaßlichen Verstrickungen in mafiöse Angelegenheiten beharrlich schweigend, seine Strafe, ohne mit der Wimper zu zucken, in voller Länge verbüßte.

Ab diesem Punkt verließ der ausdauernde Taucher Adam Götzki die lichtdurchflutete Zone und glitt hinab in die finstere Tiefe der Organisierten Kriminalität, einen Marianengraben des Verbrechens, an dessen entlegenstem, lichtlosestem Punkt sich Lev Mammadov in Sicherheit wähnte und nicht damit rechnete, dass ein ehrgeiziger Polizist auf dem Weg zu ihm war.

Götzki erinnert sich ebenfalls, wie kühl und wortkarg Mammadov die Kollegen und zuletzt ihn in sämtlichen Verhören abblitzen ließ und wie er dennoch das Erstaunen und die Wut dieses Mannes darüber, dass er entdeckt worden war, hatte spüren können.

Fast fünf Jahre ist es her, dass er auf den Namen Lev Mammadov stieß. Seine Ermittlungsergebnisse wurden damals von einem ganzen Ameisenhaufen emsiger Kollegen aufgegriffen und weiterverarbeitet, bis schließlich ein Streufeuer aus Razzien in ganz Europa und die Redebereitschaft mehrerer Kronzeugen dazu führten, dass Mammadov aus seinem Winkel im kriminellen Marianengraben an die Oberfläche gezerrt und der Justiz übergeben wurde.

Als das geschah, war Götzki kaum mehr in den Fall involviert. Dennoch ist er überzeugt, dass sich Mammadov an ihn als denjenigen erinnert, der beim Ermittlungsdomino den ersten Stein umgeschubst hat. Für jemanden von Mammadovs Rang ist es ein Leichtes, vom Gefängnis aus Menschen zu stalken und zu bedrohen. Götzki fürchtet noch nicht um sein Leben. Er geht davon aus, dass Mammadov, sollte er die Absicht haben, ihn zu töten, und auch davon geht er aus, es persönlich tun möchte, also erst in etwa acht bis zehn Jahren dazu kommen wird.

Eine lange Zeit, bei genauer Betrachtung vor allem Zeit, den einzigen vernünftigen Schritt vor sich herzuschieben: weg aus Berlin. Leise verschwinden, um irgendwo anders ein unauffälliges Leben zu führen und der Gefahr, plötzlich in ein Auto gezerrt, in einen schalldichten Keller verschleppt und dort von einem vergeltungshungrigen Menschenhändler zu Tode gefoltert zu werden, aus dem Weg zu gehen.

Was Götzki dabei Schlafstörungen und Appetitlosigkeit verursacht und eine permanente Sorgenfalte zwischen die Brauen meißelt, ist Maja. Weiß Mammadov von seiner Tochter? Das Problem ist, dass Götzki nicht einfach in die JVA spazieren kann, um ihn zu fragen. Und selbst wenn er dieses absurde Gedankentheater auf der Bühne der Wirklichkeit aufführte, wäre das Letzte, was er zu erwarten hätte, ein vertrauenswürdiges Nein.

So bleiben ihm das chronische Unwohlsein und die Flucht in Tagträume, in denen das latente Problem Mammadov im Knast von multiresistenten Keimen erledigt wird. Oder in denen sich der clevere Fallanalytiker Adam Götzki zu wichtig nimmt und in Anflügen naiver Paranoia glaubt, der High-End-Gangster könnte sich ausgerechnet noch an ihn, einen von vielen Kriminalisten, erinnern.

Götzki ist sich tatsächlich uneingeschränkt sicher, dass sich Lev Mammadov an ihn erinnert. Am schwersten erträgt er die Angst um Maja. Doch mit dieser Angst vor etwas Unbewiesenem möchte er sie genauso wenig belasten, wie er sie mit seinem plötzlichen Vorhaben konfrontieren will, eine Stelle in Mainz anzunehmen.

»Jetzt dissoziierst du schon wieder.«

»Ich denke nur nach.«

»Hast du mitgekriegt, was ich gesagt habe?« Sie hält ihm einen Schlüsselanhänger vors Gesicht, ein kleines braunes Plüschtier an einem silbernen Kettchen. »Ich hab die Kleene wieder abgehängt. Weil du gesagt hast, du willst nicht, dass was am Rückspiegel baumelt.«

»Die Ratte«, murmelt Götzki.

»Glücksratte. Ich dachte, so 'n Talisman würde ein bisschen positive Vibes abgeben. Wenn wir ehrlich sind, ich fahre viel häufiger mit dem Auto als du.«

Götzki fischt die Patrone aus der Tasche, schielt nach unten: eine .222 Remington, bezeichnenderweise ein zur Bejagung von Wild verwendetes Geschoss. Eine Botschaft an den schlauen Fuchs Götzki. Er presst Daumen, Zeigefinger und Mittelfinger gegen das kühle Metall. Real. Zweifellos. Wobei er sich fragt, ob es Zweifellosigkeit in seinem Leben überhaupt noch gibt.

2

»Siehste, immer noch da. Ist sogar mehr geworden.«

Götzki betrachtet die bis auf eines erloschenen Grablichter, kitschigen Stofftiere und mit Filzstift auf Karton gebrachten Nachrufe, ohne stehen zu bleiben. Der deckellose Tetrapak Rotwein fällt zwischen all dem Plunder kaum auf. Gehört womöglich dazu.

Katha wohnt im dritten Stock. Immer noch die Zweizimmerwohnung im Wedding, die sie nach der Implosion ihres noch jungen Ehelebens bezogen hat. Ein wahres Schnäppchen dank gerade einmal zwei moderater Mieterhöhungen in sechzehn Jahren. Eine Bekannte von ihr, drei Häuser weiter, hatte sich das Leben genommen, als sich ihr kauziger Altbau in ein eisglattes Renditeobjekt verwandelte und sie ob der ungeheuerlichen neuen Miete zum Auszug zwang – behauptet Katha. Götzki fasst ihre Erzählungen mit spitzen Fingern an. Seine Ex-Frau berichtet einem nie Märchen. Aber sie vermengt ihre Darstellungen der Realität mit realitätstauglichen Elementen aus Märchen, was einen der Sachlichkeit und validen Fakten verpflichteten Zuhörer wie Götzki weitaus mehr verzweifeln lässt als eine waschechte Räuberpistole.

Katha öffnet die Tür mit langem Arm aus der Tiefe des dunklen Flurs.

»Du rauchst wieder in der Wohnung«, bemerkt Götzki.

»Und du hast noch mehr abgenommen.«

Sie hat recht.

Im Wohnzimmer das staubverschmutzte Licht halb geschlossener Lamellen. Katha tritt auf den Schalter der windschiefen Stehlampe mit dem metallenen Flamingohals, die ein Spotlight auf die im Fernseher eingefrorene Netflix-Serie wirft. Maja richtet einen verschnupften Blick auf den vollen Ascher neben der leeren Sektflasche und verkündet, in die Küche zu gehen, um Tee für alle zu kochen. Götzki sucht nach Hinweisen auf einen neuen Partner seiner Ex. Maja hat gesagt, sie weiß von nichts.

»Hör auf, mein Wohnzimmer zu inspizieren, und setz dich, Adam«, sagt Katha müde und gequält. »Hier hat sich nichts verändert im letzten halben Jahr.« Und noch gequälter, mit gereiztem Unterton: »Was willst du besprechen?«

»Lass uns warten, bis Maja bei uns ist. Es betrifft sie ebenfalls.«

»Ich kann dir gleich sagen, was meinen Lebensstil angeht, der ist allein meine Sache, wir sind seit vierzehn Jahren …«

»Seit sechzehn Jahren. Es geht nicht um deinen Lebensstil, keine Sorge. Der interessiert mich nicht.«

»Trotzdem bewegst du dich in meiner Wohnung wie ein *Tatort*-Kommissar.«

Götzki winkt ab. Sie nervt ihn nach nicht einmal fünf Minuten.

»Ich kenne dich. Du starrst die Flasche an und es ist ein einziger Vorwurf. Wenn du's wissen willst, die ist von gestern Abend. Das ist der Luxus, nicht in einer Beziehung zu leben. Ich kann meine Sektflasche einfach auf dem Tisch stehen lassen, bis ich sie wegräumen will.«

»Katha, bitte.« Jetzt klingt auch Götzki gequält. »Irgendwo muss ich hinsehen.«

Sie gibt ein gedehntes bejahendes Geräusch von sich, das nach hinten raus an Tonhöhe gewinnt. Götzki hat dieses Geräusch schon vor anderthalb Jahrzehnten gehasst. Es bedeutet, dass sie keinen Millimeter von ihren Unterstellungen abrückt und ihn wissen lässt, dass nicht sie die Idiotin ist, die sein Verhalten fehl- und überinterpretiert, sondern dass sein Verhalten idiotisch ist, weil sie es so leicht durchschauen kann.

Götzki entscheidet sich für das unverfängliche Betrachten des reglosen Fernsehbilds. Katha befasst sich mit ihrem Smartphone. Ein gesundes Einander-nicht-Beachten, das ihnen als Paar nie gelang und das so viele aufreibende und destruktive Streits hätte verhindern können, hätten sie damals nur schon genug Lebensmüdigkeit und Beziehungsresignation besessen.

Götzki wischt diesen zynischen Gedanken beiseite. Katha hat recht, er sollte ihre Wohnung nicht untersuchen, um Spuren von etwas oder jemand Argwohn Erweckendem zu finden. Stattdessen sollte er, wie seine frischgebackene Ex-Psychotherapeutin Angela vorschlug, Impulse von außen wertschätzend annehmen, um sich selbst aufmerksam, jedoch unvoreingenommen zu beobachten und wiederkehrende Verhaltensmuster zu hinterfragen. Sich auszumalen, er könnte das umsetzen, hilft ihm immerhin, nicht allzu exzessiv zu betreiben, was seine Ex-Frau ihm vorwirft.

Nur Maja erfreut sich an Tee, der lebende Beweis, dass Vererbung nicht alles ist. Katha trinkt vor allem Cola, inzwischen wohl auch vermehrt Alkoholisches, wofür ihre erneute Gewichtszunahme spricht, die Götzki nicht nicht bemerken kann, gleich, was Angela über die Umkehr des Blickes nach innen sagt. Er selbst trinkt während der Arbeit Kaffee, ansonsten ausschließlich stilles Wasser. Tee ist für ihn verschmutztes stilles Wasser und er tut sich schwer, muss seine ganze väterliche Liebe einsetzen, um ihn runterzubekommen.

Maja trägt das Teeservice auf, das sie ihrer Mutter geschenkt hat und das den Schrank nur verlässt, wenn sie zu Besuch ist. Die bauchige Kanne mit dem gebogenen Rüssel, die Henkeltassen, alles gläsern. Maja schenkt ein. Im kränkelnden Licht der stickigen Wohnung sieht der Tee schwärzlich aus. Dem Duft nach zu urteilen, handelt es sich um Kräutertee.

»Ein basischer Kräutertee mit Zitronenmelisse und Brennnessel. Willst du nicht den Aschenbecher mal leeren, Mama? Lass, ich mach schon.«

»Sie war so schnell, ich konnte nicht mal Ja sagen. Hab auch nicht damit gerechnet, dass Tee serviert wird, sonst hätte ich Gebäck besorgt.«

»Und wärst freiwillig an der Gedenkstätte im Treppenhaus vorbeigelaufen?«, ruft Maja aus der Küche. »Von wegen!«

»Ist es in eurem Haus auch üblich, das Treppenhaus mit scheußlichem Zeug vollzupacken, wenn jemand gestorben ist?« Sie fragt Götzki.

Er hebt die Schultern, den Blick weiter auf den mit seiner pompösen Größe die Enge des Wohnzimmers verstärkenden Fernseher gerichtet. »Ich weiß nicht, ob in den letzten drei Jahren jemand in unserem Haus gestorben ist. Es standen jedenfalls niemals Grablichter im Treppenhaus.«

»Es gibt Friedhöfe, um dieses Zeug abzustellen. Ich möchte nicht an den Tod erinnert werden, wenn ich den Müll runtertrage.«

»Ist doch schön, wenn es nicht so anonym zugeht und die Leute Anteilnahme zeigen«, sagt Maja.

»Wer anonym nicht mag, soll raus aufs Land ziehen. Stimmt's, Adam?«

Götzki brummt nur. Maja wirft sich kopfschüttelnd neben ihn in die Sofaecke.

»Weinrot steht deinem Vater gut. Nur schade, dass er so abgenommen hat. Siehst jetzt aus wie dein magersüchtiger älterer Bruder.«

Und du siehst aus wie deine ungeduschte, sonnenlichtscheue Kneipenfreundin, die Facebooksüchtige mit dem fettigen Haar und den Augenringen. Götzki spricht das nicht aus. Grübelt stattdessen, wie er es sagen soll. Schon seit Tagen fällt ihm keine brauchbare Einleitung ein. Dabei ist die Gesprächseröffnung entscheidend. Das weiß er aus Vernehmungen. Er weiß auch, dass er ein begnadeter Dialogstratege ist, aber immer nur dienstlich, nicht privat.

»Früher hat er ausschließlich blaue Hemden getragen«, wendet sich Katha wieder an Maja. »Weil man in Blau angeblich kompetenter aussieht. Sah ja auch gut aus und da war er noch beeindruckend gebaut. Ich hatte immer Angst, dass ihn mir irgendeine Polizeischnalle wegnimmt.«

Maja verdreht die Augen.

»Ich fand dunkelblau besser. Hellblaue Hemden und dazu die hellen Haare, das war insgesamt zu hell. Am besten fand ich dunkelblaues Hemd und Lederjacke. Ein großer Mann in Lederjacke macht was her. Hast du die Jacke noch?«

»Glaub schon«, murmelt Götzki.

»Solltest sie auf keinen Fall weggeben.« Katha zündet sich eine Zigarette an. »Du bringst es fertig und wirfst die gute Jacke in ’nen Altkleidercontainer und dann kriegt sie irgendein Penner oder Asylant.«

»Mama!«

»Ist doch so.«

»Der richtige Zeitpunkt, dieses Thema abzuhaken«, ergreift Götzki das Wort.

»Danke«, zischt Maja.

»Ist gut. Ich finde mich schon damit ab, dass die Meinungsfreiheit in meiner Wohnung abgeschafft wurde. Da seid ihr auf einer Linie mit der Regierung und den Medien. Wir sind ja sowieso hier, weil du Gesprächsbedarf hast, Adam. Worum geht es denn?«

Götzki nimmt seine Teetasse und betrachtet sie. Wenn er es einfach sagt, ist es raus, und dann kann er sich allen Fragen stellen. Andererseits könnte sich Maja überrumpelt fühlen, also wäre eine schrittweise Hinführung durch die einzelnen Aspekte der Neuigkeit zu bevorzugen. Das könnte wiederum unentschlossen rüberkommen. Gerade vor seiner Unentschlossenheit ist er in den letzten Tagen davongelaufen und er möchte den Vorsprung halten, der ihn viel Kraft gekostet hat. Käme der Hinweis, er würde nicht von seiner Entscheidung überzeugt wirken, könnte er ins Straucheln geraten, stolpern. Dann würde ihn die Unentschlossenheit packen und mit all ihren Einwänden und Zweifeln zu Boden bringen. Also Entschlossenheit demonstrieren – nur wie, ohne Maja zu brüskieren? Und längst bereut er das Setting in dieser vernebelten, verrauchten Wohnung und den törichten Gedanken, es wäre sinnvoll, die Mutter dabeizuhaben, weil es die Tochter betrifft. Unwahrscheinlich, dass diese qualmende Ausländerfeindin, die in den letzten Jahren die alte Katha Stück für Stück aufgefressen hat, etwas Sinnvolles zu diesem Gespräch beitragen wird, sofern Götzki es überhaupt in die Gänge kriegt.

»Papa?«

»Entschuldigung … ich …« Jetzt wird sie wieder glauben, er würde dissoziieren. »Es ist so«, er rafft sich auf, auch körperlich, setzt sich noch gerader als ohnehin, »es ist so, dass ich ein Jobangebot erhalten habe.« Er beobachtet seine Zuhörerinnen aus den Augenwinkeln und sieht ihre zugespitzte Aufmerksamkeit. »Vorab: Ich bleibe in der Operativen Fallanalyse.«

»Bekommst aber wieder mehr Stunden«, kombiniert Maja.

»Nein«, sagt Götzki, »obwohl … ja, doch, natürlich. Und ich werde eine Weile nicht für das BKA arbeiten. Ich wechsele zum Landeskriminalamt Rheinland-Pfalz in Mainz.«

Maja sieht ihn an, holt Luft, will etwas sagen.

»Projektbezogen«, ergänzt Götzki hastig. »Zeitlich begrenzt.«

»*Du* in einer Karnevalsstadt!«, prustet Katha Rauch in den Raum und ihr ganzer Körper gerät in Bewegung, so amüsiert ist sie. »Das ist ein Witz, oder?«

»Sicher nicht für immer«, wendet sich Götzki an seine Tochter. »Es geht darum, wieder in den Job zu finden, wieder Vollzeit zu arbeiten. Vielleicht ist es gut, das außerhalb Berlins in Angriff zu nehmen, um nicht wieder in die gleiche Falle zu tappen.«

»Adam, wie er singt und lacht, ich kann nicht mehr!«

»Verdammt, Katha, es ist mir ernst! Maja, es ist ein Versuch. Wenn du sagst, das geht nicht, dann werde ich …«

»Nein, nein. Ist gut, find ich gut.« Ihr singender Tonfall verrät Götzki, dass es nicht gut ist. »Ist eine super Idee, das außerhalb von Berlin zu versuchen. Ist eine Chance, die solltest du unbedingt ergreifen.« Und mit einem kurzen, diskreten Blick zu ihrer kichernden Mutter fügt sie hinzu: »Ich kriege das schon hin.«

Götzki bemerkt, dass er die richtigen Annahmen getroffen hat, dass sich Maja, die neunzehn ist und längst erwachsen, aufrichtig für ihn freuen wird, wenn er beherzt eine Chance ergreift, um psychisch wieder in die Spur zu kommen, dass sie in ihrer WG in

Potsdam in kurzer Zeit heimisch geworden ist, ihr Studium und ihren Job und ihre Freunde hat und ihren Vater nicht zwingend in Berlin braucht, dass es digitale Tools gibt, um sich trotz sechshundert Kilometern Distanz regelmäßig zu sehen. Alles richtig, alles gut. Nur diesen einen Aspekt, den hat er nicht bedacht.

»Das ist jetzt wirklich der falsche Anlass für Tee«, krächzt Katha und drückt die Zigarette aus. »Ich hol mal Sekt aus dem Kühlschrank.«

3

»Und? Was sagst du zu Mainz?«

»Mainz hat weniger Einwohner als jeder einzelne Bezirk Berlins. Flächenmäßig ungefähr so groß wie Steglitz-Zehlendorf, etwas kleiner. Einwohnerdichte in etwa wie Spandau, Ausländeranteil wie Lichtenberg. Das BIP pro Kopf liegt in Mainz um rund siebzehntausend Euro über dem von Berlin, dafür ist auch die Pro-Kopf-Verschuldung höher. Noch, denn Mainz ist auf einem aufsteigenden Ast, die Pharmabranche boomt. Ach ja, ein lustiger Zufall, aber kein bemerkenswerter: Beide Städte hatten eine Weile gleichzeitig einen sozialdemokratischen Bürgermeister, der Michael hieß.«

»Hast du beim Abführen Wikipedia gelesen? Ich meine, wie ist dein erster Eindruck von Mainz?«

»Er hat mir keine Lust auf den zweiten gemacht.«

»Sei nicht so pessimistisch. Du kommst sicher auch mal raus in die Eifel oder in den Pfälzer Wald, das sind wirklich schöne Gegenden. Darauf wollte ich gar nicht hinaus. Wie fühlst du dich, Adam? Ich will Emotionen!«

Götzki tritt vor den Laptop, damit Ludwig Höhner sein Schulterzucken sieht. »Ich bin erst seit fünf Stunden da. Eine Kleinstadt eben. Hab mir einen Dönerladen empfehlen lassen, fünf Minuten vom Bahnhof. Die verkaufen dort einen, den nennen sie *à la Turka*. Ist mit Fleisch, Zwiebeln, Tomate, Petersilie und Zitronensaft. Und scharf. Kannte ich so noch nicht, war ganz in Ordnung. Danach hab ich mir ein Taxi hierher genommen. Hab ein Verdauungsnickerchen gemacht, mich geduscht und jetzt packe ich meinen Koffer aus.«

»Wie findest du dein Apartment?«

»Weiß.«

»Bitte?«

»Ich sagte, weiß.« Götzki nimmt den Laptop, hält ihn auf Bauchhöhe mit Kamera in den Raum und dreht sich langsam auf der Stelle. »Alles weiß, siehste? Wär jetzt nicht mein Einrichtungsstil, wenn ich es mir aussuchen könnte, ist mir zu schnieke. Ist zum Glück nur für eine begrenzte Zeit.«

»Äh … ja sicher. Freu dich. Alt und schäbig wirst du auf der Arbeit kriegen, ich habe mir sagen lassen, da ist es stellenweise ziemlich renovierungsbedürftig.«

»Arm, aber sexy, das ist mir immerhin geläufig.« Götzki dreht den Laptop, um Höhner sehen zu können. »Was ich dich noch fragen wollte …«

Und Fingerpudding. Das teure Gerät rauscht zu Boden, es knackt ungesund. Götzki beugt sich fluchend hinterher, da folgt auch schon der Schwindel, die weißen Wände und Möbel verschwinden hinter einem schwarzen Vorhang. Höhners Stimme schwebt davon, durchs geschlossene Fenster in den leicht bewölkten blauen Himmel über der Stadt, deren Temperatur im Jahresmittel fast ein Grad höher ist als die in Berlin.

Eine unklare Zeitmenge später hört Götzki erst sein Smartphone, das auf der weißen Schreibtischplatte zittert, und dann die verwandt klingende, nur lautere, aggressiv im Gehörgang sägende Klingel des Apartments, begleitet von Gehämmer gegen die Tür. Er steht auf, wie so oft nach diesen Zwischenfällen mühelos, und öffnet. Es sind eine Menge Leute, darunter Polizisten, zwei Rettungssanitäterinnen mit einem männlichen Kollegen, außerdem Menschen in Zivil, die vielleicht besorgte, vermutlich eher neugierige Nachbarn sind.

»Sind Sie Herr Götzki?«, fragt ein Polizist. »Götzki, Adam?«

»Ja. Mir geht es gut.«

»Wir haben einen Notruf erhalten.«

»Das war mein Arbeitskollege. Tut mir leid, wenn Sie umsonst kommen mussten.«

»Er sieht definitiv sehr blass aus«, sagt der Sanitäter im Hintergrund.

»Dürfen wir kurz Ihre Vitalwerte checken?«, fragt Sanitäterin eins.

»Das ist nicht nötig.« Götzki würde lieber sein Notebook checken. »Wie gesagt …«

»Ei, mir ham doch en Nodruf erhalde«, fällt ihm der andere Polizist ins Wort.

»Weil mein Kollege etwas falsch interpretiert hat. Mir geht es wirklich gut. Hören Sie …«

»Sorry, Ihre Gesichtsfarbe spricht eine andere Sprache.« Wieder der Sanitäter.

»Was hat Ihnen denn gefehlt?« Wieder die Sanitäterin.

»Mir war kurz schwindelig. Muss ich denn hier vor einem Tribunal aus Schaulustigen rechtfertigen, warum es mir gut geht?«

»Schaulustig? Beim nächsten Mal zeige ich den Rettungskräften nicht, wo Sie wohnen, dann können Sie liegen bleiben«, schnattert eine Frau außerhalb Götzkis Blickfeld.

»Wenn mir en Nodruf kriesche, grad ahna, wo mir ned wisse, was doh genau bassiert is, sin mir verflischded …«, beginnt der Polizist.

»Ich bin Kriminalbeamter«, unterbricht Götzki das Mundartsolo, »ich weiß, was ein Notruf in Gang setzt. Es gibt aber keinen Notfall, es geht mir bestens, ich bedanke mich für Ihrer aller Einsatz und entschuldige mich aufrichtig, dass Sie mich nicht röchelnd und blutend am Boden vorfinden. Einen schönen Tag noch.«

Und Tür zu.

Nicht mal einen halben Tag hier und schon kehrt diese Stadt Götzkis schlimmste Seite hervor. Ausgenommen eskalierte Beziehungskonflikte, kann er sich nicht entsinnen, je eine Kommunikation dermaßen unbeherrscht und unprofessionell beendet zu haben.

Er versucht, das aufgebrachte Gemurmel vor der Wohnungstür zu ignorieren, und kniet sich über das schwer verletzte Gerät, den eigentlichen Patienten in diesem Raum: gesprungenes Display und Gehäuse, Monitor an einer Seite vom Korpus gelöst, dazu Verlust diverser Tasten. Das Skype-Fenster ist Glitch Art, von verpixelten Linien zerschnitten. Der Mauszeiger reagiert nicht auf das Touchpad. Totalschaden.

Umso vitaler das Smartphone. Götzki geht dran.

»Adam? Endlich, Gott sei Dank! Was war da los bei dir?«

Er erklärt es Ludwig Höhner in nüchternen drei Sätzen.

»Du hast Anfälle? Du brichst einfach so zusammen? Unfassbar. Ich dachte, du befindest dich in einem kleinen psychischen Tief und mit ein bisschen Psychotherapie und einem Ortswechsel … Adam, hätte ich das gewusst, hätte ich Bruno nie …«

»Es passiert nicht während der Arbeitszeit.«

»Gerade hast du gesagt, diese Anfälle kommen urplötzlich und ohne Ankündigung, wie willst du sicherstellen, dass es nicht während der Arbeit passiert?«

»Das ist empirisch bewiesen. Anfälle privat: alle. Anfälle auf Arbeit: null.«

»Weil du sowieso nur zehn Stunden gearbeitet hast und davon noch einen Teil im Homeoffice. So viel zu deiner Statistik. Wie stehe ich vor Bruno da, wenn du plötzlich umfällst? Ich habe dich vor ihm in den Himmel gelobt, habe ihm gesagt, wie positiv überrascht er von dir sein wird, habe deine Zuverlässigkeit hervorgehoben, deinen hellwachen Geist und deinen messerscharfen Verstand, und dann stelle dir bitte vor, für was für einen Hornochsen er mich halten wird, wenn du einfach so aus den Latschen kippst!«

Götzki legt den zeternden Höhner auf den weißen Schreibtisch und räumt den Koffer aus. Die Schrankwand im Flur bietet entschieden mehr Raum, als er Sachen mitgebracht hat. Acht Hemden, viermal hellblau, jeweils ein Exemplar in Dunkelblau, Weinrot, Schwarz und Weiß.

»… spielt keine Rolle, wo du umkippst. Die Kollegen von der Polizei haben es ja bereits mitgekriegt, das Präsidium ist unmittelbar neben deinem neuen Arbeitsplatz!«

»Du hast sie herbestellt, Ludwig.« Jeans und Anzughosen, alle schwarz. Maja findet es gestört, nur schwarze Hosen zu besitzen. Götzki fällt kein stichhaltiger Grund ein, Hosen in anderen Farben zu besitzen, denn Schwarz passt zu jedem Anlass. Blaue Jogginghose. Blau, weil sie am nächsten zum Ausgang des Geschäfts hing.

»... werde ich sicher nicht mehr den Notruf wählen, keine Sorge, Adam, dann lasse ich dich einfach liegen!«

»Das hat die Gafferin auch gesagt.« Die schwarzen Pullis ins zweite Fach von oben.

»Du gehst morgen sofort zu Bruno und sorgst für klare Verhältnisse.«

»Nein.« Drei Krawatten, schwarz, dunkelblau, weinrot.

»Verdammt, Adam ...«

»Beweise mir juristisch, dass ich verpflichtet bin, meinem Arbeitgeber Derartiges mitzuteilen, dann tue ich es.« Boxershorts, schwarz, die eng anliegenden, weil die locker sitzenden eine lästige Unordnung verursachen, die man ungern in der Öffentlichkeit beseitigt.

»Und du wirst Bruno sagen, dass ich zu keiner Zeit über dein Anfallsgeschehen informiert war, hörst du?«

»Nein.« Die Unterhemden sind apartmentfarben und im Schrank nahezu unsichtbar. T-Shirts aus einem Fünferpack, wiederum schwarz.

»Du scheinst nicht begreifen zu wollen, was das für ein Licht auf mich und das BKA wirft, wenn wir Typen beschäftigen, die plötzlich einfach umfallen, und wenn wir so einen dann auch noch an ein LKA vermitteln!«

»Ich möchte das Telefonat beenden, Ludwig. Zum einen wirst du jetzt beleidigend, was nicht mehr konstruktiv ist. Zum anderen geht es seit einer geraumen Zeit nur um dich und wie du vor anderen dastehst. Das mag dir wichtig sein, was ich nachvollziehen kann, es betrifft mich allerdings nicht.« Zehn Paar schwarze Socken in die oberste der vier Schubladen. Zuletzt die Schuhe.

Schwarz, Hochglanzoptik, schwarz, Wildleder, schwarze Slipper und schwarze Turnschuhe. Hausschuhe, ebenfalls schwarz.

»Wenn du das nicht hinbiegst, Adam, hast du nichts mehr von mir zu erwarten. Gar nichts mehr!«

»Wir sollten die Unterhaltung bei Gelegenheit auf einer sachlichen Ebene weiterführen«, sagt Götzki.

Ludwig Höhner beendet das Gespräch grußlos.

Götzki schließt den Schrank. Er geht um die Ecke, wo am Ende des weißen Raums das weiße Sofa steht, das man mit ein paar Handgriffen in ein weißes Bett verwandeln kann. Dort setzt er sich hin und ruft den Link auf, den Maja ihm geschickt hat. Er scrollt. *Geleitete Meditation … Power für Geist und Körper: halbstündige Yogaroutine (fortgeschrittene Anfänger*innen) … Booster für deine Gesundheit: knackiger saisonaler Spätsommersalat … Kettlebell-Work-out (Anfänger*innen) … Fokussiert und tiefenentspannt: sanfte Yogaroutine (Anfänger*innen).* Die letzte will Götzki ausprobieren, die Adjektive haben ihn angesprochen. Die Yogamatte ist noch im Koffer.

Aber erst den Druck im Bauch loswerden. Vorher ist keine Tiefenentspannung möglich. Er nimmt das Smartphone mit, um den Wikipedia-Artikel über Mainz fertig zu lesen, den er im Zug begonnen hat.

4

Götzki ist den guten Kilometer zum Landeskriminalamt gelaufen, am jüdischen Friedhof entlang, dann durch eine illuminierte Unterführung. Die Freude über die Zeitersparnis, die ihm die kurze Strecke beschert, wird von dem beklemmenden Gefühl räumlicher Enge aufgefressen. Der Gebäudekomplex aus LKA und Polizeirevier, weiß und von legohafter Eckigkeit, liegt umzingelt von Mietskasernen in Nachbarschaft zu zwei kleinen Parks. Götzki soll um acht Uhr eintreffen. Bruno Schär möchte ihn persönlich empfangen und einen Kaffee mit ihm trinken. Es ist sieben Uhr neunundfünfzig, als der Pförtner das mit strengen Augen prüft und Götzki durchwinkt.

Im Foyer sind ein feingliedriger Hornbrillenträger im grauen Anzug und Maja. Götzki spürt eine jähe Adrenalinausschüttung. Was …? Es ist natürlich nicht Maja. Es ist die Mainzer Version seiner Tochter, vielleicht drei, vier Jahre älter: ketchuprot gefärbtes Haar, nackenlang und zu einem kurzen Pferdeschwanz gebunden, schlank und straff von Statur, wache Augen, leicht gebogene Nase, selbst die markante Lücke zwischen den oberen Schneidezähnen fehlt nicht. Die junge Frau steht mit dem Gesicht zu ihm. Ihr Lächeln ist eine Maja-Interpretation, alles andere eine Kopie. Selbst der Kleidungsstil passt: ein weites dunkelgraues Shirt über weiten bleichen Bluejeans und moosgrünen Doc Martens.

»Guten Morgen, ich suche Herrn Schär.« Götzki geht auf das Paar zu.

»Das bin ich. Sie sind Adam Götzki, nicht wahr? Guten Morgen.«

Kleine Stadt, kleiner Vorgesetzter. Götzki taxiert Schär auf eins fünfundsechzig. Tiefe, weiche Stimme, tadellose Rasur, polierte Schuhe und präzise getimter, kühler und weder zu fester noch zu lascher Händedruck.

»Das ist Frau Dusy, Kriminalkommissarin und Praktikantin in unserem Haus.«

»Auf gute Zusammenarbeit.« Sie strahlt ihn an.

Götzki, noch immer verwirrt von dieser Ähnlichkeit mit seiner Tochter, spürt an der Asymmetrie seiner Gesichtsmuskulatur, wie ihm das Zurücklächeln misslingt.

»Normalerweise trinke ich mit neuen Mitarbeitern in aller Ruhe einen Kaffee, Herr Götzki. Bei Ihnen habe ich mich ganz besonders darauf gefreut, nachdem Ludwig so ausgiebig von Ihnen geschwärmt hat. Wir verschieben den Kaffee. Ich gebe Ihnen hier Dienstausweis und Autoschlüssel. Frau Dusy weiß, wo der Wagen steht. Sie fahren sofort zu einem Einsatzort. Eine tote Frau in einer Wohnung am Zollhafen, ziemlich viel Blut wohl. Unsere Kriminaltechnik ist schon seit Mitternacht vor Ort. Tut mir leid, wenn Sie sich überfallen fühlen.«

»Ganz und gar nicht.« Götzki leidet noch unter den Nachwehen des eigentlichen Überfalls durch den Rettungstrupp am Vortag. In einen Außeneinsatz gestoßen zu werden wie in kaltes Wasser ist genau die vitalisierende Anwendung, die er braucht. »Fahren wir los, Ma… Entschuldigung, Frau Dusy. Sie wissen, wohin wir müssen?«

Sie nickt und nimmt den Schlüssel von ihm entgegen. An dem verschwörerischen Glimmen in der Tiefe ihres Blicks erkennt er die gleiche sprudelnde Vorfreude, die auch in ihm tobt. Eine Regung, die man bei kriminalistischen Profis für pietätlos und pervers halten kann und die zugleich jedes Kind empfindet, wenn es sich herzklopfend in das finstere Labyrinth eines gruseligen Rätsels wagt.

Götzki bremst die junge Kollegin, die gern in dem dunklen Kombi mit Blaulicht durch die Stadt gerast wäre. Unnötig, wenn sich eh nichts mehr verhindern lässt. Er bevorzugt den unprätentiösen Auftritt der schwarzen Karosse, nicht die Posershow des muskelbepackten Motors, zumal die Strecke vom LKA zum Einsatzort genauso kurz ist wie sein Arbeitsweg, wodurch trotz Befolgen der innerörtlichen Geschwindigkeitsvorschriften keine

Zeit für ein ausführliches Beschnuppern bleibt. Sie dreht den Kopf immer wieder zur Beifahrerseite, Götzki schaut stur geradeaus.

»Darf ich fragen, was jemanden vom BKA in Berlin zum LKA in Mainz verschlägt?«

»Tapetenwechsel.«

»Hat was von Downgrading.«

»Kann man von außen so betrachten, ja. Ich sehe das anders.«

»Ich kann mir gut vorstellen, den Weg in die entgegengesetzte Richtung zu gehen. BKA finde ich spannend. Vielleicht tausche ich mich eines Tages dorthin. Sie haben auch getauscht, nicht wahr? Jemand vom LKA ist nach Berlin und Sie sind in Mainz.«

»Mehr oder weniger.«

»Ich kenne ein paar Leute beim BKA, allerdings in Wiesbaden. Wie ist es so in Berlin?«

»Ähnlich.«

»Sie reden nicht so viel.«

»Zuhören bringt einen weiter.«

Sie lässt die Mundwinkel sinken und richtet den Blick wieder auf die Straße. »Da vorne ist es. Könnte eine von den ganz teuren Wohnungen an der Ecke sein, die haben Loggien mit Rheinblick.«

»Jetzt das Blaulicht.«

»Wie bitte?«

»Das Blaulicht. Die Schaulustigen werden sonst nicht zur Seite gehen. Wir fahren so weit wie möglich vor.« Er kann ihr die Anspannung an den Wangenknochen ablesen. Wie bei Maja. »Sie interessieren sich also für Berlin, ja?«

Sie blickt ihn aus den Augenwinkeln an. »Ja … ja, Berlin interessiert mich. Ich war noch nie dort, ehrlich gesagt.«

Rechts farbenfrohe Altbauten, links die schwarz-weiße Fassade eines jungen Wohnbauwerks. Die Menschenmenge wird dichter, die Bordsteine reichen kaum noch aus. Knapp zehn Meter vor ihnen ragt ein Radfahrer in ihren Weg.

Götzki lässt das Fenster runter, ruft: »Ey, du! Ja, du! Vapiss dir, du Arschgeige, sonst gibt's aufs Maul!«

Frau Dusy kichert entsetzt. »Was soll das denn?«

Götzki beschimpft den Radler noch als »blöde Sau« und schließt das Fenster. »Wollte ich Ihnen mal zeigen. Das ist die Muttersprache der Berliner Verkehrsteilnehmer. Überlegen Sie sich gut, ob Sie wirklich Zeit in Berlin verbringen wollen, Frau Dusy. Ah, da ist die Absperrung. Fahren Sie dahinter. Der Kollege soll das Band hochheben. Ich habe schon erzählt bekommen, wie Gaffer auf ein Dienstfahrzeug geklettert sind, um noch besser zu gaffen.« Er erwidert das Nicken des Polizisten, der das Absperrband hochhält. »Ich hätte das hier weiträumiger abgesperrt. Sehen Sie da oben den Kollegen im Schutzanzug? Die reine Schaufensterfront. Die ersten Aufnahmen werden schon online sein.«

»Safe«, pflichtet ihm Frau Dusy bei und seufzt erleichtert, als der Motor aus ist.

Der Wagen steht neben den anderen Einsatzfahrzeugen auf einem Platz zwischen zwei neuen Bauten. Götzki betrachtet die Umgebung. Ohne die Invasion der Einsatzkräfte wäre dieser Ort vermutlich die exakte Abbildung des Architektenentwurfs, gepflegt und clean, nichts Gewagtes, ausgenommen die Skulptur eines zerfetzten Pferdekörpers, durch dessen Gerippe der Rhein zu sehen ist. Auf der anderen Seite ist der Bereich besser abgesperrt, zwei quer gestellte Polizeitransporter verdecken die Sicht. Eine Kollegin debattiert mit einem gestikulierenden Ohrtunneltypen, offenbar ein Repräsentant der Kreativwirtschaft, die in dem Bürobau direkt am Wasser operiert und durch die Umstände ihres Ein- und Ausgangs beraubt ist.

Götzki streckt einem herbeijoggenden Uniformierten seinen neuen Ausweis entgegen. »Wir möchten zum Fundort, BKA.«

»BKA? Warum das denn?«

»Sagte ich BKA? LKA natürlich, ich bin vom Landeskriminalamt. Adam Götzki, LKA.«

»Ich bringe Sie zu Ihren Kollegen. Mein aufrichtiges Beileid übrigens.«

»Wie bitte?«

»Danke«, übernimmt Frau Dusy. »Der Traktorfahrer ist gestern ebenfalls verstorben. Das alles ist unglaublich furchtbar.«

»Und da drin wird's nicht besser«, poltert einer in Zivil dazwischen. Sein breites Kreuz verlangt der Jeansjacke einiges ab, er ist lang wie ein Basketballspieler, haupthaarlos wie ein buddhistischer Mönch und in eine Aura aus schwerem Parfüm gehüllt. »Strohfuß. Ich koordiniere die Sache. Und Sie sind?«

»Adam Götzki …«

»Dachte ich mir, dass Sie das sind! Der Superstar aus Berlin.« Strohfuß' Handschlag hat körperverletzendes Potenzial. »Hab gehört, Sie sind der Typ, der diesen Nuttenschleuser kaltgestellt hat.«

»Nein, das war Teamarbeit.«

»Ach. Äh, ja.« Strohfuß lässt Götzkis Hand los.

Götzki spürt die Smartphonekameras im Rücken. »Können wir reingehen? Mir ist das zu viel Aufmerksamkeit.«

Sie betreten das Treppenhaus.

»Dann kommen wir mal zur Sache«, beginnt Strohfuß. »Wir haben da oben ein ziemliches Blutbad, holla, die Waldfee. Die junge Frau ist niedergestreckt worden. Liegt allerdings schon in der Rechtsmedizin, ihr werdet die Auffindesituation nur noch auf Fotos zu sehen kriegen.«

»Schutzkleidung?«

»Kriegt ihr von Klößchen, dunkler Sprinter neben dieser geisteskranken Pferdestatue. Was heutzutage so alles als Kunst durchgeht …«

»Fundort gleich Tatort?«

»Hundertpro.« Strohfuß grinst verschwörerisch. »'ne echt hübsche Leiche, wenn sie nicht so zugerichtet wäre. Da oben stehen mehrere Stative mit Kameras rum. Sicher ein Pornoset, da verwette ich meinen Arsch drauf.«

»Wir werden uns ein ausgiebiges Bild machen, natürlich unvoreingenommen.«

»Soll mir recht sein.« Strohfuß hebt die Schultern und zückt ein silbernes Zigarettenetui. »Ich gehe ein bisschen in die Sonne und warte auf unseren Praktikanten, der holt Kaffee und Teilchen. Zieht sich ja immer in die Länge, so was. Bin gestern um elf Uhr abends angerufen worden, seitdem ununterbrochen hier. Zum Glück haben wir solche Einsätze nicht oft in unserm goldisch Meenz. Ist in Berlin vermutlich an der Tagesordnung und Sie werden nicht mal mit der Wimper zucken.«

Tatsächlich hat Götzki in seiner gesamten Laufbahn noch keinen solchen Einsatz live erlebt. Die Toten, mit denen er sich zu befassen hatte, waren immer schon obduziert, beigesetzt oder staubige Skelette. Auch eine große Blutlache gehört zu den unappetitlichen Dingen, die ihm in seiner kriminalistischen Karriere bislang erspart geblieben sind. Er hat sich sagen lassen, dass ein vom metallenen Gestank gerinnenden Bluts erfüllter Raum kaum zu ertragen ist, vor allem, wenn man dazu das polyfone Summen zahlloser euphorisierter Schmeißfliegen im Ohr hat.

»Ich bin nie zu solchen Settings gerufen worden. Bin in der OFA, komme aus der OK.«

»OK? Na, da waren Sie in Berlin ja genau richtig. Mehr Organisierte Kriminalität als von der Verbrecherbande namens Bundesregierung kriegen Sie nirgends geboten.«

Götzki beißt sich auf die Unterlippe.

Sie verlassen das Haus noch einmal, um sich Schutzkleidung geben zu lassen. Frau Dusy hat etwas Gesichtsfarbe verloren. Götzki würde gerne wissen, ob wegen der bevorstehenden Begehung des Tatorts oder wegen des mitteilungsbedürftigen Einsatzleiters. Und er wünscht sich, dass die anwesenden Polizisten ihre Plaudereien einstellen und die wachsende Menge Neugieriger vertreiben. Er geht aber nicht hin, weil er den Dialektsprecher vom Vortag entdeckt hat, der eine ungezwungene Unterhaltung mit Zivilisten auf der anderen Seite des Absperrbands führt.

Götzki kriegt das Bild eines dicklichen Kinderdetektivs erst aus dem Kopf, als er dem realen Klößchen gegenübersteht, einem kompakten Muskelmann, der seine T-Shirts vermutlich im Sanitätshaus kaufen muss, so geschwollen sind seine Oberarme. Gegen seinen Händedruck ist der von Strohfuß eine Zärtlichkeit und Götzki stellt fest, dass dieser Arm über und über mit kitschigen Zeichentrickfiguren tätowiert ist, von Schneewittchen bis Peter Pan. Irritierender ist nur Klößchens zuckendes rechtes Augenlid.

»Moritz Klös. Sie können mich Klößchen nennen. Ich bin außerdem für das kollegiale Du.«

»Adam«, versucht Götzki wie jemand zu klingen, der nicht gerade seine Hand aus einer Schraubzwinge befreit hat. »Adam Götzki.«

»Hat sich schon rumgesprochen, dass du zu uns stößt. Wir hatten Angst, du könntest dich bei uns langweilen, aber«, Klößchen zeigt auf die Loggia in der Beletage, »jemand hat es gut mit dir gemeint.«

»Dafür nicht so gut mit dem Opfer.«

»Eine nice Wohnung, toller Blick auf den Rhein. Mein schönster Einsatzort bis jetzt. In so was kommt unsereins ja sonst nicht rein. Hab gehört, dass die teuerste Wohnung hier eine Dreiviertelmillion kostet.«

»Ich will wirklich nicht den Berliner Macker raushängen lassen, nur versuch nicht, mich mit Immobilienpreisen zu beeindrucken.« Götzki wendet sich an Frau Dusy. »Wie wäre es, wenn wir uns auch duzen? Adam.«

»Ich bin Sam.«

»Samantha?«

Sie grinst.

»Dann gehen wir mal rein, Sam.«

»Ich finde es nicht gut, so von der Wohnung zu schwärmen, wenn man gerade eine ermordete Frau darin gefunden hat«, sagt Sam, als sie außer Klößchens Hörweite sind.

»Ist schon okay«, erwidert Götzki. »Das ist Psychohygiene. Ein anderer Blick auf die Sache, oft auch ein bisschen humorvoll, um es besser ertragen zu können. Bis zu einem gewissen Grad kann man seinen Seelenmüll auf diese bequeme Weise entsorgen.«

»Bis zu einem gewissen Grad?«

»Es gibt auch Giftmüll, den wird man nicht so einfach los. Da muss man ein professionelles Entsorgungsunternehmen in Anspruch nehmen, das nennt sich dann Psychotherapie. Du glaubst gar nicht, wie viele der harten Kerle in deinem beruflichen Umfeld sie brauchen.«

»Du auch?«

Sie stehen drinnen, am Treppenabsatz, klettern in ihre weißen Anzüge.

»Wir führen unseren Small Talk bei Gelegenheit weiter. Jetzt geht es zur Sache. Bist du aufgeregt, Sam?«

»Och, na ja«, sagt sie und würgt den Versuch ab, die Anspannung zu relativieren. »Schon, ja.«

»Atme durch die Nase in den Bauch. Möglichst tief. Denk daran, da liegt keine Leiche mehr. Wir konzentrieren uns auf die Wohnung, später auf den erweiterten Fundort.«

Sie nickt. Aus der weiß-klinikblauen Schutzverpackung schauen nur noch ihre schokobraunen Augen und die aufgemalten Brauen raus.

»Nur eine Wohnungsbesichtigung«, wiederholt Götzki und geht voran. »Wir werden uns selbstverständlich sämtliche Informationen über diese Immobilie beschaffen, einschließlich aller für uns relevanten Zahlen wie zum Beispiel Kaufpreise und Mieten, und zwar nicht die gerüchteweisen, sondern die tatsächlichen, bis auf den Cent genau. Aber vor allem – lasse die Wohnung zu dir sprechen. Wie konnte der Täter in, wie konnte er mit der Wohnung interagieren? Welche Vorteile hat sie ihm geboten, welche Hindernisse? Welche Beziehung könnte er zu der Wohnung gehabt haben? War es ein erstes Aufeinandertreffen? Oder waren Täter und Wohnung alte Bekannte?«

»Ich muss noch einiges lernen.«

»Du bist aufmerksam, neugierig und bringst ein bisschen Fantasie mit, sonst hättest du dich nicht für diesen Job entschieden. Genau diese drei Eigenschaften brauchst du, um die Wohnung zu dir sprechen zu lassen, mehr nicht.«

Oben vor der Wohnungstür unterbricht jemand ein Telefonat und nimmt seine beschlagene Brille ab. »Hey, Sam. Ist das der neue Kollege aus Berlin? Adam, nicht wahr? Ich bin Ali Fadili. Ihr könnt euch da drin frei bewegen, fasst bitte nur nichts an und tretet nicht ins Blut. Ist kaum von dem dunklen Parkett zu unterscheiden. Wir haben den Leichenfundort gesondert abgesperrt deswegen. Viel Spaß.«

»Spaß, haha.« Sam schnaubt, ihre Stimme flattert.

Götzki scannt die Eingangssituation, vollzieht den Schritt vom Treppenhaus in einen großzügigen Vorraum nach, der keine urige Diele sein will. Das petrolstichige Grau der Wände endet eine Handbreit unter der Decke, was zusammen mit einem bodentiefen Wandspiegel den Eindruck von Größe verstärkt. Er wirft einen Blick in zwei mattsilberne Metallspinde, wie er sie aus den Umkleideräumen der Polizeischule kennt – beide leer. Ein Schuhlöffel, achtlos vor die drei Füße eines Retroschalenstuhls geworfen, ist das einzige Zeugnis menschlicher Gegenwart in dieser innenarchitektonischen Werkschau. Gewütet hat hier niemand.

»Um die Ecke befindet sich ein Arbeitszimmer«, sagt Ali und deutet nach rechts. »Geradeaus geht's in ihr Schlafzimmer. Es hat einen abgetrennten Ankleidebereich mit Durchgang ins Badezimmer. Wenn man sich das so ansieht, fühlt man sich echt arm. Ja, und da entlang«, er öffnet seine Körperposition nach links, »gelangt ihr in den offenen Wohn-Ess-Bereich, wo wir die Frau vorgefunden haben. Macht euch auf gehobenen Wohnstil gefasst, inklusive Ausblick auf Rhein und Schaulustige.«

»Hab's schon bemerkt. Wieso wurde nicht weiträumiger abgesperrt?«

Ali zuckt mit den Schultern, sein freundlicher Gesichtsausdruck ist trotz Maske und beschlagener Brille gut zu erkennen. »In

Mainz ist man gerne nah beieinander, Adam. Die rheinhessische Geselligkeit. Wirst du noch häufiger drauf stoßen.«

»Kann ich drauf verzichten«, knurrt Götzki und begibt sich in das Arbeitszimmer, das stilistisch den Eingangsbereich aufgreift. Zwei der von Strohfuß erwähnten Stative tragen hochwertige Kameras, beide auf eine Wand gerichtet, an der diverse Auszeichnungen hängen. *German Influencer Award, Goldene Katze, About-you-Award.* Entsprechende Skulpturen stehen poliert auf zwei Regalen über einem Magermodel von Schreibtisch. Götzkis Blick segelt abwärts und landet auf einem gerahmten Foto.

»Sag mal, Ali ...«

»Ja?«

»Die Tote, ist das die Frau auf dem Foto?«

Ali tritt hinter Götzki, setzt seine Brille wieder auf, bejaht.

Götzki schweigt.

»Was ist los, Adam? Kennst du sie?«

Götzki nickt. »Vom Yoga.«

5

»Du wusstest wann, dass sie tot ist?«

»Gegen ein Uhr letzte Nacht«, antwortet Maja.

»Das war kurz nach der Tat«, murmelt Götzki.

»Ich hab vorm Schlafengehen noch mal Insta gecheckt, da war schon die Hölle los. Die Leute haben das Polizeiaufgebot und die Schutzanzüge gesehen. Du findest massenweise Videos von deinen Kolleg*innen in ihrer Wohnung, Papa.«

Götzki ächzt. Er liegt auf dem weißen Ausziehsofa und starrt mit brennenden Augen die weiße Zimmerdecke an. Die Absperrung und Sicherung des Fundorts: geballte Inkompetenz. Ein erster Arbeitstag, der sich aufdrängt, ein letzter zu sein.

»Es ist *das* Thema auf allen Kanälen, geht so was komplett an dir vorbei?«

»Sie hat es nicht in die *Tagesschau* geschafft, also ja. Aber woher kam die Behauptung, dass sie ermordet worden ist? Soweit ich weiß, haben Polizei und Staatsanwaltschaft erst heute Vormittag eine gemeinsame Eilmeldung an die Presse rausgegeben, und darin steht nichts von Mord. Denn wir wissen noch gar nicht, ob die Voraussetzungen für den Tatbestand erfüllt sind.«

»Papa«, stöhnt Maja. »Das wurde geleakt. Schätzungsweise von euch selbst.«

»Whistleblower, die die Welt nicht braucht«, knurrt Götzki. Es wird immer schlimmer.

»Wer sagt eigentlich, dass ihr Cops und Justizleute das alleinige Recht habt, von so was zu wissen?«

»Gesetze. Gesetze, die verhindern sollen, dass Lügen und Gerüchte in Umlauf gelangen, zum Beispiel ein Mordgerücht.«

»Für Leute außerhalb deiner nerdigen Polizeiwelt ist jemand, der umgebracht worden ist, eben nun mal ermordet worden. Normale Leute machen da keinen Unterschied. Was soll das jetzt bringen? Es ist einfach nur unfassbar schlimm, dass Jessy tot ist. Kannst du dir vorstellen, was das für die Fleurist*innen bedeutet? Das ist eine riesige Community.«

»Fleuristinnen?«

»Mit Sternchen, so nennen sich Jessys Follower*innen.«

Er will nicht weiter über diese Influencerin reden. Bloß quatschen. Zeit rumkriegen. Das Essen in der Weinstube schwänzen. Wein geht nicht an ihn ran, egal, welche Farbe. Er will in seiner Alabasterhöhle versumpfen und später, nach Mitternacht, wenn die Schlaflosigkeit nervtötend wird, mit dem Protokoll der Tatortbegehung beginnen. Den nahtlosen Übergang von Einschlafproblemen in den Arbeitstag hat er sich in Berlin schon angewöhnt, in einer neuen Umgebung wird so etwas nicht besser. Götzki hat sich einen Namen gemacht, weil er zu Uhrzeiten E-Mails schickt, zu denen sonst nur Spam kommt.

»Wie geht's Berlin?«, fragt er.

»Alles wie immer. Ich bin heute auf dem Weg zur Hochschule von einem Lieferwagenfahrer angehupt und bespuckt worden.«

»So was. Ich habe einen Radfahrer angeschnauzt, allerdings als Beifahrer.«

Götzki richtet sich auf und nimmt einen Schluck Pils. Bruno Schär hat ihn zum Essen eingeladen, in einer Stunde soll er in der Weinstube sein. Oder er sagt ab. Höhner hat eine umfangreiche Liste mit den Kontaktdaten von Psychotherapiepraxen in Mainz, Wiesbaden und Umgebung gemailt, das Ergebnis der hingebungsvollen Recherche irgendeiner Hilfskraft und verbrannte Arbeitszeit. Götzki will raus aus dieser Therapiewelt, hat die Schnauze voll von gepolsterten Möbeln, gerahmten Zertifikaten und verständnisvollen Gesichtern.

»Hast du sie gesehen? Die Leiche?«

»Sie war schon in der Rechtsmedizin, als ich rein bin.«

»Wer tut so was?« Maja ist hörbar bemüht, nicht zu weinen. »Ist sie überfallen worden? War das ein Raubüberfall?«

»Maja, lass uns bitte nicht weiter darüber sprechen. Ich darf und werde dir nicht mehr als das sagen, was du dir ohnehin auf der Website der Mainzer Polizei als Pressemeldung runterladen kannst. Mehr gibt es auch nicht zu sagen, denn wir fangen ja gerade erst zu ermitteln an.«

Natürlich gibt es mehr zu sagen, immerhin ist Götzki fast neun Stunden in den vier Wänden der Influencerin gewesen. Er könnte Maja anvertrauen, dass es in Anbetracht der zahlreichen in der Wohnung befindlichen hochwertigen Kameras wohl kein Raubmord war. Wenigstens diese eine Frage könnte er ihr beantworten, doch er möchte nicht. Die Tat wird die kommenden Tage, Wochen, vielleicht Monate seines Berufslebens in Anspruch nehmen. Also möchte er in seinem Privatleben nichts damit zu tun haben. Schwierig genug, die sich aufdrängenden Gedanken zum Fall nicht in sein Apartment zu lassen. Erst recht sollen sie ihm gestohlen bleiben, wenn er Zeit mit seiner Tochter verbringt.

»Du weißt, dass du mir hundert Prozent vertrauen kannst. Wieso bist du so stur?«

»Ich trenne Berufs- und Privatleben.«

»OMG! Menschen erzählen sich von ihrem Berufsleben. Das ist ein ganz normales Thema zwischen Familienmitgliedern.«

»Hast du heute deine Mutter besucht?«

»So sorry, aber ich trenne Vater- und Mutterleben.«

»Okay, Maja. Ich bin heute Abend sowieso verabredet. Da trifft es sich ganz gut, dass uns die Themen ausgehen.«

Sie beide verfügen über das Talent, erdrückend stur zu sein. Götzkis Stärke ist dabei eher der Antritt, wohingegen Maja mehr Ausdauer besitzt, die sie vermutlich von ihrer Mutter, der lebenden Sturheitsmarathonlegende, geerbt hat, die einst, ein knappes Jahr vor ihrer Trennung, nach einem durchschnittlichen Beziehungskrach ihre Beteiligung an den sogenannten ehelichen Pflichten einstellte und nicht wiederaufnahm. Kaum auszudenken, welche Energien bei einem voll entfalteten Streit freigesetzt würden, lebten sie als Familie unter einem Dach. Ein schwarzes Loch aus

Trotz würde alles verschlingen. Vater und Tochter beenden das Telefonat mit einem »Tschau«.

Götzki lässt das Bier in sich hineinlaufen, wie man eine große Pflanze gießt, und öffnet noch eins. Mit dem Smartphone ruft er die Website der Weinstube auf, zu deren Besuch er sich aus Wehrlosigkeit gegenüber dem neuen Vorgesetzten heraus hat einladen lassen: *Weinstube Faßnacht. Meenzer Lebensfreude im Herzen der Altstadt.* Götzki fühlt sich regelrecht bedrängt von so viel Frohsinn. An solchen Orten suchen ihn die schrecklichsten Erinnerungen und dunkelsten Ahnungen heim. Immerhin sind es drei Kilometer bis zu dem Lokal, ein erstaunlich weiter Weg in dieser platzängstigenden Stadt, und das Wort Stube verspricht spärliche Beleuchtung, sodass Götzki genug Motivation aufbringen kann.

Die aggressive Türklingel reißt ihn aus den Gedanken. Er geht hin, öffnet. Niemand ist draußen.

6

»… unglaublich, dass so eine junge Körnerfresserin zweieinhalb Millionen Follower hat.«

»Zweieinhalb Millionen auf YouTube«, ergänzt Sam Strohfuß' Auslassung. »Dann noch eins Komma zwei Millionen auf Insta, über eine halbe Million auf TikTok …«

Götzki kann das Gespräch nicht durchgehend verfolgen. Seine Aufmerksamkeit öffnet dann und wann die Tür und gestattet ihm das Aufschnappen von Fetzen. Ansonsten ratlose Vertiefung in seinen Milchkaffee. Er hat versehentlich Milchkaffee gezapft, normalerweise trinkt er schwarz.

Götzki war ausgehfein und schweißgebadet auf seinem Multifunktionskanapee erwacht. Hinter ihm lag ein kunterbunter Höllenritt durch eine interessante Albtraumwelt. In der letzten Szene dieses Films rauschte er in einem gläsernen Aufzug abwärts und sah am Boden Mammadov mit seinen Schergen auf ihn warten. Davor war er durch fremde Straßen gejoggt, von sich panisch aufbäumenden Autos angehupt worden, unterbrochen von keuchenden Pausen an nächtlichen Laternenmasten und karussellhaftem Schwindel.

»… im nächsten Leben auch Videos davon, wie ich Müsli zubereite, anstatt mir den Arsch für den deutschen Staat aufzureißen, das sage ich euch.«

»Dafür brauchst du Credibility, Stefan«, gibt Ali zu bedenken. »Glaubst du, jemand nimmt einem Typen wie dir ab, dass er sich morgens ein gesundes Müsli zubereitet?«

»Dann halt Rührei mit Speck. Hauptsache, die Werbeeinnahmen sprudeln.«

Gelächter.

Götzkis Schuhsohlen waren so eindeutig feucht wie sein Stuhlgang flüssig gewesen. Am Vorabend hatte es geregnet, im Apartment entdeckte er die Abdrücke seiner Schuhsohlen. Also musste er draußen gewesen sein, woran er sich nicht erinnern kann. Möglich, dass sich gewisse Traumsequenzen auf Eindrücke dieses Aufenthalts außerhalb der Wohnung bezogen, als wären Erinnerungen durch einen Traumreißwolf gejagt worden. Nun steht Götzki mit den Streifen da und muss sie richtig zusammenkleben. Vor allem stellt sich die lichterloh brennende Frage, ob er in dieser Weinstube gewesen ist, und wenn ja, was sich dort zugetragen hat.

Schär ist noch nicht da. Sie erwarten ihn in einem Sitzungsraum, um das weitere Vorgehen im Fall Jessy Lafleur zu besprechen.

Stefan Strohfuß sieht in Bluejeans und weißem Hemd aus wie eine Kreuzung aus Gebrauchtwagenhändler und Inkassoschläger. Götzki imaginiert einen fulminanten Wrestlingkampf zwischen ihm und Klößchen, der sich mit seinem alarmroten Pulli und Basecap als Anhänger des hiesigen Fußballbundesligisten ausweist. Ali wirkt ohne Schutzanzug noch jünger, definitiv unter dreißig, und dank modischer Kleidung und ohne eine Spur von Bart ein wenig androgyn. Sam konterkariert ihr letztes Outfit mit einem businessartigen Hosenanzug in Dunkelgrau.

Eine Hand landet sanft wie ein riesiger Schmetterling auf seiner Schulter. Götzki zuckt zusammen, nicht stark, aber ausreichend, um Kaffee zu verschütten.

»Guten Morgen«, sagt Schär. »Wie haben Sie den Wein vertragen, Adam? Sind Sie gut nach Hause gekommen?«

»Ja, ich … Ja danke.«

»Es ist mir immer noch unangenehm, dass ich den Flammkuchen zurückgehen lassen habe, aber Sie haben selbst gesehen, wie verbrannt der Boden war.«

Götzki nickt. Hat er wohl, weiß er nicht.

»Sie hatten da ja mehr Glück. Eine echte Delikatesse, der Spundekäs beim *Faßnacht*, nicht wahr?«

»Ach, Weiberkram, diese Tunkerei. Männer essen Worscht. Mindestens einen halben Ring. Beim nächsten Mal lässt du dich von mir beraten, Kollege.«

Götzki lächelt dankbar über die Einmischung von Strohfuß. Wein und irgendein einheimischer Käse also haben Schuld an den Verheerungen in seinem Verdauungstrakt.

»Ich mache mich ja gerade erst mit der regionalen Küche vertraut«, sagt er und schleicht sich aus der Situation.

Zu Götzkis Glück treibt Schärs Eintreffen die Wartenden auf die Sitzplätze. Alle möchten mit schnellen Resultaten glänzen, die Gruppe derer, die sich für die Influencerin und ihre Einflussnahme interessieren, ist um ein paar Hunderttausend Sensationslüsterne gewachsen, was von der Journaille zumeist als das Netz bezeichnet wird: *Das Netz trauert. Das Netz ist zutiefst erschüttert. Das Netz spekuliert über Täter und Motiv.* Und so fort. Ganz Deutschland schaut auf Mainz. Klößchen wurde auf dem Weg vom Parkplatz ins Gebäude von einer Reporterin angequatscht. Die Pressestellen von LKA und Polizei kapitulieren vor einem Tsunami aus telefonischen Anfragen, die geifernden Medienmenschen erhalten eine automatische Ansage, dass man sich im Fall Jessy L. in Kürze im Rahmen einer offiziellen Pressekonferenz äußern werde, worauf freilich keiner von denen geduldig wartet. So glühen die Leitungen, füllen sich die Postfächer weiter. Schließlich sind sie gut zwanzig Kollegen von Polizei und LKA, Mitglieder der frisch aus der Taufe gehobenen Soko *Zollhafen*.

Vorne eine Troika aus Schär plus, wie Sam Götzki zugeraunt hat, Staatsanwältin Sonja Küster-Prinz – »wir nennen sie SKP« – und Herbert Zahnleiter, der die Zentrale Kriminalinspektion Mainz und die Sonderkommission leitet. Dahinter ihre drei Silhouetten auf einem Desktophintergrund in Leinwandgröße. Der Beamer gibt ein konstant windiges Geräusch von sich. Götzki sinniert, wie sich das Klangbild dieser Geräte in seiner Laufbahn verändert hat, von einem hektischen mechanischen Rattern über ein insektenhaftes Summen bis hin zum körperlos anmutenden Pusten.

SKP postiert sich neben dem Stehpult mit dem Laptop. Ihr Gesicht sieht erholt und erschöpft gleichermaßen aus, ein spannungsgeladenes Pokerface, und ihr dazu passender Blick teilt die Tischreihen in der Mitte.

»Guten Morgen und vielen Dank für Ihre Aufmerksamkeit«, sagt sie und erstickt das restliche Getuschel. »Sie können sich vorstellen, dass ich mir am ersten Tag nach drei Wochen Toskana nichts mehr gewünscht habe als eine getötete Influencerin.« Sie nutzt das diskrete Gelächter, um abzuhusten.

Eine Raucherin, was Götzki mehr noch aus der eckigen Ausbeulung ihrer Stoffhose schließt.

»Ich meine das durchaus ernst. Ich erinnere mich an diese islamistischen Schläfer vor einigen Jahren, die nicht im Ansatz einen solchen Rummel verursacht haben, aber gut, die wollten ja auch nur Sprengstoffanschläge verüben und nicht die Welt mit Yoga retten. Was ich damit sagen will: Nichts, wirklich absolut gar nichts, was die Ermittlungen betrifft, und sei es auch nur eine Bemerkung über das Wetter, nichts findet den Weg an die Öffentlichkeit ohne meine höchstpersönliche Zustimmung und dann ausschließlich über unsere Pressestellen. Nur deswegen bin ich da, um Ihnen das mitzuteilen. Ich erinnere Sie an die klaren Strukturen und Vorgaben, die bei uns herrschen, wenn es um die Kommunikation nach außen geht, und an Disziplinarverfahren und härtere Konsequenzen, die denen drohen, die sich über geltende Regeln hinwegsetzen.« Sie knickt in der Körpermitte um und hustet gegen ihren Handrücken. »Die Aufmerksamkeit für diesen Fall ist so enorm, dass mich die Frau Innenministerin persönlich angerufen hat, noch bevor ich an der Gepäckausgabe stand. Die Sache ist mehr als sensibel. Es herrscht höchste Lawinengefahr. Gibt es Fragen?«

Götzki hätte eine und ringt mit sich. Er mag die Unerbittlichkeit der Staatsanwältin und die Klarheit in ihren Formulierungen, möchte jedoch ihre Jovialität noch mehr auf sich wirken lassen. Götzki hält joviale Menschen für gefährlich.

»Ich habe eine Frage, Frau Küster-Prinz«, ergreift ein Kollege das Wort, der schräg hinter Götzki sitzt. Einiges an dem Mann ist spitz: Nase, Kinn und vor allem die Stimme. »Am Tatort hat ein sehr laxer Umgang mit den Schaulustigen geherrscht, da wurden offenbar nette Schwätzchen an der Absperrung gehalten. Ich war an dem Tag nicht im Dienst, sonst wäre ich eingeschritten. Ich frage mich nur, ob dieses Verhalten vielleicht der Grund für Ihre Ansprache ist.«

Götzki wollte dieses Thema ebenfalls ansprechen und beobachtet SKP aufmerksam. Das Pokerface der Staatsanwältin ist stabil.

»Nett, dass Sie das erwähnen, Herr Gampfer. Dieses Verhalten war sehr unprofessionell und ja, ich habe davon Kenntnis. Das Netz ebenfalls, wie Sie sicher mitbekommen haben. Das Kind ist nun leider in den Brunnen gefallen und sowieso nicht mein Problem. Die Herren werden mir zustimmen, wenn ich vorschlage, dass wir ab jetzt sauber, professionell und gerne auch zügig arbeiten, damit dieser Zirkus schnell ein Ende hat.«

»Und wie der Zirkus ein schnelles Ende haben wird«, murmelt Strohfuß.

SKP verlässt den Raum dynamisch und ohne weitere Worte. Ihr Geruch nach Rauch und einem sicher teuren Parfüm bleibt noch ein wenig.

»Wir befinden uns glücklicherweise in einem Staat, in dem sich Polizist*innen und Bürger*innen über eine Absperrung hinweg höflich unterhalten können«, ergreift Zahnleiter das Wort, redet aber mehr zu sich.

Ganz hinten wird man ihn kaum gehört haben, bis zu dem Kollegen hinter Götzki scheint das Gesagte gelangt zu sein, denn der gibt einen spitzen Laut von sich.

Zahnleiter ignoriert ihn und die Reaktionen auf sein Gendern und startet eine PowerPoint-Präsentation. »Damit wir alle auf einem Stand sind, möchte ich umreißen, womit wir es zu tun haben, ehe ich euch einen Rahmenorganisationsplan vorstelle und wir uns der Aufgabenteilung widmen.« Er wirft eine Aufnahme der jungen, strahlenden Influencerin an die Leinwand. »Wir sehen hier die vierundzwanzigjährige Johanna Charlotte Blumenstein, wohnhaft in Mainz, auch dort geboren, aufgewachsen in Nierstein. Frau Blumenstein war Medizinstudentin an der hiesigen Universität, bestritt ihren Lebensunterhalt als Influencerin unter dem Künstlerinnennamen Jessy Lafleur. Am Tag des Geschehens, dreiundzwanzig Uhr eins, ging in der Leitstelle der Notruf ein. Es war Frau Blumensteins Freund, der sie tot in ihrer Wohnung vorgefunden hatte. Er setzte den Notruf vom Auffindeort in der Taunusstraße ab. Der junge Mann befindet sich in psychologischer Betreuung, er ist noch nicht vernehmungsfähig. Frau Blumenstein starb, soviel wissen wir, durch massive Gewalteinwirkung gegen den Kopf, vermutlich mit einem Stemmeisen, einer Metallstange oder Ähnlichem. Die Tatwaffe haben wir leider nicht. Das Videoüberwachungssystem in Haus und Tiefgarage ist bedauerlicherweise noch nicht in Betrieb. So weit der Ausgangspunkt für unsere Ermittlungen.«

»Keine Aufbruchspuren an der Wohnungstür«, ergänzt Gampfer.

»Danke, Lars, aber ich will mich nicht in Details verlieren. Dafür werden wir die täglichen Treffen der Gruppen haben. Entscheidend ist, dass wir koordiniert ermitteln. Gerade am Anfang gilt es, Chaos zu vermeiden, wir alle wissen das. Dieser Fall ist nicht alltäglich, ihr habt mitbekommen, wie groß das öffentliche Interesse ist. Abgesehen davon, dass Ermittlungsdefizite immer dem*der Täter*in in die Hände spielen.«

»Entschuldigung«, meldet sich Strohfuß. »Können wir dieses alberne Gendern sein lassen?« Er blickt in die Runde. »Ich weiß nicht, wie es den anderen geht, mich bringt das aus dem Konzept. Ich bin Bulle, kein Sozialpädagoge.«

»Wir sind Polizist*innen, Herr Strohfuß. Und was Sie albern nennen, nennt sich gewaltfreie Sprache und ist auf behördlicher Ebene inzwischen Standard. Ich setze um, was mein Arbeitgeber oder korrekterweise meine Arbeitgeberin von mir erwartet.«

»Das ist doch nicht vorgeschrieben!«

»Ich sage, erwartet. Ich werde also Täter*in sagen, solange wir das Geschlecht dieser Person nicht kennen.«

»Als ob das eine Frau war.« Strohfuß verschränkt die Arme und verzieht den Mund wie ein Kind vor einem Teller Gemüse. »Bin mir sicher, wir kennen den Täter schon. Da wird's keine Überraschungen geben.«

»Wir legen uns nicht auf eine*n Täter*in fest, ehe wir überhaupt ermittelt haben. Auch das erwartet unsere Arbeitgeberin von uns, Herr Kollege.«

Strohfuß grinst verächtlich.

Götzki fühlt sich abgehängt. Offenbar steht bereits ein männlicher Verdächtiger im Fokus und zumindest Strohfuß scheint den Fall innerlich schon zu den Akten gelegt zu haben. Debatten über Sinn und Unsinn geschlechtergerechter Sprache findet er offenbar relevanter.

Vorne klinkt sich Bruno Schär ein. Sie präsentieren ein Organigramm, das die Zusammenarbeit innerhalb der Sonderkommission illustriert. Strohfuß hat die stellvertretende Sokoleitung inne. Es gibt die üblichen Gruppen für Hinweisauswertung und Sachbearbeitung. LKA-Leute sind in Tatort- und Ermittlungsgruppe involviert.

»Ich freue mich übrigens, wenn auch getrübt durch den Verlust eines Menschen, mit Adam Götzki einen erfahrenen BKA-Mann neu im Team zu haben. Wir alle haben mitgekriegt, wie vor ein paar Jahren ein europaweit agierender Zwangsprostitutionsring zerschlagen und der Kopf der Bande dingfest gemacht wurde. Dieser Erfolg ist maßgeblich der kriminalistischen Arbeit von Adam Götzki zu verdanken. Herr Götzki, vielleicht stellen Sie sich noch kurz selbst vor.«

Götzki steht halb auf, zögert. Soll er nach vorne gehen? Nee, eher nicht. Er bleibt an seinem Platz stehen. Publikum ist nicht seins, Blickkontakt zum Publikum schon gar nicht. Er starrt das Stück Obst auf der Rückseite des Laptops an.

»Ich heiße Adam Götzki, fünfundvierzig Jahre, geschieden, eine Tochter. Bin fast zwanzig Jahre beim BKA gewesen, OFA, meistens eingesetzt im Bereich OK.« Während er wieder Richtung

Stuhl sinkt, fällt ihm doch noch ein Abschlusssatz ein. »Auf gute Zusammenarbeit.«

»Dass die Leute immer gleich ihre ganze Lebensgeschichte erzählen müssen«, spottet Strohfuß.

»Vom BKA in Berlin zum LKA Rheinland-Pfalz – darf ich fragen, warum?« Gampfer.

Götzki dreht sich halb zu ihm um, Blickkontakt im äußersten Augenwinkel. »Musste raus aus Berlin, nach über vier Jahrzehnten mal Tapetenwechsel.«

Gampfer nickt, wirkt aber mit der Antwort unzufrieden. Als spürte er, dass Götzki tatsächlich lieber heute als morgen nach Berlin zurückgehen würde. Weil ihn Mainz nicht leiden kann. Dieser Ort möchte ihn zerquetschen.

Er steht nach der Besprechung mit Sam und Ali draußen unterm Vordach des Haupteingangs. Ein warmer, klebriger Regen geht nieder. Während er den Zigarettenqualm der beiden inhaliert, muss er sich gegen die Angriffe blutdurstiger Stechmücken wehren, die hier im Ausmaß einer biblischen Plage vorhanden sind. Sam hält ihm ein Mückenabwehrspray hin. Götzki benetzt seine Hand damit, schnüffelt daran – nein, lieber gestochen werden.

»Ts, typisch der Strohmann«, eröffnet Ali die Small-Talk-Runde.

»Sie sollten Gendern verpflichtend machen.«

»Nein, Sam, ich meine, dass für ihn schon feststeht, wer es war.«

»Wer denn?« Götzki langt nach einem Getier in seinem Sichtfeld. »Scheinen ja außer mir alle zu wissen.«

»Weil du nicht in der WhatsApp-Gruppe bist«, sagt Sam. »Die Nachbarin unter der Tatwohnung hat ausgesagt. Kurz vor der Tat war ein gewisser Rachid Massoun im Haus, genauer: im ersten Stock. Ein sehr extrovertierter Zeitgenosse, polizeibekannt. Auf den fällt jetzt natürlich der Verdacht.«

»WhatsApp-Gruppe«, brummt Götzki. Ein unheilvoller Begriff in Zusammenhang mit der Polizei.

»Rachid Massoun gehört zum Massoun-Clan. Eine marokkanische Großfamilie, die vor allem in Worms ansässig ist.«

»Worms ... Ja, schon mal gehört.«

»Übles Pflaster«, sagt Ali. »Fünfzig Kilometer südlich von hier. Keine hunderttausend Einwohner, aber kriminell wie 'ne Million. Ich habe dort meine ersten Jahre als Schutzpolizist verbracht. Du glaubst gar nicht, wie froh ich war, als ich die Ausbildung beim LKA anfangen konnte und aus Worms wegkam.«

»Du kennst also diesen Clan?«

Ali nickt. »Clan ist übertrieben. Eine größere Familie, hauptsächlich Schausteller und Schrotthändler. Ein paar schwarze Schafe. Ein bisschen Betrug, ein bisschen Erpressung, kleinere Gewaltdelikte. Nichts Außergewöhnliches für Wormser Verhältnisse. Der, um den es geht, ist in dieser Richtung nie auffällig geworden. Der ist eher der Typ Aktivist: Landfriedensbruch, Sachbeschädigung, Widerstand gegen Vollstreckungsbeamte. Aber man weiß ja nie. Wie ist eigentlich dein erster Eindruck, Berliner Supermann?«

»Nicht der Rede wert«, fasst Götzki das dreizehn Seiten umfassende Protokoll seiner ersten Tatortbegehung zusammen, das er in den schlaflosen Stunden nach Erinnerungslücke und Albtraum verfasst hat. Kein Abbruch seiner Konzentration. Tadellose Gehirntätigkeit, kaum Bedarf an seinen Notizen, als hätte er die Begehung gefilmt und die Aufnahme im Kopf einfach abgespielt. Er verblüfft sich manchmal selbst. »Auffällig ist«, resümiert er, »dass die Wohnung völlig ungenutzt schien. Keine Lebensmittel, keine Hygieneartikel. Eher wie eine Kulisse, Stichwort Kamerastative. Erwähnenswert ist dann noch die Schmiererei an der gegenüberliegenden Hauswand. Da hat sich jemand die Mühe gemacht, sie auf Höhe des ersten Stocks anzubringen. Jessy Lafleur konnte sie von ihrer Loggia aus gut lesen. VFR und dann noch ein weiterer Buchstabe, vermutlich ein A. Sieht unvollständig aus. Darunter steht ein Stromkasten, der wurde vermutlich als Leiter benutzt.«

»VFRA«, grübelt Sam laut. »Vielleicht VERA?«

Götzki hebt die Schultern. »Der Aufwand ist bemerkenswert.

Da wollte wer was mitteilen. Wurde vielleicht nicht wahrgenommen. War frustriert über die missratene Botschaft, die bei der Adressatin keine Aufmerksamkeit erregt hat. Hat sich reingesteigert. Hat sie auch auf anderen Kanälen nicht erreichen können. Ist immer wütender geworden und am Ende mit der Eisenstange losgezogen.«

»Wow«, sagt Ali. »Fehlt jetzt noch der durchgeknallte Stalker, der genau *das* gesteht.«

»Nur ein Gedankenspiel. Eine Seifenblase, die platzt, wenn sich herausstellt, dass die Schmiererei schon dort war, als das Opfer die Wohnung bezog.«

»Und wohl nichts, was SKP gerne den Medien präsentieren würde«, ergänzt Ali. Er äfft den gedehnt-trägen Ton der Staatsanwältin nach. »Wir gehen einer Schmiererei nach. Ja, klar, wir sollten wegen eines Tötungsdelikts ermitteln, aber schauen wir uns erst mal die Sachbeschädigung an.«

So jung und schon so sarkastisch. Wie wird der mal drauf sein, wenn er vierzig ist? Ein wenig beschleicht Götzki das Gefühl, dass sich die gesamte Truppe von seiner Präsenz herausgefordert fühlt, vielleicht sogar etwas angefressen ist. Der Angeber vom BKA, der gekommen ist, um die Provinzdeppen zu erleuchten. Götzki kennt das fragile Selbstbewusstsein von Menschen in hierarchischen Gefügen und er kennt die ausgefahrenen Ellenbogen im Gedränge um eine Karriereleiter, die durch eine schmale Luke führt. Dabei will er ihnen gar nichts. Arbeiten will er, Normalität wiederherstellen, die Filmrisse und die Puddingfinger loswerden. Ist er zu selbstbewusst aufgetreten, zu forsch? Götzki bereut, vor Sam den Radfahrer angebrüllt zu haben, und er bedauert diesen Immobilienpreise-Schwanzvergleich Mainz vs. Berlin gegenüber Klößchen. Andererseits muss man in diesem Getümmel auch mal hupen, sonst drängen einen Rowdys wie Strohfuß in den Graben und man bleibt auf der Strecke.

»Der Strohfuß ist schon auf mich zugekommen«, berichtet Ali. »Er will, dass wir sofort nach Worms fahren, den Verdächtigen ausfragen. Ich finde ja, wir sollten den Spurensicherungsbericht abwarten, das juckt ihn nicht. Er hat Angst, dass sich Massoun nach Marokko absetzt. Er ist entschlossen, seine Rambonummer durchzuziehen. Und er will dich dabeihaben, Adam.«

»Klar, wieso nicht?«

»Super. Dann erlebst du John D. Strohfuß mal in Aktion.« Trotz des offensichtlich lustig gemeinten Kommentars lächelt Ali nicht.

»Und ich?«

»Recherche«, schlägt Götzki Sam vor. »Schau dir ähnliche Fälle an, in denen eine junge Frau durch stumpfe Gewalteinwirkung gestorben ist. Was waren das für Täter? Was waren ihre Motive? In welcher Beziehung standen sie zu ihren Opfern?«

»Und was bringt uns das?« Sam scheint skeptisch.

»Vielleicht Erkenntnisse. Vielleicht Inspiration. Vielleicht gar nichts, dann war es wenigstens ein gutes Recherchetraining. Wir müssen die Zeit sinnvoll füllen, bis wir von den Teams die ersten Fakten auf den Tisch kriegen.«

Und daher kurz darauf die Fahrt Richtung Süden in Strohfuß' Dienstfahrzeug, einem Abbild seines Egos auf Rädern. Das lackschwarze Zweitonnenmonstrum beschleunigt wie ein Motorrad. Während seiner Geschwindigkeitsverstöße und selbstmörderischen Überholmanöver breitet Strohfuß den Einsatzplan aus, den er selbst erdacht, selbst geprüft und selbst genehmigt hat. Immer dann, wenn Ali aus reiner Angst die Fahrweise seines Kollegen kommentieren will, wird Strohfuß lauter.

»Ich mache klare Ansagen, du übersetzt«, bellt er Ali an, der die Augen schließlich durchgehend zukneift und sich in den Beifahrersitz krallt. »Wir sammeln den Scheißkerl ein und nehmen ihn auseinander. Heute Abend haben wir sein Geständnis. Hundertpro hat der sich wegen irgendwas beleidigt gefühlt und ihr deshalb den Schädel zertrümmert. Bei denen geht's ja immer gleich um die Familienehre. Quasi, wenn die Alte ihm dumm gekommen ist, ist sie seiner ganzen Sippe dumm gekommen. Dann ist die ganze

Familie beleidigt und die geben nicht eher Ruhe, bis die Frau bestraft worden ist. Tja, und bestraft heißt bei den Taliban tot.«

Götzki schüttelt sich innerlich.

In Worms feiern sie das Überleben der Fahrt mit Burgern und Pommes in einem Fast-Food-Restaurant. Alle paar Bissen kommentiert Strohfuß kauend ihren Aufenthaltsort.

»So ein Loch.«

»Hier möchte ich nicht tot überm Zaun hängen.«

»Bin froh, wenn wir aus Worms wieder weg sind.«

Et cetera. Und Ali telefoniert auf Arabisch.

»Wir treffen uns in Abdallahs Firma«, verkündet er anschließend.

»Was soll das heißen, Firma?« Strohfuß spuckt Krümel. »Was für ein Attalla?«

»Abdallah ist so etwas wie das Junior-Familienoberhaupt. Wenn du was von denen willst, wendest du dich an ihn. Das ist am einfachsten, glaub mir.«

»Du lässt diese Kameltreiber die Regeln bestimmen?«

»Abdallah Massoun ist eingeborener Wormser, Stefan. In Rheinhessen gibt es keine Kamele. Und ja, ich erleichtere uns die Arbeit. Die Alternative ist, von Adresse zu Adresse zu fahren und nichts zu erreichen. Neben Abdallah und Rachid gibt es noch vier weitere Brüder plus Onkel und Tanten, Cousins, Großeltern … Mir ist es lieber, gleich am richtigen Ort zu sein. Dir nicht?«

Strohfuß läuft rot an und schiebt sich einen halben Cheeseburger in den Mund. »Du bist ganz schön naiv.«

Die Firma ist ein graues Gebäude hinter einem orangefarbenen Metallzaun und sieht geschlossen aus, so wie alles an diesem Stück Stadtrand am Rhein. Strohfuß drückt auf die Klingel. Ali merkt an, dass sie das Date auf der gegenüberliegenden Seite haben. Sie wenden sich zu einem verloren und runtergewirtschaftet wirkenden Areal voll sperrmüllhaftem Gerümpel, einem gewaltigen Haufen leerer Kanister mit Gefahrenpiktogrammen und sonnengebleichten Karussellteilen.

Götzki und Strohfuß folgen Ali auf das Gelände. Götzki dreht sich um. Auf Strohfuß' Klingeln hin hat sich drüben nichts getan. Die ganze Gegend ist tot. Ein Ort, den die Öffentlichkeit wohlweislich vergessen hat.

»Frag mich, was das für 'ne Firma sein soll«, knurrt Strohfuß, eine Hand an der Dienstwaffe.

»Abdallah macht Inkasso, soweit ich weiß.«

Götzki fühlt sich nicht wohl. Die Verlassenheit und Trostlosigkeit dieses Ortes erscheinen ihm wie eine Warnung. Zuletzt hat es ihn vor gut drei Jahren auf solch ein Gelände verschlagen, kurz vor seinem Kollaps. Die Erinnerung daran ist so unbrauchbar wie eine überspielte VHS-Kassette. Damals hatte ihn ein Informant an einem dieser scheußlich frühen Abende, die finster sind wie die tiefste Nacht, wenn sich die Berliner Dezemberkälte feucht ins Gesicht frisst, auf ein Grundstück in Tempelhof bestellt. Er war durch ein fehlendes Tor in einem Metallrahmen gestiegen, das weiß er noch, während er mit dem Display seines Smartphones ein schüchternes Licht auf den Boden warf, um nicht zu stolpern. Ironie des Schicksals, dass er dennoch liegend zu sich kam, fast einen vollen Tag später, in der U8, bedrängt von einer Kontrolleurin.

»Oofwachen, Schnapsdrossel, den Fahrschein bitte.«

Tatsächlich fuhr Götzki ohne Ticket und hatte weder Geldbörse noch Handy bei sich. Er ließ sich untersuchen und fand so heraus, dass sein wüster Kater nicht von Alkohol, sondern, so die ärztliche Vermutung, von Liquid Ecstasy herrührte. Man hatte ihn also mit K.-o.-Tropfen abgeschossen und ausgeraubt. Das war die naheliegende Erklärung. Zufriedenstellend war sie nicht. Götzki fehlten komplette zwanzig Stunden.

Niemand versuchte danach, seine Kreditkarte zu benutzen oder mit seiner Identität SIM-Karten freizuschalten, sonst üblich nach solchen Raubdelikten. Es geschah – nichts. Genauso hatte dieses Mysterium keine Blessuren an seinem Körper oder andere äußerliche Spuren hinterlassen. Er recherchierte und fand sich schließlich selbst als Protagonisten eines Überwachungsvideos am Bahnhof Gesundbrunnen, wo er als einer von Zahllosen den Bahnsteig und kurz darauf die U-Bahn betrat, in der er rund fünf Stunden später von der Schaffnerin angekeift wurde. Das Treffen mit dem Informanten hatte stattgefunden und der Mann wunderte sich, wieso Götzki ihn noch einmal um die Infos bat, die er schon eingeholt hatte. Außerdem hatte er innerhalb der fehlenden zwanzig Stunden versucht, seine Ex anzurufen – vergebens.

Während sie auf anderen Kanälen inflationär kommuniziert, geht Katha fast nie ans Telefon. Er gab irgendwann auf herauszufinden, was in dieser Zeit geschehen war, denn er konnte den Argwohn spüren. Wegen privatem Schlamassel dienstlich aufzutreten und Überwachungsvideos zu sichten ist nicht gern gesehen. Bis heute steht Götzki vor diesem Rätsel und weiß nur, dass es sich damals um den ersten seiner Filmrisse handelte. Mit ihm kamen die Konzentrationsausfälle und die Puddingfinger. Und die letzte Erinnerung an ein Leben ohne diese lästigen Begleiterscheinungen ist die, ein solches Gelände zu betreten.

Hinter ihnen biegen drei Autos ein, aufgetunte Modelle deutscher Hersteller. Sie bleiben in zwei Pkw-Längen Entfernung stehen.

»Was ist das für eine Scheiße, Ali?« Strohfuß zieht seine Waffe und richtet sie auf die Fahrzeuge.

»Stefan, bleib cool. Steck sie wieder ein. Das ist Abdallah Massoun.«

»Verarsch mich nicht. Abdallah fährt drei Autos auf einmal? Berliner, was sagst du?«

»Ich vertraue Ali.«

»Wirklich? Weißt du, wer da gleich aussteigt?« Strohfuß wendet sich an Ali. »Wenn du uns in die Scheiße geritten hast, baller ich dir die Eier weg.«

Ali lächelt und geht auf die Autos zu. Aus dem mittleren steigt vorsichtig ein untersetzter Vollbärtiger. Er fürchtet die Waffe, hebt aber nicht die Hände. Götzki und der bis ins zuckende Gesicht angespannte Strohfuß verstehen zwar die Sprache nicht, dafür die Verärgerung in seinem Ton.

»Stefan, pack deine Waffe wieder ein, bitte.«

»Du bist dran, wenn irgendwas Dummes passiert«, zischt Strohfuß und kommt der Bitte nach. »Frag ihn, wo ihr beschissener Bruder ist. Sag ihm, wir reißen ihm und seiner Wormser Sippe den Arsch auf, wenn er Scheiße redet.«

»Ich kann Deutsch, Mann.«

»Dann antworte. Du weißt, warum wir hier sind!«

Abdallah Massoun ignoriert Strohfuß und nimmt das Gespräch mit Ali wieder auf. Götzki hört ihnen aufmerksam zu. Einzelne Wörter fliegen ihm wie verirrte Spatzen aus dem stachligen arabischen Dickicht zu: Influencerin. LKA. Tötungsdelikt. Und Ali nennt diverse Male den Namen des Gesuchten: Rachid.

Strohfuß ist eine lebende Lunte. Die Adern unter seinen Schläfen wollen aus der Haut fahren. Sein Kiefer knirscht. Und dann entlädt es sich, er stößt vor, schiebt halb vor Ali, fährt Abdallah Massoun an. »Jetzt reden wir Deutsch, hörst du? Wo ist er?«

»Wir kennen uns nicht, warum duzen Sie mich?«

Strohfuß dreht ihm den Arm auf den Rücken und knallt ihn auf die schwarz glänzende Haube des BMW. Rohe Gewalt in flüssiger Bewegung. Jetzt steigen die Begleiter aus. Es wird schnell hektisch, das mehrstimmige »Hey! Hey!« eines sich anbahnenden Austauschs von Gewalthandlungen. Ali redet beschwichtigend auf die sechs Männer ein, die drauf und dran sind, sich auf Strohfuß zu stürzen. Der wiederum nimmt die Hand aus Abdallah Massouns Nacken und greift erneut zur Waffe.

»Ganz cool, wir bleiben alle ganz cool!«, ruft er und drückt dem keuchenden Mann den Lauf in die Seite. »Wir sind nicht das Gesundheitsamt, das die Kakerlaken in deiner Dönerbude zählt, Junge. Wir sind echte Bullen und es geht um Mord. Kapierst du das, Abdallah? Du mich verstehen? Mord! Einer jungen Frau wurde der Schädel zertrümmert und wir wissen, dass es dein Bruder Rachid war. Also machst du jetzt dein Maul auf und verrätst uns, wo wir ihn finden, sonst ist Großrazzia bei euch angesagt, klar?«

»Vielleicht lassen Sie ihn sich hinstellen, damit er reden kann.« Götzki versucht es diplomatisch. Ein wenig fühlt er sich schuldig, weil er davon ausgeht, dass Strohfuß vor allem eskaliert, um ihn zu beeindrucken.

Abdallah Massoun keucht etwas auf Arabisch. Sein Speichel glänzt auf der Motorhaube.

»Stefan, das bringt nichts, lass ihn gehen.« Ali klingt nicht aufgebracht, eher angeödet. Die sechs Begleiter beäugt er dennoch beunruhigt, zumal sie sich langsam nähern.

»Was hast du gesagt? Du sollst Deutsch reden!«

»Ich habe gesagt: Fick dich, Bastard!«

Strohfuß drückt seine Waffe so fest in Abdallah Massouns Seite, dass der aufstöhnt. »Ich ficke *dich*, Arschloch! Wo ist Rachid?«

»Hab ich deinem Kollegen schon gesagt, Bastard ...«

»Ich will es auf Deutsch hören!« Strohfuß drückt noch fester zu.

Zweien der Begleiter ist Massouns Aufjaulen zu viel. Sie stürzen Richtung Strohfuß, der den Arm hochreißt und einen Schuss abgibt.

»Verpisst euch! Zurück!«

»Mann, Stefan!«, schreit Ali. »Er hat mir längst gesagt, dass sein Bruder nicht mehr in Deutschland ist. Der ist nach Rabat geflogen.«

Strohfuß glotzt.

»Das lässt sich einfach überprüfen«, sagt Götzki. Ihm ist bewusst, dass sein gemäßigter Innendienstlerton schräg rüberkommt, aber man scheint sich ohnehin nicht für ihn zu interessieren.

»Scheiße!«, brüllt Strohfuß und fuchtelt mit seiner Dienstwaffe herum. »Genau das hab ich vorhergesagt! Dass sich der Kanake absetzt! Scheiße!«

Ali ist wortreich um Deeskalation bemüht. Massouns Trupp schäumt, traut sich allerdings nicht, in die Offensive zu gehen.

»Das kriegst du zurück, Bastard«, ächzt Abdallah Massoun, dem die Tränen in den Augen stehen.

Strohfuß greift in Massouns Haare, zieht ihn hoch und schlägt seinen Kopf auf die Motorhaube. Dann lässt er von ihm ab. Abdallah Massouns Beine knicken ein und er geht zu Boden, durch die Hände vorm Gesicht tritt Blut. Seine Begleiter laufen zu ihm, während ihr LKA-Trio abzieht, Strohfuß rückwärts mit vorgehaltener Waffe.

»Was für eine beschissene Aktion, Stefan!«, tobt Ali, als sie wieder im Wagen sitzen.

Strohfuß lässt den Motor an.

»Bärenstarker Auftritt, Männer. Bärenstark. Bin immer noch voll auf Adrenalin.« Er dreht sich zu Ali um, grinst mit leuchtenden Augen. »Guter Cop, böser Cop, das funktioniert immer, was?«

»Der gute Cop war völlig ausreichend, wir hatten die Info schon!«

Strohfuß fährt schon wieder viel zu schnell, über siebzig innerorts. »Solche kleinkriminellen Wichser müssen kapieren, dass es ernst ist. Wir sind der Staat, wir haben das Sagen, das muss denen klar sein.«

»Das Einzige, was denen jetzt klar ist, ist, dass du komplett durchgeknallt bist! Du missbrauchst deine Dienstwaffe, begehst Körperverletzung. Was ist denn eine Zeugenaussage wert, die mit Waffengewalt erzwungen wurde?«

»Ach, mach dich nicht nass, Ali. War das denn eine Zeugenbefragung? Du hast ihn nicht mal über seine Rechte aufgeklärt.«

»Doch, auf Arabisch!«

»Also, wenn ihr mich fragt …« Strohfuß gähnt betont. »Wenn ihr es von mir wissen wollt, wir waren gar nicht in Worms. Haben auch niemanden verhört. Wir haben Ausreisedaten gecheckt und rausgefunden, dass sich dieser Rachid nach Marokko abgesetzt hat. Heißt, SKP muss Kontakt mit den Kollegen da unten aufnehmen.« Er überlegt kurz. »Das wär was, als Zielfahnder nach Marokko. Hoffentlich ist er irgendwo am Strand.« Jetzt wendet er sich an Götzki. »Und, Berliner, was sagst du? Bei uns geht's rund. Wir haben Worms, das ist viel krimineller als deine Großstadt!« Er lacht wiehernd, lässt das Fenster runter und bringt das Blaulicht aufs Autodach.

Ali kommt aus dem Kopfschütteln nicht mehr raus, bearbeitet energisch sein Smartphone.

»Ich war noch nie bei einem Außeneinsatz dieser Art dabei«, antwortet Götzki. »Aus meiner fachlichen Perspektive hätte ich ihn erheblich weniger gewalttätig gestaltet und die Dienstwaffe nicht eingesetzt. Laut dem jüngsten Stand der Kommunikationspsychologie ist kooperative Gesprächsführung zielführender als das Maximieren eines Machtgefälles.«

»Alles klar, Herr Professor. Hat halt jeder so seinen Stil, gell? Und ich bin nun mal der stellvertretende Leiter der Soko.«

Sie passieren das Ortsschild der kreisfreien Stadt Worms mit hundertdreißig Stundenkilometern.

7

Götzki schaut einem fetten schwarzen Käfer dabei zu, wie er träge über die Fensterbank wankt. Das Fenster ist nur gekippt, das wird er nicht kapieren.

»Bertermann.«

»Götzki. Adam Götzki, ich war bis vor Kurzem bei Ihnen in …«

»Wie kommen Sie an meine Privatnummer?«

»Ich muss reden.«

»Adam, Sie beantworten bitte meine Frage, woher haben Sie meine private Telefonnummer?«

»Ich bin Polizist, Angela«, murmelt er.

Es folgt eine kurze Stille, sicher ein Kloß im Hals vor plötzlichem Ärger. Dann klingt sie sehr hysterisch. »Sie nutzen den Polizeicomputer, um einfach so mal eben meine privaten Daten abzufragen?«

»Ich habe mir nur Ihre Telefonnummer auf einen Zettel geschrieben. Wenn wir telefoniert haben, werfe ich den Zettel weg. Und ich lösche Ihre Nummer aus meinem Speicher. Bitte, es ist wichtig.«

Sie schweigt wieder. Götzki meint, eine beruhigende Atemübung zu hören.

»Seit ich in Mainz bin, habe ich noch nichts in mein Positivtagebuch eingetragen.«

»Adam, in meiner Freizeit …«

»Bitte! Sie haben mich dazu ermutigt, diesen Schritt zu gehen.«

»Nein, das ist nur … Nein, es ist beruflich«, sagt sie, aber nicht zu Götzki. »Adam, natürlich habe ich Sie zu dem Ortswechsel ermutigt. Doch es liegt nicht in meiner Verantwortung, dass Sie an dem anderen Ort zufrieden sind und positive Erlebnisse haben.«

»Sie haben gesagt, ich müsse das Positive empfinden. Dann

haben Sie wieder das Wort zerlegt, emp-finden, und ein paarmal hat es funktioniert. Das mit dem Straßenmusiker, erinnern Sie sich? Und der Gewürzduft in dem orientalischen Supermarkt? Das war alles in Berlin. Ich dachte, vielleicht haben Sie einen Tipp, wie das auch in Mainz funktionieren kann.«

»Adam«, ächzt sie, »es widerstrebt mir, mit Ihnen in diesem Kontext zu reden, und ich fühle mich ohnmächtig, wenn ich daran denke, dass Sie einfach so meine privaten Daten abrufen. Nun gut, dieses eine Mal … Interagieren Sie mit den Menschen, Adam, nicht mit dem Ort. Versuchen Sie einfach zu vergessen, wo Sie sind. Denken Sie nicht in Städten, denken Sie in Staaten. Sie sind so oder so in Deutschland.«

»Ich kann nicht die Menschen von dem Ort trennen. Ich müsste mir die Ohren zuhalten, um diesen Dialekt auszublenden. Und wissen Sie, wie eng es hier ist? Angela, ich brauche Ihre Hilfe! Wäre es nicht klüger, wieder zurück nach Berlin zu gehen?«

Sie schweigt lange. Im Hintergrund flüstert ein Mann. Sie zischt ihn diskret weg. »Nein, gehen Sie nicht zurück nach Berlin. Konfrontieren Sie sich mit Mainz. Oder milder ausgedrückt, breiten Sie die Arme aus für diese Stadt. Suchen Sie Kontakt zu Menschen, die Ihnen sympathisch sind.«

Er grinst bitter. Sympathisch? Ist ihm bislang nur Sam und die ist halb so alt wie er. Eine Sympathie, mutmaßlich auf der Basis väterlicher Instinkte.

»Wir hatten das doch in Berlin schon«, fährt sie fort. »Menschen müssen unter Menschen, auch Sie. Wenn Sie am Arbeitsplatz keine Freundschaften schließen, versuchen Sie es in Ihrer Freizeit. Gehen Sie in Gaststätten, besuchen Sie Konzerte, treten Sie einem Sportverein bei. Was Sie bedrückt, ist nicht Mainz, Adam. Das sind Sie, weil Sie sich selbst im Weg stehen. Bitte entschuldigen Sie, dass ich das so direkt ausspreche.«

»Aber in Berlin …«

»Berlin ist nicht gut für Sie. Erst kürzlich ist eine aufschlussreiche Studie erschienen. Menschen, die in großen Städten leben und unter Einsamkeit leiden, haben eine erhöhte Gefahr, an Schizophrenie zu erkranken.«

»Das glaube ich nicht. Nicht in meinem Fall. Ich habe über fünfundvierzig Jahre in Berlin gelebt und ...« Er unterbricht sich. »Wollen Sie damit sagen, ich bin geisteskrank?«

»Ich lehne dieses Wort entschieden ab, Adam. Und das ist kein Thema für ein spontanes Telefonat. So etwas müssen Sie in der Psychiatrie feststellen lassen. Und außerdem«, sagt sie gereizt, »ist dieses ganze Gespräch keine gute Idee. Suchen Sie sich einen Psychotherapeuten vor Ort. Rufen Sie die 116117 an und sagen Sie, es ist dringend.«

»Kenn ich schon. Die schicken mich zu jemandem, der mir eine halbe Stunde lang erklärt, dass er keinen Therapieplatz für mich hat und mir nur ein einzelnes Beratungsgespräch anbieten kann. Und am Ende gibt er mir einen Dringlichkeitscode und sagt: ›Rufen Sie die 116117 an.‹ Bei Ihnen habe ich mich gut aufgehoben gefühlt, Angela. Können wir nicht telefonisch weitermachen? Oder über Zoom? Erhöhen Sie Ihren Stundensatz für mich, ich kann Ihnen das Geld in bar zukommen lassen, ist mir egal.«

»Ich ignoriere in Ihrem Interesse Ihr Angebot, mich schwarz zu bezahlen.«

Schwarz bezahlen. Götzki muss an Maja denken. Schwarzfahren, Schwarzarbeit, schwarz bezahlen – das alles darf man bei ihr nicht sagen. Rassistisch sei das. Götzki sieht das anders, es geht ja nicht um die Hautfarbe. Darüber haben sie schon häufig diskutiert.

»Vor allem fehlt mir meine Tochter«, sagt er. »Ich halte das kaum aus. Sie braucht mich ja auch.«

»Adam«, beginnt sie mit jener Stimme, mit der sie in den Sitzungen auf ihn zugekippt ist, »Ihre Tochter ist eine erwachsene Frau und Sie selbst haben mir berichtet, dass sie Ihren Ortswechsel befürwortet und unterstützt. Gestatten Sie Ihrer Tochter, ein erwachsener Mensch zu sein. Und geben Sie auch Ihrer Ex-Frau die Möglichkeit, Ihre Trennung abzuschließen. Melden Sie sich auf

Partnerportalen an und treffen Sie andere Frauen. Es wird Ihnen guttun, Adam.«

Was nicht stimmt und das weiß sie. Dates fühlen sich für ihn an, als wollte er mit dem Fahrrad eine Treppe hochfahren. Angela weiß auch, dass er die Geschichte mit Katha nie aufgearbeitet hat. Man kann kein neues Haus auf den Trümmern des alten errichten.

»Eine halbe Stunde jede Woche, Angela.«

»Adam, bitte hören Sie mein klares Nein! Zeit ist nicht die einzige Ressource. Ich benötige auch mentale Kapazitäten für meine Klienten. Ich bin in jeder Hinsicht ausgelastet. Und nun noch einmal in aller Deutlichkeit: Ich untersage Ihnen, meine privaten Daten abzurufen und mich privat zu kontaktieren!«

Er sagt nichts.

»In Ihrem Umfeld arbeiten Polizeipsychologen, gehen Sie auf diese Kollegen zu, die können Ihnen möglicherweise weiterhelfen, haben vielleicht Kontakte. Ich wünsche Ihnen viel Erfolg, Adam. Machen Sie es gut.«

Und weg.

Der Käfer ist auch nicht mehr da. Götzki fragt sich, ob er tatsächlich durch das gekippte Fenster nach draußen gelangt ist oder ob er ihn in seinem Apartment wiedersehen wird.

8

Maja ruft nicht an. Sie kann für Wochen in einen Zustand vollkommener Sturheit fallen. Er muss sie anrufen, muss de- und reumütig von seiner Arbeit berichten, um seinen Traum vom täglichen Vater-Tochter-Kontakt zu erhalten.

Was ihm zusätzlich die Laune verfinstert: Die Ermittlungsfahrt nach Worms ist ganz und gar überflüssig gewesen. Strohfuß, der die Fahndung von Anfang an regelrecht an sich gerissen hat, kannte Massouns wahren Aufenthaltsort schon vorher. Dieser ganze Ausflug in die Nibelungenstadt, wie sie sich nennt, war also nur die unprofessionelle Vergnügungsfahrt eines halbstarken Charakters.

Ali hat Götzki davon abgeraten, sich über Strohfuß zu beschweren. Eine Begründung hat er nicht genannt, nur auf das Gefüge hier verwiesen und Götzki den Tipp gegeben, sich erst mal in aller Ruhe anzuschauen, wie der Laden so läuft. Darauf hat Götzki keine Lust. Er hasst diese Seifenopern am Arbeitsplatz. In einer perfekten Welt erledigt jeder seinen Job. Diesem Ideal eifert Götzki nach. Also befasst er sich mit dem Fall.

Es versteht sich, dass kein verschriftlichtes Wort von dem Einsatz in Worms seinen Weg in die Fallakte findet. Ali steckt Götzki, was Abdallah Massoun über seinen Bruder gesagt hat. »Rachid ist kein Mann. Er ist eine Schwuchtel. Ein Mann gründet eine Familie und verdient Geld. Rachid hat keine Familie gegründet. Er nennt sich Künstler. Die Familie scheißt auf ihn. Wir haben keinen Kontakt. Er lebt schon lange nicht mehr in Worms. Rachid ist ein ehrloser Hund, der Ärsche fickt.« So viel dazu.

In der Nacht, als Polizei und LKA Spuren in der Wohnung sicherten, saß Rachid Massoun also im Flieger nach Marokko, Zielort Rabat. Während Strohfuß diesen Fakt als geplante Flucht bezeichnet, übt sich Götzki in Zurückhaltung. Massoun ist Stipendiat des marokkanischen Goethe-Instituts. Dort werden seine und die Werke dreier weiterer deutsch-marokkanischer Kunstschaffender ausgestellt. Massouns Reise zur Vernissage nebst zehntägigem Aufenthalt in Rabat ist seit über einem Jahr beschlossene Sache, Hin- und Rückflug sind seit Langem gebucht.

»Scheißdreck. Der Kanake hat das doch so geplant. Killt die Alte gezielt kurz vor seiner Abreise und lässt sich schön den Flug vom Goethe-Institut bezahlen, der Dreckskerl.« Strohfuß sitzt mit einem Meter Abstand zum Tisch, die Beine übereinandergeschlagen, die Arme verschränkt, eine Zigarette hinterm Ohr. Es ist stickig im Konferenzraum, an den Fenstern klebt alter Staub.

»Herr Strohfuß, Ihr Wording ...«, ermahnt Zahnleiter.

Strohfuß winkt ab, schnaubt.

»Die Zeugin hat lediglich ausgesagt, dass Rachid Massoun in der Wohnung gewesen ist. Er war wohl öfter dort. Und dass sich Massoun und Jessy Lafleur laut unterhalten haben. Das heißt erst mal nicht viel«, gibt Götzki zu bedenken. Er ist strikt gegen einen Haftbefehl.

»Und warum unterhält man sich laut?«, poltert Strohfuß. »Richtig, weil man sich streitet. Es ist, wie ich gesagt habe: Der Scheißkerl hat sich von ihr provoziert gefühlt und zack! Ende, aus.«

»Wir brauchen Zeit für ein sauberes Ermittlungsergebnis«, sagt Götzki.

Schär hält eine große Zeitungsseite hoch. *Jessy Lafleur († 24): Bummel-Justiz lässt Verdächtigen entkommen!* »Der Druck ist leider hoch. Frau Küster-Prinz hat die Innenministerin am Hals. Die fragt, wie es sein kann, dass Massoun vor unseren Augen flüchten konnte.«

»Dafür gibt es eine plausible Erklärung, er hat ein Stipendium. Ich finde allein schon die Begriffe flüchten und Verdächtiger zu voreilig gewählt.«

»Sorry, aber da reißt mir der Kragen so was von«, fährt Strohfuß Götzki an.

»Der Kragen platzt«, korrigiert Götzki und wird von dem Kripohünen niedergebrüllt.

»Die Sachlage ist eindeutig. Der Scheißkerl hat die junge Frau abgeschlachtet und sich auf Kosten der deutschen Kulturförderung in sein Heimatland verpisst. Punkt. Ich weiß, dass es keiner hören will, ich spreche es eben aus. Die doppelte Staatsbürgerschaft ist ein Schuss ins Knie! Jetzt hockt dieser Bastard dort unten und zeigt uns den Mittelfinger. Gibt es ein Auslieferungsabkommen mit den Marokkanern? Nein. Dumm gelaufen!«

»Marokko wird uns bei einem Kapitaldelikt auch ohne Abkommen unterstützen«, sagt Schär. »Frau Küster-Prinz wird Haftbefehl erlassen und wir werden den Verdächtigen am Flughafen in Empfang nehmen.«

Götzki flüchtet sich in Sarkasmus. »Glückwunsch, dann können wir die Arbeit an dem Fall ja einstellen.«

»Genauso ist es, Herr Götzki. Wir haben das große Glück, diese Soko auflösen zu können, bevor sie ihre Arbeit richtig aufgenommen hat. Das kommt mir persönlich entgegen. Ich brauche Manpower in Sachen Autoteilemafia.«

Götzki dreht sich instinktiv zu Sam um.

»Die bauen Lenkräder und Navis aus Oberklassewagen aus und …«

»Ist mir bekannt«, zischt er.

Die junge Kollegin rollt mit den Augen. »Ein richtig großes Thema, seit es den Gatten der Innenministerin getroffen hat.«

Götzki nickt. Er ergreift noch einmal das Wort. Kann ja nicht sein. »Entschuldigung, aber ich finde, durch die Auflösung der Soko verbauen wir uns den Zugang zu anderen Perspektiven auf den Fall. Ich würde Herrn Massoun als Zeugen laden, mehr erst mal nicht, und die Arbeit fortführen. Ich würde wirklich gerne mit mehr Ermittlungsergebnissen ein Täterprofil erstellen.«

Schär lächelt wohlwollend. »Herr Götzki, ich bin glücklich,

Sie in meinem Team zu haben, und ich freue mich auf unsere Zusammenarbeit. Ihre Kompetenzen werden Sie noch oft genug unter Beweis stellen können. Was diesen Fall angeht, hat die Staatsanwältin das letzte Wort gesprochen. Die Sonderkommission wird in Absprache mit Frau Küster-Prinz hiermit aufgelöst. Die Kollegen von der Polizei nehmen Herrn Massoun fest und suchen weiter nach der Tatwaffe. Alle anderen widmen sich bitte ihren ursprünglichen Aufgaben. Vielen Dank. Herr Götzki, bitte bleiben Sie noch kurz.«

Sie warten, bis die murmelnde Menge draußen ist.

Schär schließt die Tür von innen, öffnet ein Fenster, wirft einen prüfenden Blick nach draußen, zündet sich eine Zigarette an. »Eine Todsünde heutzutage. Manchmal brauche ich das. Auch eine?«

Götzki schüttelt den Kopf.

»Ich bin froh, dass wir diese Influencerin los sind. So etwas frisst Ressourcen und schafft unnötig Öffentlichkeit. Natürlich haben Sie recht, eine runde Sache ist das nicht, wir haben bislang nur diese Zeugenaussage. Wirklich nachweisen können wir dem Künstler nichts. Aber warten wir die Berichte von Spurensicherung und Rechtsmedizin ab – wer soll es sonst gewesen sein?«

Götzki zuckt mit den Schultern. »Wir kennen die Örtlichkeit nicht vollumfänglich. Vielleicht war noch jemand im Haus und hat etwas beobachtet. Vielleicht ist der dringend Tatverdächtige gar nicht in dieser Wohnung gewesen. Die Zeugin hat ihn lediglich im Aufzug getroffen.«

»Sie haben selbst ermittelt, dass die anderen Wohnungen im ersten Geschoss einem Spekulanten gehören und leer stehen.«

»Was nicht bedeutet, dass man sie nicht betreten kann.«

»Wir haben die DNA von fünf Personen in Frau Blumensteins Wohnung gefunden. Jede Wette, dass eine davon die des Verdächtigen ist.«

»Und dann? Ist damit nichts bewiesen. Haben Sie keine Angst, dass Ihnen diese Sache um die Ohren fliegt?«

Schär saugt so heftig an seiner Zigarette, dass es knistert, und speit den Rauch förmlich aus dem Fenster. »Die Polizei braucht uns im Augenblick nicht, wir können uns auf andere Dinge konzentrieren. Je nachdem, was die Kollegen herausfinden, kommen wir noch mal ins Spiel.«

Götzki hat keine Vorstellung, wie sein Gesicht gerade aussieht, aber sicher nicht freundlich oder zufrieden.

»Herr Götzki … Sie sind ab sofort Mitglied der Ermittlungsgruppe 62 *Autoteile*. Bitte machen Sie sich mit der Materie vertraut. Wir müssen dringend Ergebnisse vorweisen. Der Druck kommt direkt aus dem Innenministerium. Ich verspreche mir frische Impulse von Ihnen.«

»Im Ernst, Herr Schär, mein Fachgebiet ist Operative Fallanalyse. Ich bin dafür ausgebildet, Kapitalverbrechen und Organisierter Kriminalität nachzugehen. Sie wissen so gut wie ich, dass die sogenannte Autoteilemafia nichts weiter ist als die Dramatisierung von gewöhnlichem Diebstahl und gewöhnlicher Hehlerei. Finden Sie nicht, mein Einsatz in einer solchen Geschichte wäre Ressourcenverschwendung?«

»Nein, das finde ich nicht. Und wenn ich ganz ehrlich bin, haben wir aktuell gar keinen Bedarf an der OFA. Bevor Sie hier als Profiler durchstarten, erwarte ich von Ihnen Ermittlungsarbeit.«

»Haben Sie mich deshalb noch nicht meinem Team vorgestellt? Bin ich deshalb keiner Abteilung zugewiesen?« Götzki starrt Schär fassungslos an. Der sieht stoisch aus dem Fenster. »Ich bin nicht als Lückenbüßer hergelockt worden. Verstehen Sie mein Problem?«

Schär drückt die nur halb aufgerauchte Zigarette auf dem Fensterbrett aus. »Ich muss Ihr Problem gar nicht verstehen. Ich bin Ihr Vorgesetzter und erteile Ihnen eine Dienstanweisung.«

»Verstehen Sie wenigstens mein Jobprofil?«

Schärs Blick verfinstert sich. »Ich hoffe, das haben Sie nicht so unverschämt gemeint, wie ich es auffassen könnte.«

Politik und Befindlichkeiten. Götzki würde am liebsten in den

Raum kotzen. »Ich schreibe Ihnen am besten eine Mail, in der ich ganz sachlich darlege, wieso ich es für falsch halte, die Ermittlungen im Fall Lafleur dermaßen runterzufahren.«

»Tun Sie das.« Schär wendet sich ab und zündet sich eine neue Zigarette an.

9

Die meisten der Sachen hat Götzki noch gar nicht getragen. Sie gehen so in den Koffer zurück, wie er sie vor genau sechs Tagen entnommen hat.

Auf der Tischplatte zittert das Smartphone. Er springt dynamischer auf, als es sein physischer Zustand erlaubt. Er muss unbedingt Sport treiben. Leider wieder nicht Maja, sondern Höhner, der es schon den ganzen Morgen versucht. Götzki seufzt und geht diesmal dran.

»Du hast Bruno noch immer nichts von deinen Anfällen erzählt.« Unter Höhners so ruhiger wie grußloser Gesprächseröffnung lauert der Zorn wie Glut unter Asche.

»Hatte bisher nicht die Gelegenheit. Wird auch nicht nötig sein. Ich kehre zurück nach Berlin.«

»Wie, zurück nach Berlin? Du bist nicht mal eine Woche in Mainz …«

»Und das ist mehr als genug.«

»Wieso denn?«, ruft Höhner. »Ich habe mich für dich starkgemacht. Du willst doch wieder vierzig Stunden arbeiten!«

»Nicht so, Ludwig. Dein Freund Bruno mag ein netter Kerl sein. Aber er hat mich verarscht. Es gibt keine OFA. Ich soll polizeiliche Ermittlungsarbeit verrichten. Das wäre für den Anfang vielleicht noch zu ertragen, nur weißt du was? Dein Freund Bruno lässt sich von der Staatsanwältin unter Druck setzen. Es gibt hier einen Rambo, der sämtliche Dienstvorschriften ignoriert, ohne dass es Konsequenzen hätte. Meine Kollegen tauschen sensible Ermittlungsinfos über WhatsApp aus. Über WhatsApp, Ludwig! Und das ist längst nicht alles, was mir an Unfähigkeit untergekommen ist. Und dann diese mickrige Stadt …«

»Adam, ich kenne und schätze dich als vernünftigen Menschen. Du kannst mich nicht so dastehen lassen!«

»Ich gehöre nach Berlin.« Götzki streicht die oberste Hose glatt. Jetzt die T-Shirts.

»Und was gedenkst du in Berlin zu tun?«

»Meinetwegen stinkende alte Akten durchblättern. Greise Zeugen befragen, die am Ende meiner Frage den Anfang vergessen haben. Viel zu Hause rumsitzen und mir die Frage stellen, warum ich dem Staat, für den ich arbeite, nicht dabei helfen darf, die Leute zu verfolgen, die ihn jetzt, genau in diesem Augenblick, bedrohen. Aber okay, ich nehme das, was du mir gibst. Muss ich ja. Ist mir auch alles recht, nur weg aus Mainz.«

Höhner schweigt eine Weile. Etwas knistert und raschelt. Möglich, dass er ein Bonbon aus dem Papier befreit. Höhner hat eine Schwäche für Salbeibonbons. »Das funktioniert so nicht, Adam.«

»Was funktioniert nicht?«

»Dass du wieder bei uns einsteigst. Immerhin hast du dich versetzen lassen.«

Götzki klappt langsam den Kofferdeckel zu. Seine Stimme bebt ein wenig. »Versetzen? Ludwig, ich bin nur deshalb nach Mainz gegangen, weil du mir zugesichert hast, dass ich jederzeit wieder zurück nach Berlin kann.«

»Zurück nach Berlin und zurück zum BKA sind zwei Paar Schuhe.«

»Was willst du damit sagen?« Götzki wird lauter.

»Bitte bleib in Mainz. Es ist zu deinem Wohl, Adam.«

»Zu meinem Wohl? Wer behauptet denn so was?«

»Ein Gutachten.«

»Moment mal, welches Gutachten?« Und plötzlich begreift er.

Angela. Kein Wunder, dass sie so sehr darauf bestanden hat, er möge sich mit einem Ortswechsel anfreunden. Ihre gemeinsame Geschichte basiert nicht auf Zufall und Schicksal, sondern auf einem Drehbuch aus Höhners Feder. Sie hatte ihn vergangenen Winter angerufen. Ein Rückruf, angeblich, ob er noch auf Therapieplatzsuche sei, sie habe jetzt Termine frei. Und ganz zufällig war Götzki auf der Suche nach stinknormaler Psychotherapie, nachdem er verzweifelte Ausflüge in mystizistische Gefilde unternommen hatte. Ein selbst ernannter Schamane konnte nichts weiter feststellen, als dass Götzkis jähes Aufwachen in den Nächten eine Reflexion der eigenen Geburt sei. Eine Heilerin der Goldenen Zeit nahm eine Reinigung seiner spirituellen Chakren vor oder tat zumindest so. Hinterher waren seine Chakren dennoch verunreinigt. Oder das alles war Scharlatanerie. Also wieder die konventionelle Psychotherapie. Wie passend kam der Anruf von Angela Bertermann. Götzki, depressiv von all den vergeblichen Versuchen, war nicht aufgefallen, dass sie keine der Therapeutinnen war, die er abgeklappert hatte – wie auch? Er hatte unzählige von ihnen angerufen, hatte sich durch Berlin und das Umland telefoniert. Klar hätte darunter auch eine Angela Bertermann sein können, Götzki hatte zu keiner Zeit festgehalten, wen er bereits kontaktiert hatte.

»Lass mich ehrlicher sein, als ich darf, Adam. Jeder, wirklich jeder hat gesehen, dass du psychisch auf dem Zahnfleisch gehst. Ich wurde gefragt, wie lange ich das noch mit ansehen möchte. Vielleicht hast du geglaubt, es verbergen zu können. Das konntest du nicht. Mir war wichtig herauszufinden, was ich für dich tun kann. Ich kenne Angela schon sehr lange. Sie ist eine begnadete Psychologin und Prozessgutachterin. Ich habe sie gebeten, mir zu sagen, was dir fehlt. Und sie sagte schließlich: ›Adam Götzki muss raus aus Berlin. Raus aus dem Chaos. Raus aus dem Dreck. Raus aus der Gewalt.‹ Du hättest dich nie davon überzeugen lassen, Berlin für einen längeren Zeitraum den Rücken zu kehren. Ich habe fest damit gerechnet, dass du schnell wieder zurückwillst, und wie sich jetzt herausstellt, zu Recht.«

Götzki ist mit dem Telefon am Ohr ins Badezimmer gelaufen. Er starrt sich im Spiegel an. Ein entmündigter Irrer, vorgeführt von scheinbaren Vertrauenspersonen, angeblich zu seinem Wohl. »Ihr habt mich also abgeschoben.«

»Betrachte es als Experiment zu deinem Besten. Ich verspreche dir, du kannst zurückkommen, auch wenn es scheitert. Aber du musst Mainz eine Chance geben. Du musst *dir* eine Chance geben.«

»Ludwig«, Götzki spürt seinen trockenen Rachen, vieles wird ihm jetzt klar, »Ludwig, beschützt ihr meine Tochter? Oder bin ich für euch ein bekloppter Paranoider?«

»Adam, selbstverständlich ist deine Tochter in Sicherheit.«

»Verarsch mich nicht!«

»Ich sorge dafür, dass eine Streife nach dem Rechten sieht.«

»Mein Gott, was soll das denn bringen? Das wird sie nur beunruhigen! Ludwig, ich werde von Mammadov bedroht. Meine Tochter braucht rund um die Uhr Schutz, das ist nicht mit einem Streifenwagen getan!« Götzki läuft im Apartment hin und her, rauft sich die Haare. »Du glaubst mir nicht, stimmt's? Du hältst mich für gestört!«

»Im Gegenteil, ich habe vollstes Verständnis dafür, dass du dich bedroht fühlst ...«

»Ich fühle mich nicht bedroht, ich *werde* bedroht!«, brüllt Götzki ohnmächtig. Er braucht vier lange Schritte, bis er den Stuhl erreicht hat, über dem sein Sakko hängt. Die Patronenhülse ... Götzki wühlt in der Innentasche, wühlt in den Seitentaschen. Er muss sie verloren haben, hat sie vielleicht im Apartment verlegt.

»Die Kollegen gehen der Sache nach, Adam. Wir tun wirklich alles für dich, was in unserer Macht steht. Natürlich nehmen wir deine Sorgen ernst.«

Götzki drückt Höhner weg, legt das Smartphone zur Seite. Die tote Ratte am Rückspiegel ist ein Stofftier gewesen, das muss er sich eingestehen. Die Hülse ist echt, er kann das kühle Metall noch zwischen Daumen und Zeigefinger fühlen, wenn er sich daran erinnert, wie er sie ausgiebig betrachtet und wie er Typ und Kaliber bestimmt hat. So etwas kann man sich nicht einbilden, höchstwahrscheinlich.

Götzki verlässt die Kraft in den Beinen. Er setzt sich auf den Boden, presst die Hände gegen das Gesicht.

Jetzt haben sie ihn also in die Provinz verbannt.

10

Er kann sich mit seinem neuen Habitat nicht anfreunden. Kurzatmig ist er durch ein Labyrinth aus Kopfsteinpflastergassen zwischen historischem Gebäudekitsch gelaufen, der sich hinter dem Mainzer Dom drängt, einem monströsen Gotteshaus aus rotem Sandstein, und hat schließlich eine Verkehrsader namens Rheinstraße erreicht, die zumindest im Vergleich zur historischen Altstadt breit erscheint, es jedoch keinesfalls ist, zumindest so lange nicht, bis Götzki von den Berlin-Vergleichen wegkommt.

Wenigstens der Rhein hat ein erträgliches Ausmaß. Götzki betrachtet die Frachtschiffe, die träge durch sein Blickfeld tuckern. Er spürt die Arbeit ihrer Motoren dumpf im Bauch, dort, wo sich das Gefühl ausgebreitet hat, an einem Karrieretiefpunkt angelangt zu sein. Karrieretiefpunkt? Götzki spuckt in den Fluss. Lebenstiefpunkt.

Die letzten beiden Abende hat er auf Angelas Anraten in Mainzer Kneipen verbracht und seit Langem mal wieder über den Durst getrunken. Hat sich dazu die regionale Küche einverleibt, was ihm sein Verdauungssystem spürbar nachträgt. Spundekäs – so könnte auch eine Geschlechtskrankheit heißen. Er fasst sich ins Gesicht. Wann war er zuletzt dermaßen unrasiert? Nach seiner Trennung von Katha vor beinahe zwanzig Jahren. Der stabile Adam Götzki rasiert sich täglich. Unrasiert in der Öffentlichkeit bedeutet Kontrollverlust.

Eine Möwe müht sich mit einem halben Brötchen ab. Viel zu viel für sie. Ein Pulk konvulsiver Tauben sieht ihr gurrend und geifernd zu, traut sich aber nicht hin. Götzki beschließt, aus Trotz im Fall Jessy Lafleur weiterzuermitteln.

Am Freitag hat er sich die Visagen von ein paar Dutzend europaweit zur Fahndung ausgeschriebenen Dieben und Hehlern angesehen, die in der Vergangenheit wegen verschiedener Delikte rund um das Thema Kraftfahrzeug aufgefallen sind. Fragestellung: Wo halten sich diese Typen gerade auf? Und gibt es womöglich Verbindungen zu Diebstählen von Autoteilen? Die reinste Strafarbeit. Götzki, hoffnungslos überqualifiziert, musste sich durch den Arbeitstag quälen, zumal er mit dem technikbegeisterten Klößchen im Büro saß, der die amputierten Teile und betroffenen Fahrzeuge kategorisierte und angesichts der hochmotorisierten Ingenieurskunst alle zehn Sekunden abwechselnd »Boah!« und »Alter!« rief. Bei aller Achtung vor Klößchen und seiner Hingabe, Götzki findet, exzellent ausgebildete Kriminalisten wie er selbst sollten Verbrechen nachgehen, deren Opfer Menschen sind, nicht Versicherungen.

Zu allem Überfluss dann Freitag, halb fünf, noch Schär. »Melden Sie sich bei unserer Psychologin Frau Dr. Ratz, Herr Götzki. Nur vorstellig werden, reine Routine.« Von wegen! Götzki ist sich sicher, dass Höhner ihn verraten hat. Er versucht, wütend zu sein. Versucht, das Bedürfnis heraufzubeschwören, seinem Ex-Chef den Hals umzudrehen. Hatte nicht ausgerechnet Angela gesagt, er soll unbedingt die starken, die intensiven Emotionen zulassen, ihnen nachspüren? Doch Götzki kommt an diese Emotionen nicht ran. Wenn Höhner in diesem Augenblick vor ihm stehen würde, Götzki wäre nicht einmal in der Lage, ihn in den Rhein zu schubsen. Möglich, dass seine regelmäßige Yogapraxis ursächlich für diesen tief sitzenden Pazifismus ist.

»Hey.«

Sam ist da. Götzki widersteht dem Impuls, auf die Uhr zu schauen. Pünktlichkeit ist hier auch so eine Sache. Meetings beginnen in Mainz standardmäßig eine Viertelstunde später. Aber das ist ein inoffizielles, außerdienstliches Treffen.

»Schön, dass du es geschafft hast«, sagt Götzki. Er lächelt zum ersten Mal seit Tagen.

»Klar. Bin ja gespannt, was der große Mann aus Berlin von mir kleinem Licht will.«

»Zunächst mal hätte ich gerne mehr Augenhöhe, Sam. Ich bin nicht groß und du bist nicht klein. Wir sind Kollegen.«

»Kolleg*innen.« Sie wird augenblicklich rot. »Sorry, ich achte darauf. Ist 'ne Angewohnheit von mir, bitte nicht persönlich nehmen.«

»Kolleg*innen«, korrigiert Götzki. »Du darfst mich gerne jederzeit verbessern. Meine Tochter berichtigt auch ständig meine Sprache. Ich versuche, mich daran zu gewöhnen. Ich möchte mich mal mit jemandem austauschen. Und ich habe dich ausgewählt, weil, ja, weil wir einen guten Start hatten und ein gewisses Vertrauen da ist, zumindest von meiner Seite aus.«

»Von meiner auch.«

»Schön. Ich kann den Fall Jessy Lafleur nämlich nicht einfach ruhen lassen und mich diesen Autoteiledieben widmen, als wäre nichts geschehen. Du weißt ja, wir haben nicht viel. Ich würde mich gerne tiefer in den Fall hineinwühlen. Mal die Überwachungskameras in der näheren Umgebung checken. Weitere Bezugspersonen befragen. Alles in allem würde ich gerne an diesem Fall arbeiten, was bislang ja nicht geschehen ist.«

Sam nickt.

»Wie stehst du dazu, Sam?«

»Ich fühle das. Ehrlich. Aber was möchtest du von mir?«

»Unterstützung. Ich weiß, du bist im Praktikum, du hast klare Aufgaben. Im Ernstfall stelle ich mich vor dich, das garantiere ich dir.« Er holt sein Smartphone hervor und öffnet Jessy Lafleurs YouTube-Kanal.

Hi, ihr Lieben!
Wie schön, dass ihr euren Weg hierher gefunden habt. Ich möchte euch zeigen, wie ich mein Leben gesund und nachhaltig gestalte, ohne viel zu verzichten und ohne sehr streng mit mir zu sein. Entscheidend sind Achtsamkeit, ein positives und wertschätzendes Mindset und vor allem – Yoga!

So gehe ich entspannt und zufrieden durchs Leben. Ich lade euch ein, mich zu begleiten. Ihr braucht keine Vorkenntnisse. Alles, was ihr mitbringen müsst, ist Offenheit.
Namaste, eure Jessy

»Über zwei Komma fünf Millionen Menschen haben diesen Kanal abonniert. Statistisch gesehen jede zweiunddreißigste Person in Deutschland. Allein in Mainz müssen es über sechseinhalbtausend sein. Selbst im letzten Dorf im hintersten Brandenburg mit zweiunddreißig Einwohnern gibt es immer noch einen, der Jessy Lafleur folgt. Es besteht ein erhebliches öffentliches Interesse, dieses Verbrechen lückenlos aufzuklären.«

»Es sind keine zweieinhalb Millionen Menschen«, sagt Sam.

»Wie meinst du das?«

Sie seufzt, dann lächelt sie Götzki an. »Du hast sicher schon mal von Bots gehört.«

»Ja. Du meinst, diese Abos wurden von Bots abgeschlossen?«

»Bots, Fake-Accounts, gekaufte Abonnent*innen … Wir wissen nicht, hinter wie vielen dieser Abos echte Menschen stecken.«

»Glaubst du, sie hat Abonnenten gekauft?«

»Abonnent*innen. Ja, das glaube ich. Das ist gängige Praxis unter Influencer*innen. Es gibt Agenturen, die mit allem handeln, was du als hippe Influencer*in benötigst: Abonnent*innen, Follower*innen, Likes, Kommentare, alles.«

»Kommentare auch?«

Sam nickt. »Eine Riesenblase an Fakes, auch auf den anderen Plattformen. Elon Musk hat den Kauf von Twitter im ersten Anlauf platzen lassen, weil er deren Schätzungen misstraut hat, wie viele ihrer Nutzer*innen in Wahrheit Fakes sind.«

»Das habe ich mitbekommen, ja«, sagt Götzki grüblerisch. »Mir ist durchaus klar, welche Rolle Bots und Fakes inzwischen spielen und dass die Schurken dieser Welt, von Trump über Putin bis hin zum Islamischen Staat, diese mächtige Waffe für ihre Zwecke einsetzen, ja. Das ist die Logik des Bösen. Aber sie?« Er hält

Sam das Profilbild von Jessy Lafleur hin. Eine lebensfroh lächelnde Mittzwanzigerin mit strahlenden Augen und einem anarchischen Dutt.

Sam zuckt mit den Schultern. »Ich würde sie weniger als die freundliche Yogatante betrachten, sondern mehr als Unternehmerin. Eine YouTube-Millionärin.«

»Millionärin, echt? Nun gut, das lässt sich herausfinden.« Götzki steckt sein Handy ein. »Objektiv betrachtet eine junge Frau, die brutal erschlagen worden ist.«

»Du hast eine Tochter in ihrem Alter, nicht wahr?«

»Ja. Übrigens eine reale Abonnentin. Sie hat mich vor ein paar Wochen auf Jessy Lafleur aufmerksam gemacht. Seit einer Weile ist sie sehr besorgt um mich. Ich soll mehr Sport treiben, mich gesünder ernähren, mehr unter Leute gehen, eine echte Tochter eben.«

Sie haben sich vom Ufer entfernt, sind über eine schmucklose Betontreppe zum Rathausplateau hinaufgelangt. Götzki mag das Mainzer Rathaus. Brutalistisch, raumgreifend und großspurig, ein willkommen kühler Kontrast zum kleinteiligen Altstadtkitsch.

Sam hat eine Weile nachgedacht. Sie holt tief Luft. »Angenommen, also nur mal angenommen, Jessy Lafleur wäre nicht Jessy gewesen, sondern Jack. Jack Lafleur, sagen wir mal, vierzig Jahre alt, Fitnessinfluencer, zum Beispiel, oder berühmt für seine Tuning-Tutorials.«

Götzki sieht sie argwöhnisch an.

»Weißt du, was ich meine? Du hast gesagt: ›Objektiv betrachtet wurde eine junge Frau erschlagen.‹ Ich frage mich: Wie objektiv ist dein Blick auf den Fall beziehungsweise wie subjektiv? Stachelt es dich an, dass das Opfer so alt ist wie deine Tochter und dass sich deine Tochter mit ihr identifiziert hat?«

Götzki bleibt stehen, sieht die junge Kollegin scharf an. »Ja! Ja, meinetwegen, dann ist es so! Wir haben eine tote Kunstfigur, ein Produkt, und der aufgebrachten Öffentlichkeit wird der Erstbeste zum Fraß vorgeworfen. Migrationshintergrund, hat im richtigen

Stockwerk den Aufzug verlassen – passt! Und beim LKA kann man sich wieder um die Autoteilemafia kümmern, wie es die Frau Innenministerin will. Mir reicht das nicht. Da wurde eine junge Frau niedergemetzelt und wir wissen nichts über sie. Weißt du irgendetwas über Johanna Blumenstein?«

»Nein. Aber Ali und ich haben noch ein paar Worte mit ihrem Boyfriend Finn gewechselt. Das ist der, der sie gefunden hat. Das war sehr aufschlussreich.«

»Das heißt?«

»Ein Fake in der Offlinewelt. Jessy Lafleur und Finn Kaiser sind ein reines Filmpaar. Außerhalb ihrer Videos läuft da nichts. Keine Gefühle, eine reine Geschäftsbeziehung. O-Ton Finn: ›Ich muss jetzt meinen Sponsoren erklären, dass ich in den nächsten Wochen keine fröhlichen Videos posten kann.‹ Es ist nicht so, dass er um Jessy trauert. Der Anblick der Leiche verfolge ihn, er habe immer noch den Blutgeruch in der Nase – das ist alles, was er an Regung äußert. Weißt du, warum Finn am Abend in die Wohnung gekommen ist? Bloß, um ein schnelles Video zu drehen. Er habe Geld an Jessy Lafleur gezahlt, um die Wohnung und ihr Equipment nutzen zu können. Er hat also nicht seine tote Freundin dort gefunden, eher seine tote Vermieterin.«

»Die waren also kein«, Götzki betreibt Wortfindung, »Paar?«

»Laut Finn ist Jessy nicht sein Typ. Die haben nicht mal Händchen gehalten. Bloß vor der Kamera geturtelt, um gegenseitig Follower*innen zu generieren. Ach ja, zum Thema Follower*innen hat Finn auch gleich aus dem Nähkästchen geplaudert. Sie haben beide welche gekauft.«

Götzki macht große Augen. »Das hat er dir erzählt? Ich meine, immerhin dürfte das strafbar sein. Wenn sich jemand diese Fakefollower kauft, verfälscht er geschäftsrelevante Zahlen und verschafft sich einen unlauteren Vorteil gegenüber Mitbewerbern oder liege ich da falsch?«

»Finn wirkt nicht wie jemand, der sich deswegen Sorgen macht. Warum auch? Vermutlich gibt es keine Mitbewerber*innen, die diesbezüglich eine weiße Weste haben. Also wird ihn niemand anklagen. Ich habe mir Finns Insta-Profil angeschaut. Siebenhunderttausend folgen ihm.«

»Wie viele davon sind Fakes?«

Sam hebt die Schultern. »Wir haben das nicht vertieft. Hundert kosten etwa einen Euro. Je nachdem, in welchen Mengen du sie kaufst, deutlich weniger. Allerdings musst du immer wieder nachkaufen, weil du Zombie-Accounts erwirbst, die von den Betreiber*innen der Plattformen gelöscht werden. Trotzdem, teuer ist das nicht. Vor allem, wenn man sich anschaut, mit wem Influencer*innen wie Finn und Jessy Werbedeals am Laufen haben.«

»›Den Link zu meinem heutigen Outfit findet ihr in der Infobox‹«, zitiert Götzki Jessy Lafleur.

»Mode ist dabei nur eine von mehreren Sparten«, sagt Sam. »Hauptsächlich werben beide für Kosmetikprodukte und Nahrungsergänzungsmittel. Natürlich alles bio und nachhaltig, wie sie betonen. Klingt dann immer, als hätten sie das Zeug aus dem Hoflädchen vom Ökobauern um die Ecke. Hinter diesen Produkten stecken große Konzerne aus der Chemie- und Lebensmittelindustrie.«

»Es geht also um viel Geld.«

»Es geht auch darum, sich selbst als Botschafter*in zu vermarkten. Es ist ja nicht damit getan, dass Jessy deine Naturkosmetik in die Kamera hält oder Finn im Gym steht und auf dein Proteinpulver schwört. Sieh dir das mal an.«

Götzki nimmt Sams Smartphone. »Wer ist das?«

»Aaliyah Beier, Klima-Bloggerin. Da interviewt sie Jessy Lafleur. Ich will dir eine bestimmte Stelle zeigen …« Sam zieht den roten Verlaufsbalken des Videos nach rechts. »Hier müsste es etwa sein.«

… bekomme ich sehr viele, sagt Jessy Lafleur. *Aber ich nehme die allerwenigsten dieser Angebote an. Ich entscheide nach sehr strengen Kriterien, wofür ich werbe. Ich mache nur für Produkte Promo, die klimaneutral sind, die Bioqualität haben, die fair pro-*

duziert werden und hinter denen ich zu hundert Prozent stehen kann. Aaliyah Beier nickt begeistert.

»Aaliyah Beier hat unter anderem schon Greta Thunberg interviewt und als ein Gesicht der deutschen Fridays-for-Future-Bewegung in diversen Talkshows gesessen. Was das Thema grüner Lifestyle angeht, hat sie maximale Credibility. Und davon hat wiederum Jessy Lafleur profitiert. Für die Marketingstrateg*innen ist nicht nur wichtig, bei welcher Botschafterin sie ihr Produkt platzieren, sondern auch, wo sich diese Botschafterin selbst platziert.«

»Das heißt«, folgert Götzki, »ich kann ein Kosmetikprodukt aus Jessy Lafleurs Video bedenkenlos kaufen, denn ich habe so etwas wie eine Glaubwürdigkeitskette bis zu Greta Thunberg persönlich. Die Frage, die sich mir da stellt, ist ...«

»... ob sich Aaliyah Beier dafür hat bezahlen lassen, Jessy Lafleur zu interviewen? Tja, eine megaspannende Frage. Nach allem, was ich bis jetzt recherchiert habe, halte ich das für wahrscheinlich. Leider müssen wir uns mit der Autoteilemafia befassen.«

Götzki betrachtet Sam, die in Grün und Rot gekleidet aussieht wie ein Kobold. Immer wenn er die junge Kollegin vor sich hat, muss er umso intensiver an seine Tochter denken, und die Beunruhigung verdrängt die Ablenkung, die sich Götzki mithilfe seiner Arbeit verschafft. »Wir sollten weitermachen. Übermorgen wird Rachid Massoun in Frankfurt landen. Er wird nicht als Zeuge geladen werden, was vernünftig wäre, weil wir seine Kooperation und Einschätzung gut gebrauchen könnten. Er wird verhaftet werden. Dabei haben wir so gut wie nichts. Selbst der lausigste Pflichtverteidiger wird ihn da rausboxen. Es wird erst gar nicht zu einer Hauptverhandlung kommen.«

»Und dann wird die Akte sowieso wieder geöffnet.«

Götzki nickt. »Der Täter gewinnt eine Menge Zeit, die entscheidend sein kann, und Massoun wird uns ums Verrecken nicht mehr helfen.«

»Ich bin nun mal leider im Praktikum, Adam. Wenn ich mich

über Dienstanweisungen hinwegsetze, kann das meine Karriere im Keim ersticken. Natürlich hab ich keine Lust, belgische Kleinanzeigenportale nach Autoteilen zu durchforsten. Aber ich kriege Probleme, wenn ich an einem Fall arbeite, aus dem wir raus sind.« Sie sieht ihn betroffen an, fügt hinzu: »Auch wenn ich supergerne mit dir zusammenarbeiten würde. War schon cool, wie du den Radfahrer angeschrien hast.«

Götzki muss grinsen, immerhin ein wenig. Eine ungewohnte Bewegung seiner Gesichtsmuskulatur, die er nicht lange durchhält. »Allein werde ich keine Chance haben. Selbst zu zweit ist es nahezu aussichtslos. Es gibt rund um Jessy Lafleur eine irrsinnige Menge an Datenmaterial, wir reden von weit über zehntausend Kommentaren. Allein dafür bräuchte es mindestens eine Vollzeitkraft. Ermittlungen in diese Richtung können wir vorerst vergessen. Wir könnten uns wenigstens die bürgerliche Person Johanna Blumenstein genauer anschauen. Du müsstest gar nicht viel Zeit investieren.«

Sam blickt zu Boden.

»Und ich«, fährt Götzki fort, »werde mich mit ihren Eltern unterhalten. Diese Leute haben ein Recht darauf, dass wir uns bemühen. Damit meine ich nicht, ihnen einen Seelsorger zu schicken.«

»Den Herr Blumenstein wohl rausgeworfen hat.«

Sie stehen neben der Skulptur, die vom Rathausvorplatz aus metallene Strahlen gen Himmel wirft.

Götzki blickt durch die Streben in das klare Blau hinter Gittern. »Dieser Fall hat eine sehr subjektive Dimension für mich, du hast völlig recht. Selbstverständlich identifiziere ich mich mit dem Vater, der seine Tochter verloren hat. Ich habe jahrelang Jagd auf einen Menschenhändler gemacht. Hunderte Väter haben seinetwegen ihre Töchter verloren. Es ist immer wichtig, auch die schlimmen Schicksale der Angehörigen vor Augen zu haben. Wir müssen empathisch sein, um nicht so eiskalt zu werden wie die Leute, hinter denen wir her sind. Aber wir müssen aus einer professionellen Distanz heraus empathisch sein. Das bedeutet, ich darf, ich muss diese Emotionen zulassen, ich darf mich nur nicht von ihnen leiten lassen.«

»Wow!« Sam ist aufrichtig beeindruckt. »Das klingt, als wärst du Psychotherapeut und nicht Polizist.«

»Beide gehen dem Bösen auf den Grund – die einen im Menschen, die anderen in der Gesellschaft.« Götzki sinkt auf eine Bank. »Ich kann gut verstehen, dass du mir eine Absage erteilst. Wir arbeiten für ein Amt, ich vergesse manchmal, wie unflexibel es dort zugeht. Unser Treffen hat mich trotzdem weitergebracht. Es imponiert mir, wie gut du dich in das Thema eingearbeitet hast. Mir war nicht bewusst, wie kommerziell es bei diesen Influencern tatsächlich zugeht ... Influencer*innen, sorry.«

»Das Schlimme ist, dass es Wasser auf die Mühlen von Leuten wie unserem Kollegen Strohfuß ist, für den alle, die sich fürs Klima engagieren, verlogene Gutmenschen sind.« Sam hält inne, überlegt. »Ich glaube, er und Finn Kaiser fahren das gleiche Auto.«

»Dann sind sie sicher auch gleich groß. Du weißt schon.« Er zwinkert und grinst zum Abschied.

11

Asanas mit der Toten. Gemeinsam grüßen sie die Sonne. *Nimm neue Energie auf*, sagt die Stimme aus der Vergangenheit. Götzki mag die sanfte Helligkeit im Heiseren. Gehorsam imitiert er die Bewegungen, vollzieht Vorbeugen, drückt sich aus dem Utkatasana nach oben und bringt die Hände vorm Brustbein zusammen, Energie zentrieren.

Es ist so eine Sache mit der Energie. Götzki entgeht nicht, dass das, was gemeinhin Antrieb genannt wird, bei ihm nachlässt. Montagmorgen glotzt er sich im Spiegel an und stellt fest, dass er keine Lust verspürt, dem drohenden Vollbart entschlossen zu begegnen. Dienstag macht er erstmals Gebrauch von der Möglichkeit, mobil zu arbeiten. Heißt, er hockt in seiner weißen Zelle, trägt Junggesellenuniform, verbrüht sich die Zungenspitze am Instantkaffee und isst Salamisticks aus der Packung. Nebenbei Audios mit Maja, die wieder mit ihm redet: Ja, sie kennt Aaliyah Beier. – Nein, es gibt nichts Neues aus Potsdam zu berichten. – Nein, aus Berlin ebenso wenig. – Auffällig? Nee, gar nichts. – Ja, Mamas allgemeiner Zustand ist weiterhin besorgniserregend. – Nein, den Neuen hat Maja noch nicht kennengelernt. – Ja, natürlich kann man bei Influencer*innen nicht immer zwischen Schein und Sein unterscheiden, aber die Ernährungstipps von Jessy kann man bedenkenlos annehmen. So krass, dass die nicht mehr lebt. – Was ist denn an einem Süßkartoffelsalat mit Spinat, Apfel und Quinoa bitte so verfänglich? – Ja, diesen Salat gab es gestern in ihrer WG. – Nein, sie folgt Finn Kaiser nicht.

Majas Nachrichten haben Götzki gutgetan. Der Effekt ist schnell verpufft. Ein kurzer Serotoninschub. Wie Meerwasser, das über den Sand rauscht, kurz die Füße umspült und dann wieder zurückweicht.

Öffne dich, sagt Jessy Lafleur, *empfange*. Er drückt sich in den aufschauenden Hund. Jeden Tag eine Yogaroutine. So viel Disziplin bringt der bärtige Götzki noch auf, meistens morgens. Danach werden die Tage zäh, trüb, bleischwer. Tage ohne Serotonin. Petitessen wie das Zuknöpfen des Hemds fallen aus ihren gewöhnlichen Zeitrahmen. Zwei Knöpfe, dann aus dem Fenster starren, ein weiterer Knopf, dann minutenlang in den Spiegel starren, noch ein Knopf, dann in den kalten Instantkaffee starren.

Sie lassen ihn Rachid Massoun befragen. Ein Zugeständnis Schärs an ihn infolge der sehr ausführlichen E-Mail, die er seinem Vorgesetzten wie versprochen hat zukommen lassen, Zahnleiter in CC. Am heutigen Mittwoch, elf Uhr, ist es so weit. Um zehn Uhr achtunddreißig drückt Götzki den letzten Knopf durchs Loch und stopft sein Hemd in die Hose. Setzt sich auf einen weißen Stuhl, sitzt da, starrt schon wieder. Der fette Käfer lebt immer noch in seinem Apartment, bewegt sich als lackschwarzer Punkt an der blütenweißen Wand. Um zehn Uhr sechsundfünfzig bestellt er sich ein Taxi. Das Display des Automaten zeigt elf Uhr neun, als sich Götzki den ersten Kaffee auf Arbeit zieht. Schon wieder hat er versehentlich auf Milchkaffee gedrückt.

Rachid Massouns Kunst ist eine ausufernde, lautstarke Vereinnahmung von Raum. Sie ist wie ein Kind, das so lange »Guck mal, was ich kann!« schreit, bis man hinsieht, und dann schreit es noch weiter. Explizite und sehr großformatige Botschaften wie *FUCK WAR* in einem zügellos polygamen Akt von Graffiti, Pop-Art und floraler Psychedelik, der auch dem bodenständigsten Konsumenten klarmacht, dass hier für Frieden, Demokratie und Menschenrechte gefochten wird, was – Götzki vermutet das – für grüne Ampeln auf den Wegen zu staatlichen Kulturfördertöpfen sorgt und Massoun unter anderem das Aufenthaltsstipendium beschert hat, das er als freier Mann angetreten und als Verdächtigter eines Kapitalverbrechens in Handschellen beendet hat.

So bunt und wild sein Œuvre, so monochrom seine Erscheinung. Ein hagerer Mann in schwärzester Kleidung mit schwerem schwarzem Vollbart, der das Yang zum Yin seines geschorenen Kopfes ist.

Götzki wendet sich ab. Er weiß, dass Massoun weiß, dass er ihn anstarrt, gleichwohl die verspiegelte Scheibe nur in eine Richtung Sichtbarkeit gewährt.

»Und?« Schär rückt seine Brille zurecht.

»Ich bin bereit.«

»Sein Anwalt trifft jeden Augenblick ein. Ein gerissener Hund, wie ich gehört habe, sehr erfahren. Vertritt diesen Massoun-Clan wohl häufiger. Ich vermute, er wird Ihnen mitteilen, dass sein Mandant keine Angaben zur Sache macht, und dann gegen die Untersuchungshaft schießen.«

Mit Blick auf den Bart des Verdächtigen tastet Götzki nach seinem eigenen. Nach der Arbeit wird er einen der Barber Shops aufsuchen, von denen es in der Mainzer Neustadt einige gibt. Wenn er es selbst nicht hinkriegt, wird er eben einen Dienstleister beauftragen. »Wirkt gar nicht so extrovertiert, wie man ihn mir beschrieben hat.«

Schär winkt ab. »Habe ich mich nicht mit befasst. Kollege Höhner sagt, dass Sie die Leute zum Reden kriegen.«

»Schön wär's«, sagt Zahnleiter. »Der hat seit seiner Festnahme noch kein einziges Wort von sich gegeben.«

Ein unbekanntes Gesicht erscheint im Türspalt, sagt »Der Anwalt ist da« und verschwindet wieder. Schär nickt erst Zahnleiter zu, dann Götzki, der dem Gesicht folgt und in einer beige-blauen Korridordunkelheit auf einen keuchenden Berg von Mann trifft, der sich mit einem Stofftuch Schweißperlen aus dem ergrauenden Schnauzbart tupft und rasselnd atmet, als hätte er seine Krawatte zu eng gebunden.

»Götzki, LKA. Gehen wir rein.«

»Nicht von hier, was?« Der Rechtsanwalt lacht asthmatisch. »Ich habe über zehn Jahre in Berlin gelebt, ich höre sofort, wo Sie herkommen.«

Götzki nickt, brummt etwas, bemüht sich darum, jegliche

Kommunikation mit dem Anwalt auf das notwendige Minimum zu reduzieren. »Guten Tag, Herr Massoun. Entschuldigen Sie, dass Sie warten mussten. Götzki, Kriminalhauptkommissar.«

Rachid Massoun sagt nichts, sieht zu Götzki auf, würdigt seinen Anwalt keines Blickes.

Götzki wartet, bis sich der Koloss auf dem ächzenden Stuhl niedergelassen und stoßseufzend eine Mappe auf den Tisch geklatscht hat. »Sie möchten Angaben zur Sache machen, Herr Massoun? Wenn das so ist, muss ich Sie darüber aufklären …«

»Herr Massoun wird gar keine Angaben zu irgendwas machen«, schnauft der Verteidiger. »Herr Massoun wird außerdem nicht weiter in Untersuchungshaft bleiben. Ich frage mich, was sich die Frau Staatsanwältin dabei gedacht hat, als sie den Antrag eingereicht hat …«

»Ich bleibe im Gefängnis.«

Der Anwalt hält erschrocken inne. Auch Götzki verliert kurz die Kontrolle über seine Gesichtsmuskeln.

»Es gibt keinen Grund, Sie festzuhalten, ich werde Sie noch heute …«

»Ich bleibe im Gefängnis.«

Der Anwalt fummelt sein Stofftuch auseinander. »Wie gesagt, die Untersuchungshaft ist haltlos. Ich habe mit Ihrem Vater gesprochen, Herr Massoun …«

»Ich scheiße auf meinen Vater!«

Massouns Schrei hinterlässt einen Tinnitus in Götzkis Ohr. Der Verteidiger presst die Lippen zusammen, das Stofftuch ist auf Krisenmission im Nackenbereich.

»Ich rede nur, wenn der nicht mit im Raum ist«, wendet sich Massoun an Götzki.

»Seien Sie vernünftig, Herr Massoun!«

Rachid Massoun blickt weiter nur Götzki an. »Er soll verschwinden.«

»Unzurechnungsfähig«, spuckt der Anwalt und greift nach seiner Mappe. »Wir werden ein Gutachten vorlegen, dass Herr

Massoun unzurechnungsfähig ist. Wer weiß, wie Sie und Ihre Kollegen ihm seit seiner – übrigens widerrechtlichen – Festnahme zugesetzt haben? Dazu die außergewöhnliche Belastung. Glauben Sie nicht, Herr Götze, dass Sie hier etwas Verwertbares kriegen, vergessen Sie es!«

Götzki ignoriert die fehlerhafte Anrede. »Ich bringe Sie zur Tür.«

»Nicht nötig.«

»Gut. Herr Massoun, ich werde nun das Aufnahmegerät starten. Unser Gespräch wird aufgezeichnet. Sie müssen sich nicht selbst belasten und Sie haben das Recht darauf, dass Ihr Anwalt bei diesem Gespräch dabei ist. Wir können ihn zurückholen, weit wird Herr …«

»Er heißt Erdmann.«

»Weit wird Herr Erdmann nicht gekommen sein.«

»Ich brauche keinen Anwalt.«

»Herr Rachid Massoun betont noch einmal, dass er auf anwaltschaftlichen Beistand während seiner Befragung verzichtet.« Götzki nennt Ort, Datum und Uhrzeit, dann übergibt er das Wort an sein Gegenüber.

»Mein Name ist Rachid Massoun, geboren am zweiten Mai 1997 in Worms. Ich bin politischer Gefangener.«

Götzki zieht die Brauen hoch. »Warum sehen Sie sich als politischen Gefangenen?«

»Ich werde wegen meiner Herkunft festgehalten. Eine tote junge Frau? Das muss der Kanake gewesen sein. So läuft das doch immer.«

»Nein, Herr Massoun. Sie sind hier, weil Sie nach unserem Ermittlungsstand der Letzte sind, der Jessy Lafleur lebend gesehen hat.«

Massoun verschränkt die Arme. »Ihr wollt mir das anhängen. Ich habe nichts getan. Aber das ist euch Cops egal. Ihr braucht nur einen Kanaken, den ihr den Medien präsentieren könnt.«

»Warum waren Sie denn an jenem Abend bei dem Opfer?«

Massoun schweigt, blickt zur Seite.

»Herr Massoun, uns ist bekannt, dass Sie Frau Lafleur am Abend der Tat besucht haben. Alles, was Sie dazu sagen, kann helfen, dieses Verbrechen aufzuklären.«

»Ja natürlich.« Massoun lacht bitter. »Verbrechen aufklären heißt es mir anhängen. Ein krimineller Ausländer weniger auf der Straße und gleichzeitig ein Künstler mundtot, der den Staat kritisiert.«

»Ihre Kunst interessiert uns nicht, auch Ihre Herkunft nicht. In welchem Verhältnis standen Sie zu Frau Lafleur?«

»Blumenstein. Johanna Blumenstein. Mann, ihr kriegt nicht mal ihren Namen auf die Kette. Ich habe ihre Videos gedreht und produziert. Und ja, wir waren befreundet. Bitte sehr, Bulle, jetzt weißt du's!«

Götzki lehnt sich zurück. »Sie haben Frau Blumenstein also gut gekannt?«

Rachid Massoun beugt sich vor, lächelt ihn herausfordernd an. »Ihr habt doch gar keine Lust, in eine andere Richtung zu ermitteln. Ich bin ja nicht als Zeuge bei euch, ich bin wie ein Schwerkrimineller in Handschellen aus dem Flugzeug geführt worden. Als Beschuldigter, oder nicht?«

»Dringend tatverdächtig«, bestätigt Götzki und fühlt sich damit unwohl. »Umso weniger verstehe ich, wieso Sie Ihren Anwalt weggeschickt haben.«

»Weil er ein Faschist ist, genau wie mein Vater, der ihn beauftragt hat. Was geht Sie das überhaupt an?«

»Ich halte es für ratsam, in Ihrer Situation einen Rechtsbeistand zu haben.«

»Den werde ich mir über die Rote Hilfe holen. Hätte ich auch längst getan, wenn Ihre Kollegen mich nicht gewaltsam aus dem Flugzeug geholt und sofort in den Knast gebracht hätten.«

»Die Rote Hilfe hilft nur, wenn Sie wegen Ihrer politischen Betätigung verfolgt werden, Herr Massoun. Ich sehe keinerlei Hinweise, dass es um Politik geht.«

»Alles ist politisch. Dass wir hier sind, ist politisch. Ich bin ein politischer Gefangener.«

Götzki nickt. »Wir haben Johanna Blumenstein tot in ihrer Wohnung vorgefunden, mit eingeschlagenem Schädel. Ist das auch politisch, Herr Massoun?«

»Na klar ist das politisch, Bulle!«, ruft Rachid Massoun. »Warum werden denn Menschen wie wir attackiert? Warum wird jemand wie Jo umgebracht? Warum sitze ausgerechnet ich hier als Beschuldigter?« In seinen Augen lodert es.

Götzki behält den ruhigen Ton bei. »Sie sagen ›Menschen wie wir‹, Herr Massoun. Wen meinen Sie damit? Sich und Frau Blumenstein? Von welcher Kategorie sprechen Sie, wenn Sie ›wir‹ sagen?«

Rachid Massoun beugt sich noch weiter vor. Seine Augen sind weit aufgerissen. »Ich meine damit euren Lieblingsfeind, Cop. Wir, das sind die Linken. Die Gutmenschen, die ihr so hasst und die ihr und eure Nazifreunde so leidenschaftlich verfolgt. Wir müssen nicht viel reden, Cop, wir können aussprechen, wie es ist: Du gegen mich, ihr gegen uns, deswegen sitzen wir hier. Hältst du mich für blöd? Einen Scheiß werde ich dir sagen. Mir steht ein Telefonat zu. Ich werde mich an die Rote Hilfe wenden, so wie ich es immer getan habe, Cop.« Er lehnt sich zurück, lächelt zufrieden, zieht die Nase hoch, spuckt neben sich auf den Boden.

Götzki wartet, dass er weiterspricht.

»Mein Vater hat uns das Weinen abtrainiert. Wenn meine Brüder und ich geweint haben, hat er uns mit dem Gürtel verprügelt. Nicht einfach auf den Arsch, sondern blind drauflos. Er hat erst aufgehört, wenn wir aufgehört haben. Und jeder dieser Schläge war wie ein Schluck Gewalt, der in ein Fass geschüttet wird, und irgendwann läuft dieses Fass über. Meine Brüder sind rausgegangen und haben diese Gewalt an andere Leute weitergegeben, haben andere Kinder verprügelt, später andere Männer, sie schlagen auch ihre Frauen und ihre Söhne und Töchter. Ich dagegen habe gemalt, geschrieben, gefilmt, von Anfang an. Wann immer ich in meinem Leben die Hand erhoben habe, war meine Absicht, Kunst zu erschaffen. Ich habe noch nie einem Menschen physische Gewalt zugefügt. Wenn ihr deswegen glaubt, ich wäre weich, dann irrt ihr euch, Cop. Ich bin aus Beton. Ihr werdet mich nicht brechen, auch nicht, wenn ihr mir anhängen wollt, ich hätte meine beste Freundin getötet. Euer faschistisches System ist nicht besser als mein Vater. Ihr seid genauso dumm wie er. Immer wenn ihr glaubt, dass ihr mich getroffen habt, habt ihr mich nur noch stärker gemacht. Und niemals, niemals werdet ihr meine Kunst zum Schweigen bringen.«

»Ich habe mir Ihre Kunst angesehen. Ich finde sie laut. Wild. Sie ruft mir etwas zu.«

»Ja, sie ruft: ACAB!«

»Nein, ich habe gehört: Hey, ich will eine bessere Welt! Kunst entsteht ja zum Glück erst beim Betrachter, habe ich mir sagen lassen. Jedenfalls spricht mich diese Botschaft an, ich wünsche mir auch eine bessere Welt. Deshalb sitze ich hier. Natürlich ist das politisch, Herr Massoun. Jemand hat eine junge Frau, Ihre beste Freundin, brutal aus dem Leben geprügelt. Und ich möchte in einer Welt leben, in der jemand, der so etwas tut, zur Rechenschaft gezogen wird. Aus diesem Grund sitze ich hier, Herr Massoun. Halten Sie das für faschistisch?«

»Natürlich ist das faschistisch, weil du Macht ausübst. Deine Macht ist Faschismus, Cop. Kein Mensch darf Macht über einen anderen Menschen haben.«

»Das ist der Machtbegriff von Max Weber. Macht als Dominanz. Ich kontere mit dem Machtbegriff von Hannah Arendt und teile die Macht mit Ihnen, Herr Massoun. Der Staat hat die Gewalt inne, aber er teilt sie mit Ihnen. Sie dürfen wählen, Sie dürfen politisch aktiv sein. Sie dürfen Ihre Meinung äußern, Ihre Kunst ausüben. Ihnen steht ein fairer Prozess zu, wenn Sie angeklagt werden. Und auch Sie können den Staat anklagen, wenn Sie der Meinung sind, er ist nicht fair mit Ihnen umgegangen. Das ist geteilte Macht, Herr Massoun.«

Rachid Massoun lacht. In seiner oberen Zahnreihe ist eine Lücke, sicher fehlen dort zwei Zähne.

»Sag deiner Hannah schöne Grüße von dem Kanaken, das mit der geteilten Macht gilt leider nicht für alle. Weißt du, was passiert, wenn ich in den Klub will? Die Typen an der Tür lassen mich nicht rein. Weißt du, was passiert, wenn ich durch die Bleiche laufe? Deine Kollegen halten mich an, filzen mich. Jedes Mal. Weißt du, was passiert, wenn ich auf der Demo bin? Ich kriege von deinen Kollegen Pfefferspray und Schlagstock in die Fresse – hier.« Er deutet auf seine Zahnlücke. »Und weißt du, was dann vor Gericht passiert? Deine Kollegen sagen, ich hätte sie angegriffen, und ihnen wird geglaubt. Ich werde für etwas bestraft, was ich nicht getan habe. Und jetzt wollt ihr mir sogar einen Mord anhängen, weil ich ein Kanake bin. Geteilte Macht, du bist so lächerlich, Mann.«

Götzki sagt nur »Hm«. Er erinnert sich an einen Forschungsbericht des Kriminalistischen Instituts mit dem Titel *Vertrauen in und Erfahrungen mit Polizei und Justiz unter Personen mit Migrationshintergrund*. Oder so ähnlich. Ist noch nicht lange her. Das Kriminalistische Institut gehört zum BKA, Götzki hatte das Ergebnis der Studie am Rand mitgekriegt und einen Blick in den Bericht geworfen. Ergebnis: Die Personen mit Migrationshintergrund sind nicht zufriedener oder unzufriedener als die ohne. Eine Studie, auf der man sich ausruhen kann, oder etwa nicht? Er wird sie an dieser Stelle nicht erwähnen.

»Herr Massoun, ich kann Ihnen nicht weiterhelfen, wenn es um Erfahrungen geht, die Sie in der Vergangenheit gemacht haben. Möglicherweise kommen wir weiter, wenn Sie sich zur Sache äußern. Ganz sachlich. Schildern Sie mir bitte, wie Ihr letzter Besuch bei Frau Blumenstein ablief. Wann sind Sie eingetroffen? Was haben Sie dort getan? Wann sind Sie wieder gegangen?«

Rachid Massoun zieht noch einmal die Nase hoch, diesmal länger und lauter.

Götzki erhebt sich, bevor der Künstler ein weiteres Mal ausspuckt. »Wir brechen ab, Herr Massoun. Es ist sicher sinnvoll, wenn Sie sich einen Anwalt nehmen, der Sie gut berät. Das bringt uns nicht weiter.«

Er dreht sich um, geht zur Tür. Die Ladung Spucke trifft ihn im Nacken. Götzki zuckt zusammen. Geht raus, schließt die Tür hinter sich. Sucht die Toilette auf, verbraucht Unmengen an Papiertüchern, bis sich Hals und Hinterkopf erträglich sauber anfühlen.

»Viele Ihrer Kollegen wären nicht so ruhig geblieben«, empfängt Schär ihn im Nebenzimmer des Verhörraums.

Götzki weiß nicht, ob das Kritik an seiner Besonnenheit sein soll. »Das glaube ich Ihnen aufs Wort.«

»Warum haben Sie sich auf seine Befindlichkeiten eingelassen? Ich hätte erwartet, dass Sie ihn beharrlich zur Sache befragen.«

»Dieser Mann ist aufgebracht und durcheinander. Zu Recht, wenn Sie mich fragen. Er muss seine Emotionen loswerden. Es gibt nur zwei Möglichkeiten, an ihn heranzukommen. Die eine ist, ein Anwalt überzeugt ihn davon, mit uns zu kooperieren. Die andere ist, wir überzeugen ihn davon, dass wir nicht seine Feinde sind. Konfrontation ist das, was er von uns erwartet. Damit zementieren wir seine Feindseligkeit.« Götzki spürt Phantomspucke im Nacken. »Ich kann mir nicht vorstellen, dass er es gewesen ist, übrigens.«

»Geht mir nicht so. Dieser Kerl hat keine Impulskontrolle. Sein Auftritt gerade spielt uns in die Karten, auch, dass er Sie angespuckt hat. Halten Sie es nicht für plausibel, dass es in der Wohnung der Influencerin ähnlich zugegangen ist? Der Verdächtige redet sich in Rage, die Frau provoziert ihn – möglicherweise gar nicht absichtlich – und dann dreht er durch und schlägt zu.«

»Sie wurde von hinten erschlagen. Das würde bedeuten, dass sie sich während des heftigen Streits weggedreht hat. Hat er das Tatwerkzeug bereits in der Hand gehabt? Musste er es holen? Warum stand sie mit dem Rücken zu ihm? Das sind die Fragen, die ich mir stelle.« Götzki betrachtet den selbstzufrieden wirkenden Rachid Massoun, der ganz starr sitzt – ein eingefrorenes Bild.

»Statt Fragen hätte ich mir die ein oder andere Antwort erhofft«, sagt Zahnleiter. »Sein staatsfeindliches Gerede anhören, das hätten meine Leute auch hingekriegt.«

Schär brummt unzufrieden. Sein Gesicht ist grau im kargen Licht des Raums.

»Dort sitzt ein zutiefst verletzter Mensch«, bemerkt eine Frauenstimme, deren erotischer Cellostrich Götzki erstarren lässt.

Schär deutet mit den Augen zu dem noch dunkleren Teil des Raums, aus dessen Tiefe sie spricht, und als hätte Schär mit seiner Geste einen Vorhang heruntergerissen, sieht Götzki die heimlich Anwesende.

»Entschuldigen Sie, dass ich Zaungast war. Ihr vorausgeeilter Ruf hat mich angelockt, Herr Götzki. Ortrud Ratz. Ich bin die Psychologin im Haus.«

Götzki erschrickt. Es ist nicht die Bildschönheit dieser charismatischen dunkelhäutigen Frau. Es ist ein dunkler Punkt, der sich über den Ärmel ihrer Bluse bewegt. Er versucht, ihn wegzuschubsen.

»Oh, entschuldigen Sie, Herr Götzki, ich bin es nicht mehr gewohnt, jemandem die Hand zu geben.« Sie greift zu.

Er behält ihren Ärmel im Auge. Der Punkt ist plötzlich nicht mehr zu sehen. Götzki zuckt innerlich mit den Schultern. Liegt womöglich an den außergewöhnlichen Lichtverhältnissen.

»Adam Götzki, aber das wissen Sie ja.«

Sie lächelt ihn herzlich an und nimmt den freundlichen Gesichtsausdruck mit zu Zahnleiter und Schär. »Ich pflichte Herrn Götzki bei. Es ist entscheidend, diesem Mann zuzuhören. Er hat viel zu beklagen und möchte wahrgenommen werden. Wenn er sich nicht wahrgenommen fühlt, wird er sich nicht öffnen.«

»Bei allem Verständnis«, entgegnet Zahnleiter, »wir therapieren den Kerl nicht, wir ermitteln gegen ihn. Die Indizienlage sagt, er hat dieses Verbrechen begangen, das müssen wir ihm bewusst machen und dann gnadenlos die Fragen wiederholen, bis er nachgibt. Wir können uns ablösen, er nicht. Irgendwann haben wir ihn weichgeklopft.«

»Nach dem, was er über seine Kindheit erzählt hat, halte ich ihn für sehr widerstandsfähig. Ihre Strategie hat sich sicher in vielen Fällen bewährt, Herr Zahnleiter, in diesem braucht es eine smartere.«

Zahnleiter zieht die Brauen hoch. »Wir werden sehen. Heute sind wir nicht weitergekommen. Danke dennoch für Ihre Zeit.«

Er verlässt den Raum.

»Ich werde Ihnen eine Terminanfrage senden, Herr Götzki.« Dr. Ratz schenkt ihm einen einladenden Blick. »Mein Büro ist nicht schön, aber ich habe mir einen eigenen Vollautomaten gegönnt. Sie kriegen bei mir guten Kaffee, versprochen.«

»Klingt nett.«

»Stimmt es, dass Sie Ihr ganzes Leben in Berlin verbracht haben und jetzt kurz entschlossen nach Mainz gezogen sind? Das muss ein ordentlicher Kulturschock sein.«

»Ich bin optimistisch, dass sich die Stadt an mich gewöhnen wird. Frau Dr. Ratz, ich möchte nicht unhöflich sein, die Nachbereitung der Vernehmung gelingt mir am besten, wenn ich sie direkt in Angriff nehme …«

»O nein, bitte, gehen Sie Ihrer Arbeit nach, Herr Götzki. Ach, eines noch, nur kurz. Ich finde es begrüßenswert, dass Sie diesem Mann mit Respekt begegnet sind, dass Sie empathisch waren und ihm zugehört haben. Ich halte es für gut möglich, dass er sich Ihnen anvertrauen wird, wenn Sie diesen Weg weitergehen.«

»Diesen Optimismus würde ich gerne teilen«, schaltet sich Schär ein, »den nächsten Versuch bekommt Herr Strohfuß. Wir wollen verschiedene Stile ausprobieren. Es kann ja durchaus sein, dass etwas weniger Empathie die richtige Dosis ist.«

Götzki hat gesehen, wie der Name Strohfuß ihr Gesicht härter werden lässt. Auf der Suche nach einer diplomatischen Formulierung, um seinem Vorgesetzten mitzuteilen, dass er die Entscheidung, Strohfuß Rachid Massoun befragen zu lassen, für einen fürchterlichen Griff ins Klo hält, gerät Götzki in einen Nebel, der schnell dichter wird und merkwürdig rauscht. Mit einer hastigen

Höflichkeitsformel verlässt er den Raum, weil die Verwandlung seiner stabilen Anatomie in Pudding beginnt.

Er schafft es bis in eine Toilettenkabine. Sich an den Spülkasten zu lehnen fühlt sich an wie freier Fall. Er presst die Hände gegen die Kabinenwände, weil das Schwindelgefühl einem Trip in einer Zentrifuge gleicht. Ein Epileptiker könnte nicht fester zubeißen als Götzki. Ein bisschen kalter Schweiß dazu. Zehn Sekunden, dann kann er wieder atmen. Nach draußen tastet er sich an einer verschwommenen Frau entlang, nuschelt was von fehlenden Urinalen und dass er endlich Feierabend hat.

12

Die generöse Glasfront erstreckt sich um die Ecke und bietet ein beeindruckendes Panorama aus Rhein und Weinbergen. Zu Füßen des Anwesens liegt das Städtchen Nierstein, in dem es *mit die besten Rieslinge der Welt* gibt, wie ein besonnen stolzes Schild am Ortseingang mitteilt. Götzki hat inzwischen herausgefunden, dass er von dem säurehaltigen Weißwein Durchfall bekommt.

»Johanna hatte schon lange kein Smartphone mehr.«

Die roten Ringe um die Augen von Dr. Stefanie Blumenstein sehen aus wie mit Lippenstift gemalt. Professor Dr. Bernhard Blumensteins Mund verschwindet in einem dichten grauen Bart, der ungestutzt wuchert. Götzki vermutet, dass der Mediziner, ähnlich wie er selbst, für gewöhnlich kein Bartträger ist. Und keine ungebügelten Hemden trägt. Und nicht schweigend ins Leere starrt. Und eine Reaktion zeigt, wenn seine Frau ihre Hand auf seine legt.

»Sie hat sehr auf ihre Gesundheit geachtet. Sie hat zu mir gesagt, ein Smartphone zu nutzen sei so schädlich wie Rauchen.« Sie lässt ihre Tränen fließen. Sie werden zu dunklen Punkten auf ihrer grauen Bluse. »Rachid ist es also gewesen?«

»Unsere Ermittlungen sind noch nicht abgeschlossen.«

»Er wird auf allen Kanälen als Täter präsentiert. Wem soll ich glauben?« Professor Blumenstein fragt mit dunkler, erschöpfter Stimme und ohne Götzki anzusehen.

»Dem Landeskriminalamt natürlich.«

»Und warum glauben Ihnen dann die Medien nicht? Und ich rede nicht von Sensationsmedien, sondern von allen Medien.«

»Wir können nicht jeden Ermittlungsschritt offenlegen, also wird spekuliert. Lassen Sie sich bitte nicht verunsichern.«

In diesem Moment kippt Frau Dr. Blumenstein aufschluchzend gegen ihren Mann. Dessen Miene bleibt steinern, er schiebt sie zurück, nicht um Unauffälligkeit bemüht.

»Wir wissen von der Staatsanwältin persönlich, dass Anklage gegen ihn erhoben wird. Ich frage mich«, jetzt hebt er den Blick zu Götzki, »ich frage mich, ob Sie wirklich vom LKA sind. Darf ich Ihren Ausweis noch mal sehen?«

Götzki hält dem Medizinprofessor bereitwillig seinen Ausweis hin. »Es fällt mir schwer zu glauben, dass eine Frau von Mitte zwanzig, auch noch Influencerin, privat kein Smartphone nutzt.«

»Sie hat andere die Arbeit machen lassen«, erwidert Blumenstein. »Einer der vielen Widersprüche in ihrem verqueren Weltbild. Den Kapitalismus kritisieren, aber Unternehmerin sein.«

»Was heißt das, den Kapitalismus kritisieren? Ich habe von ihren Videos nicht den Eindruck gewonnen, dass es um politische Inhalte geht.«

»In den letzten Jahren hat unsere Tochter ein mehr als besorgniserregendes politisches Bewusstsein entwickelt. Sie hat allen möglichen Ideen nachgehangen, Ideen aus dem politisch linken Spektrum, sehr dummen und einfältigen Ideen.«

»Was sind das für Ideen?«

»Bedingungsloses Grundeinkommen, kostenloser ÖPNV, Grenzöffnung für sämtliche Flüchtlinge, solche Ideen. Und die Idee, Institutionen, die ein Management mit wirtschaftlichem Sachverstand benötigen, irgendwelchen Bürokraten in die Hände zu geben.«

»Verstaatlichung also.«

»Nennen Sie es ruhig Enteignung. Die üblichen linken Spinnereien, Tagträumereien von Taugenichtsen. Das ist die eine Sache. Etwas ganz anderes ist dieses Milieu, ist dieser Personenkreis.«

»Das linkspolitische Milieu? Ihre Tochter war dort aktiv?«

»In einem Umsonstladen.« Professor Blumenstein verachtet solche Unternehmungen hörbar. »Dort hat sie gearbeitet und in einer Einzimmerwohnung in der nördlichen Neustadt gelebt. Kurz vorm Straßenbahnamt, zwischen Asozialen. In der Wohnung, die wir ihr geschenkt haben, hat sie sich nicht aufgehalten.«

»Die Wohnung hat sie nicht selbst gekauft?«

»Ich habe sie ihr geschenkt, an die Bedingung geknüpft, dass sie die Wohnung für die ersten zehn Jahre nicht ohne meine Zustimmung verkaufen oder vermieten darf.«

»Sie dreht nur ihre Videos in der Wohnung«, sagt die Mutter, korrigiert sich flüsternd: »Drehte.«

Götzki nickt. Genau diesen Eindruck hatte die Wohnung auf ihn gemacht. Eine Kulisse, nichts weiter. »Diese Einzimmerwohnung, von der Sie sprachen …«

»Was wollen Sie denn von uns?«, bellt Professor Blumenstein. »Meine Tochter hat uns gegenüber seit Monaten nichts mehr über ihr linksradikales Leben geäußert. Sie hat kein Verständnis für unseren Standpunkt. Wohlstand ist für meine Tochter ein Verbrechen. Die Arbeit dahinter sieht sie nicht, genauso wenig den Mangel an Leistungsbereitschaft, der bei ihren Genossen dazu führt, dass sie nicht am Wohlstand teilhaben. Wenn es nach meiner Tochter geht, wird der Wohlstand von wenigen erarbeitet und dann auf alle verteilt.«

»Als YouTuberin hat sie doch selbst Wohlstand erarbeitet«, bemerkt Götzki.

»Merken Sie was!«, brüllt der Mediziner.

»Bernhard, bitte«, bremst ihn die Gattin mit brüchiger Stimme.

»Meine Tochter hat in solche Kreise nicht hineingehört, aber davon wollte sie nichts wissen. Und jetzt ist sie tot! Ich hoffe, dass dieser Künstler, wie er sich nennt, bis ans Ende seiner Tage weggesperrt wird!« Das wütende Funkeln seiner Augen weicht jäh einer leblosen Leere. »Mehr haben wir nicht zu sagen. Gehen Sie.«

Götzki erhebt sich, nickt verständnisvoll. »Selbstverständlich. Eine letzte Bitte: Können Sie mir die Anschrift des Umsonstladens nennen?«

Professor Blumenstein rührt sich nicht. Der Umsonstladen sei im Bleichenviertel, sagt Frau Blumenstein. Götzki hat dieses Viertel bereits kennengelernt: drei eng bebaute Einbahnstraßen zwischen Altstadt und Neustadt, flankiert von der Bahnhofstraße auf der einen und zwei Ministerien auf der anderen Seite, asthmatisch beengend, vitale Kleindealerszene, umkämpfter Parkraum, ein paar Bars.

Götzki wendet sich vorsichtig an die Frau, die erneut lautlos in Tränen ausgebrochen ist. »Ich habe leider noch keine Visitenkarten. Ich schreibe Ihnen meine Nummer auf. Falls Sie mir noch etwas mitteilen möchten, zum Beispiel die Anschrift der Einzimmerwohnung.«

Sie hebt andeutungsweise die Schultern, für mehr reicht ihre Kraft nicht, und blickt Götzki verzweifelt an. »Warum haben wir sie nicht beschützt? Wir hätten sie beschützen müssen.«

»Sie haben sicher alles getan, was Eltern leisten können, wenn ihre Tochter erwachsen ist.« Er denkt dabei an seine eigene.

13

Vergifteter Schlaf, zerfasert, aufgewühlt, voller Nachtschweiß. Vier Uhr vier, die Türklingel lässt Götzki hochschrecken. Er sitzt reglos und wartet ab. Wenn es nicht noch einmal klingelt, hat er es geträumt. Plötzlich vorm Haus zwei Autotüren. Götzki hält den Atem an. Seine Pumpe trommelt von innen gegen die Brust. Entfernte Stimmen. Er steigt aus dem Bett, geht in die Hocke, greift zwischen Wand und Schlafmöbel. Bewaffnet tastet er sich durchs Apartment. Sein Herz hämmert dermaßen, dass er glaubt, das ganze Haus müsste von den Bassschlägen aufwachen. Die Stimmen sind jetzt unten im Hauseingang. Nicht flüsternd, aber gedämpft. Russisch.

Er steht nah an der Wand, sodass er nicht sofort zu sehen ist, wenn die Tür aufgeht. Richtet die Waffe auf den Türspion, der sich als dunkelgraue Silhouette von der ebenso dunklen Tür abhebt. Sie sind mindestens zu zweit. Wenn zwei hinten gesessen haben und auf derselben Seite ausgestiegen sind, vielleicht zu dritt. Theoretisch können sie sogar zu fünft sein. Götzki ist allein. Barfuß. Bekleidet mit Boxershorts und einem nass geschwitzten T-Shirt. Er hat noch nie seine Waffe auf einen Menschen gerichtet. Er mag keine Schusswaffen.

Draußen klickt es. Das Geräusch des Schnappers, wenn die Tür zwischen Treppenhaus und Flur aufgedrückt wird. Götzki kann nicht mehr durch die Nase atmen, Mund weit auf, dafür leise keuchen. Lange hält er die Waffe noch nicht hoch, doch seine Schultern schmerzen bereits. Sie bewegen sich leise, flüstern jetzt. Götzki hört sie trotz des Raves in seinem Torso, der bis in seine Schläfen dröhnt. Als sie vor seiner Tür angelangt sind, klebt seine Zunge am Gaumen. In seinem Rachen herrscht Dürre, er muss husten. Dafür fließt ihm oben der Schweiß in die Augen. Zwischen dem Lärm, den sein eigener Körper produziert, hört er die winzigen Geräuschfetzen, die der Lockpicker an seiner Wohnungstür verursacht. Schon die Haustür ist für diesen gesichtslosen Verbrecher kein Hindernis gewesen.

Götzki verliert das Gefühl dafür, ob er fest entschlossen oder erst gar nicht in der Lage ist zu schießen. Er muss zuerst schießen. Ansonsten ist es aus. Entweder sie killen ihn oder, schlimmer, nehmen ihn mit. Götzki weiß, dass die Russen fleißige Folterer sind. Klick.

Die Tür öffnet sich. Schritte. Die Tür schließt mit einem dumpfen Laut. Das Gemurmel eines Mannes, ein sehr helles feminines Kichern. Es ist nebenan. Ein gesichtsloser Nachbar und eine seiner Eroberungen.

Götzki setzt sich auf den Fußboden, legt die Waffe vor sich und den Kopf auf die Arme. Er heult los. Es wird schnell intensiv. Sein ganzer Körper zuckt und bebt, so sehr heult er. In der Nachbarwohnung ist die Stimmung hörbar besser.

14

Götzki kennt alle innenarchitektonischen Kniffe der Psychotherapie. Die Wandfarbe Beige reduziert Stress. Dezenter Lavendelduft beruhigt den Herzschlag. Bilder von Wäldern aktivieren Selbstheilungskräfte. Eine Box mit Papiertüchern sagt: Erlaube dir zu weinen!

Genauso hat David Luthe sein Büro eingerichtet. Luthe zupft ein Kleenex aus dem Spender, reinigt seine recht kurze Nase und flüstert kopfschüttelnd: »Es ist eine fürchterliche Tragödie. Meine Gedanken sind bei den Angehörigen.«

Götzki fühlt sich wie ein Therapeut. Plötzlich wird ihm bewusst, dass er es könnte: Lassen Sie Ihre Gefühle zu, Herr Luthe. Sie haben das Recht, schockiert zu sein, Herr Luthe. Halten Sie bewusst inne, Herr Luthe, aber halten Sie auch aus!

Stattdessen: »Wie haben Sie mit Frau Blumenstein kommuniziert, Herr Luthe?«

Irritiertes Schweigen.

»Per Mail? Mit dem Smartphone? Gab es persönliche Treffen?«

»Ich habe Frau Lafleur nur einmal persönlich getroffen, es war ein kurzes Shakehands, natürlich ohne Kontakt, Sie wissen ja. Die eigentliche Zusammenarbeit mit Frau Lafleur haben andere koordiniert. Oft sind Agenturen zwischengeschaltet, auch in diesem Fall. Wir arbeiten mit einem guten Dutzend Influencer zusammen. Ganz ehrlich, Herr Götzki, ich kenne die meisten von denen nicht mal. Damit will ich selbstverständlich in keiner Weise die Abscheulichkeit dieser Tat und den Verlust eines Menschen relativieren.«

»Das bedeutet, Sie kennen die Kommunikationswege Ihres Unternehmens mit Frau Blumenstein nicht?«

»Ich weiß, offen gesagt, nicht einmal, wer aus unserem Team

Social-Media-Marketing die Kampagnen mit Frau Lafleur betreut hat. Was nicht bedeuten soll, dass mir ihr Tod nicht nahegeht.«

»Dann bringen Sie bitte in Erfahrung, wer in Kontakt mit Frau Blumenstein stand, damit ich dieser Person ein paar Fragen stellen kann.«

»Herr Götzki, es hat bei *Reguna-Pharm* oberste Priorität, Ihnen bei Ihren Ermittlungen jede mögliche Unterstützung zu leisten. Um Ihnen einen reibungslosen Informationsfluss zu gewährleisten, ist es umso wichtiger, dass Sie einen verlässlichen Ansprechpartner haben, damit alle Informationen für Sie so einfach wie möglich verfügbar sind. Selbstverständlich werde ich das zu meiner persönlichen Aufgabe machen.«

»Das ist nicht nötig, Herr Luthe. Ich unterhalte mich gerne selbst mit Frau Blumensteins Kontaktperson.«

»Herr Götzki, wir haben bei *Reguna-Pharm* ein klar definiertes und ISO-zertifiziertes Transparenzkonzept. Damit keiner unserer Mitarbeiter befürchten muss, plötzlich als Einzelperson für das gesamte Unternehmen sprechen zu müssen, werden Informationen von uns intern vertrauensvoll erhoben, auf ihre Hieb-, Stich- und Sattelfestigkeit überprüft und erst dann übergeben, denn wir gehen davon aus, dass sowohl Presseorgane als auch zuständige Behörden umfassend und korrekt von uns informiert werden wollen, was *Reguna-Pharm* mehr als ernst nimmt.«

»Dann nehmen Sie unseren Wunsch nach Information bitte ernst und geben Sie mir den Namen von Frau Blumensteins Kontaktperson, damit wir sie vorladen können.«

Luthe lächelt. »Das ist nicht nötig.«

Götzkis Gesichtsausdruck fragt: warum?

»Ich konnte bereits mit Frau Küster-Prinz sprechen – ihr Gatte, Herr Professor Prinz, ist unser Vizepräsident, das wissen Sie sicherlich – und Frau Küster-Prinz teilte mir mit, dass beim aktuellen Stand der Ermittlungen keine Aussagen von uns zur Causa Lafleur oder unserer Geschäftsbeziehung zu Frau Lafleur vonnöten sind.« Luthes Lächeln eskaliert zu einem unverschämten Grinsen. »Sie freuen sich jetzt sicher, dass ich Ihnen auf dem kurzen Dienstweg Arbeit ersparen konnte, Herr Götzki.«

Götzki, therapieerprobt und von der Aura des Raums dazu animiert, kann in sich nachspüren, ob er Freude empfindet – das ist nicht der Fall. Und doch hellt es seine Stimmung auf, im Zuge der banalen Suche nach Jessy Lafleurs Kommunikationsgerätschaften auf eine spannende Verwicklung zu stoßen.

Reguna-Pharm. Blauer Schriftzug auf weißem Grund. Götzki ist mit dem Namen dieses mittelständischen Unternehmens schon vertraut gewesen, ehe er dessen Zentrale am Rand eines rheinhessischen Kaffs angesteuert hat. Er kennt den Namen *Reguna-Pharm* noch aus seiner Psychopharmakaphase, als er Serotoninwiederaufnahmehemmer aus diesem Hause eingenommen hat. Inzwischen weiß Götzki eine Menge mehr über *Reguna-Pharm.* Gut siebentausend Mitarbeitende, Jahresumsatz etwa zwei Milliarden Euro, traditionell spezialisiert auf Humanpharmazeutika und Produkte für die Agrarwirtschaft, seit einigen Jahren über Firmenkäufe auch im Geschäft mit Kosmetika, Nahrungsergänzungsmitteln und Dutzenden weiteren Lifestyleprodukten engagiert – wie naheliegend, dass Jessy Lafleur nur eine von vielen Werbeträgern ist.

Früher kauften sich die Unternehmen in mehrere Zeitschriften ein, heute buchen sie Präsenz auf den Kanälen erfolgreicher Selbstdarsteller. Mit dem Unterschied, dass Werbetragende wie Jessy Lafleur nicht Werbefläche neben Inhalten verkaufen, sie lassen Werbung zum Inhalt werden. Sie integrieren Produkte in ihre Lebensentwürfe, die selbst Produkte sind. Es wundert Götzki nicht, dass die Influencerin für jemanden wie Luthe kein Mensch ist und dass Luthe diese Abgrenzung sehr wohl bewusst ist, wenngleich er wenigstens zu Beginn ihres Gesprächs um den Eindruck von Anteilnahme bemüht gewesen ist. Letztlich ist Luthe Profi genug, um Jessy Lafleur als das zu betrachten, was sie war: eine Werbeträgerin. Und ist es nicht möglich, so Götzkis Gedankenspiel, dass Johanna Blumenstein selbst ebendiesen Akt kühler Professionalität vollzogen und Jessy Lafleur von sich abgespalten hat? So grübelt Götzki, als er Luthes Büro längst verlassen hat.

»Net dooher, hier nibber!«

Götzki dreht sich um. Galt das ihm?

»Ei gugge Se doch emol! Sie misse hier nibber, doodeher derfen Sie net!« Der Pförtner winkt ihm zu.

Götzki ist am Ausgang vorbeigelaufen und bewegt sich auf ein eigens umzäuntes Gelände zu, das zu betreten Besuchern wie ihm nicht gestattet ist.

»Die schaffe doo dribben mit Virusse unn solsche Ferz«, erklärt der Wachmann, als Götzki dessen Terrarium passiert.

»Mit Viren?«

»Ajo. Doo derfen nur ganz beschtimmde Leit eroi.« Der Pförtner lacht. »Wer waaß, was doo eines Daachs nauskimmt?«

»Hoffentlich nur Gutes«, sagt Götzki und verlässt das Gelände.

15

»Pfefferminztee, echt nicht meins. Erinnert mich an Krankenhäuser.«

Götzki weiß selbst nicht, wieso ausgerechnet Tee. Plötzlich war eine Bestellung von ihm gefordert worden, die Bedienung im Café hatte ihn in Gedanken erwischt, jetzt dampft dieses Gebräu in sein Gesicht. Er hört weiter zu.

»Als Kind lag ich mal in einem, da haben wir jeden Morgen und jeden Abend Pfefferminztee gekriegt. Es gab nichts anderes, immer nur Pfefferminz. Der Junge, der mit mir im Zimmer lag, fragte, ob er nicht mal einen anderen Tee haben könnte. Er mochte kein Pfefferminz. Die Schwester sagte: ›Wenn du anderen Tee willst, müssen deine Eltern den mitbringen.‹ Das war bitter, weil der Junge ein Heimkind war und keine Eltern mehr hatte.«

Götzki hebt die Brauen, will verständnisvoll nicken, aber das käme einer Lüge gleich. Er hatte eine Mutter bis drei Tage vor seinem achtzehnten Geburtstag. Sie wurde von einer Straßenbahn überfahren. Als Kind bereitete sie ihm immer Kakao zu, diesen klebrig süßen aus der gelben Box, und sie rührte sogar noch extra Zucker rein. Vielleicht daher seine anfälligen Zähne. Er kann sich über seine Kindheit nicht beklagen. Seine Mutter hat ihn zu gleichen Teilen verhätschelt und gefördert. Und in der Schule war Götzki der nette Lulatsch mit dem enormen Intelligenzquotienten gewesen. Dieser Typ, der verhalten lächelt, seine Brille mit dem Zeigefinger die Nase hinaufschiebt und dann die richtige Lösung nennt, ohne dass jemand etwas ergänzen muss. Ein Charakter von solcher Farblosigkeit, dass ihn die Rüpel auf der Suche nach Mobbingopfern übersehen, gleichzeitig so gescheit, dass man ihm automatisch Respekt entgegenbringt und er per se von der Aufgabe entbunden ist, sich diesen Respekt in unvernünftigen und gesundheitsschädlichen Statusritualen zu verdienen. So einer war Götzki gewesen.

Ein Deutschlehrer sagte über den unauffällig durch die frühen Neunziger pubertierenden Adam, er sei mit seinem zwanghaft analytischen Denken, seiner Beamtenruhe und Rebellionsaskese prädestiniert für eine Karriere bei der Bahn. Und tatsächlich fand Götzki dieses komplexe System aus Strecken und Zügen und Zeiten schon in einem Alter reizvoll, in dem er kaum größer war als sein Schulranzen. Als Abiturient flirtete er damit, seinen analytischen Verstand und seine logische Intelligenz in den Dienst der Volksmobilität zu stellen.

Doch da war noch seine heimliche Leidenschaft: das Verbrechen. Selbstredend reizte ihn die schiefe Bahn als Erwerbsquelle weitaus weniger als die deutsche. Aber er war in den Bannkreis des Bösen geraten. Kriminalität faszinierte ihn. Sehr kreative oder besonders klug strukturierte Missetaten ließen ihn nicht mehr los. Der Fall Dagobert: Auch wenn sich Götzki moralisch auf der Seite des Gesetzes befunden hatte, staunte er über die kühnen Manöver des Erpressers, verbunden mit dem kindlichen Wunsch, er möge noch einmal davonkommen, bloß ein einziges Mal.

»… frage ich mich, wann immer ich Pfefferminze rieche, was wohl aus ihm geworden ist.«

»Aus wem?« Götzki nippt an seinem Tee. Ach ja, die Vollwaise aus dem Krankenhaus. »Sie hatte vier Handyverträge, bislang wurde nur ein Smartphone gefunden. Und das hatte Rachid Massoun im Gepäck. Er wollte von Marokko aus für Jessy Lafleur arbeiten. Rachid war ihr wichtigster Mitarbeiter. Er drehte, schnitt und produzierte ihre Videos, was ihm ein solides Einkommen verschaffte, sodass er viel Zeit in seine Kunst investieren konnte.«

»Du ermittelst in dem Fall also gnadenlos weiter.« Sam grinst.

»Sagen wir mal, ich bin neugierig, was die Kollegen von der Kripo rausfinden.«

»Kolleg*innen, Herr Kollege.«

»Tatsächlich nicht, es sind nur Männer in dem Team.«

»Wie so oft. Und du? Warst du gestern und die Tage davor wirklich im Homeoffice?«

Götzki schaut sich um, senkt die Stimme. »Ja, war ich. Und in meinen Pausen habe ich die Eltern von Johanna Blumenstein und den Marketingchef von *Reguna-Pharm* besucht. Ein aalglatter Mensch, der so spricht, wie sich seine Pressemitteilungen vermutlich lesen.«

»Was sagt er?«

»Nicht viel. Er versucht, Distanz zwischen *Reguna-Pharm* und Jessy Lafleur herzustellen. Und er findet, dass der Konzern nicht befragt werden dürfe. Er hat wohl einen direkten Draht zur Staatsanwaltschaft.«

»Das ist typisch Mainz.«

»Ja, ich gewöhne mich allmählich daran. Vielleicht sollte man das ins Stadtmarketing übernehmen. Mainz – Stadt der guten Beziehungen.«

»Gutenberg-Stadt der guten Beziehungen«, ergänzt Sam.

»Deal.«

»Und die Eltern?«

»Die Mutter gebrochen, der Vater wütend, wobei ich das Gefühl habe, die Mutter hat mir nicht alles gesagt, weil der Vater dabei war. Zwischen den beiden herrscht Eiseskälte. Meine Vermutung ist, dass Professor Blumenstein in der Beziehung das Kommando hat, Frau Dr. Blumenstein aber zu klug ist, um damit ein glückliches Leben zu führen. Ich könnte mir vorstellen, dass sie sich für ihre Tochter darauf eingelassen hat. Und nun hat sie keinen Grund mehr, unter der Knute dieses Mannes zu existieren.«

»Spielt das eine Rolle für den Fall?«

»Solange ich das nur vermute, kann ich das nicht beurteilen.« Götzki schlürft vorsichtig etwas heißen Tee. »Außerdem war ich in einem Umsonstladen.«

»Oh, klingt interessant. Was bekommt man da?«

»Trödel, soweit ich das überblicken konnte. Und du darfst maximal zehn Teile im Monat mitnehmen. Ross sagt, bevor sie dieses Limit eingeführt haben, hätten Leute kistenweise Zeug eingepackt und es auf Flohmärkten weiterverkauft.«

»Wer ist Ross?«

»Der Verkäufer im Umsonstladen.«

Sam verschluckt sich an ihrer Limo, als sie loslacht. »Sorry, Verkäufer im Umsonstladen, merkst du was?«

»Ja, das fiel mir auch auf. Aber wie soll er sich sonst nennen? Verschenker? Ist ja auch blöd. Johanna Blumenstein war ebenfalls Verkäuferin Slash Verschenkerin im Umsonstladen. Behauptet ihre Mutter. Ross kennt sie allerdings nicht. Eine Johanna habe es im Umsonstladen noch nie gegeben, auch keine von den Antispeziesistinnen heiße so.«

»Oh.«

»Johanna war wohl mindestens linkspolitisch gesinnt, wenn nicht sogar aktiv. Wenn man ihrem Vater glaubt, hatte sie die Grenze zu linksradikal längst überschritten.« Götzki streichelt den Rand seiner Tasse. »Klar ist, dass wir es mit zwei Protagonistinnen zu tun haben: der von der freien Marktwirtschaft gehörig profitierenden Influencerin Jessy Lafleur und der Kapitalismuskritikerin Jo Blumenstein. Die spannende Frage ist, welche von beiden ist das Opfer?«

»Beide sind tot«, stellt Sam schulterzuckend fest.

»Ich gehe davon aus, dass der Täter es nur auf eine abgesehen hat. Und wenn wir wissen, auf welche, können wir fokussierter ermitteln.«

»Was ist Ross für einer?«

»Ich habe ihn selbstverständlich nicht ausgefragt. Ross' thematisches Steckenpferd ist die Mainzer Dschentrifizierung, wie er es nennt. Er hat vermutlich alles erzählt, was er darüber weiß. Außerdem hat er gegen die israelische Siedlungspolitik gewettert. Es war sehr langatmig. Danach hat er sich für ›das echt coole Gespräch‹ bedankt, was kein Sarkasmus war. Außerdem hat er mich eingeladen, mal wieder vorbeizukommen. Der Umsonstladen verstehe sich auch als Treffpunkt für die Unangepassten im Kiez.«

Sam mustert ihn. »Mit dem wilden Vollbart und den Ringen unter den Augen fällst du da sicher nicht auf. No front.«

»Ein plumpes Klischee, ausgerechnet von dir«, kontert Götzki. »Das gebügelte Hemd solltest du noch weglassen.«

»Es ist mein letztes. Ich verspreche, das von ganz unten aus meiner Tasche mit den schmutzigen Sachen zu tragen. Aber es ist sowieso egal, wie ich dort auftauche. Ich stehe ja quasi auf der Gästeliste.«

»Gästeliste ist ein gutes Stichwort«, sagt Sam. »Soweit ich weiß, kennt sich der Kollege mit der spitzen Nase, der Gampfer, bestens aus, was die lokale linke Szene angeht. Er arbeitet im Dezernat 52. Ist sicher nicht verkehrt, wenn du dir von ihm vorab ein paar Infos geben lässt.«

Götzki hebt die Hand in Richtung der Bedienung, er möchte noch einen Pfefferminztee.

16

»Herr Gampfer …«

»Ja?«

Götzki hat dem Kollegen am Kantinenausgang aufgelauert. Gegessen hat er nichts. Königsberger Klopse, der Glutamatgeruch hat ihm den Appetit verdorben. »Haben Sie eine Minute?«

Gampfer zeigt freudige Überraschung. »Natürlich, Herr Götzki. Ich wollte Ihnen sowieso die ganze Zeit schon mitteilen, dass ich Ihrer Meinung bin, man hätte im Fall Lafleur weiter mit großer Soko ermitteln müssen. Das hören Sie sicher selten.«

»Selten bis gar nicht. Danke.«

»Es geht unseren Vorgesetzten nur um den schnellen Erfolg«, raunt Gampfer. »Die nehmen Organisierte Kriminalität sehr gelassen, solange sie unauffällig stattfindet. Aber wehe, es gibt mediale Aufmerksamkeit, dann wird selbst für eine lächerliche Beziehungstat alles in Bewegung gesetzt. Und der Erstbeste ist es gewesen.«

»Sie glauben an eine Beziehungstat?«

»Vielleicht war es auch ein Stalker oder ein Räuber, das ist SKP und unserem Chef egal. Die wollen ihre Ruhe haben. Die Soko wurde nicht gebildet, weil der Fall so komplex ist. Es war eine reine Marketingmaßnahme, genauso wie Sie eine Marketingmaßnahme sind.«

Götzki schaut fragend.

»Wenn Sie Schär kennen würden oder, sagen wir, so lange kennen würden wie ich, wüssten Sie, dass es ihm an erster Stelle darum geht, der Frau Innenministerin zu gefallen – immer. Denn Schär möchte ins Ministerium. Staatssekretär. Das ist das Ziel all seiner Entscheidungen. Die Gelegenheit, sich als Headhunter aufzuspielen, der Topleute beim BKA abwirbt, lässt er nicht verstreichen.«

Mehr Antwort als das Hochziehen der Brauen hat Götzki nicht

zu bieten. Er hört andere ungern über Dritte sprechen. Ihm ist Gampfers Redseligkeit nicht geheuer. »Ich habe ein ganz anderes Thema auf dem Herzen. Es geht um die linke Szene in Mainz. Kollegin Dusy sagt, Sie kennen sich dort gut aus.«

»Gut, was heißt das schon? Was möchten Sie denn wissen?«

»Was wissen Sie über den Umsonstladen in der Bleiche?«

Gampfer lächelt dünn, kichert durch die Nase. »Ich sage es mal so: Wenn Sozialromantik eines Tages strafbar wird, machen wir dort Razzia und nehmen alle fest. Bis jetzt ein unauffälliges Etablissement. Einige wenige Male von Streifenkollegen aufgesucht worden, weil sich Nachbarn über zu laute Gespräche auf dem Trottoir beschwert haben. Die Leute waren aber auf Ansprache sofort kooperativ und sind reingegangen. Das ist alles. Warum fragen Sie?«

»Bin da vorbeigelaufen, reines Interesse. Bei uns in Berlin geschehen in solchen Läden ganz andere Dinge, wissen Sie, und da war meine Neugierde geweckt.«

»Klar, Berlin ist eine andere Liga, was Linksradikalismus angeht. Wenn Sie so was bei uns suchen, werden Sie am ehesten auf dem Bauwagenplatz oben am Unicampus fündig. Das sind Veteranen. Haben sich früher auf rechten Demos geprügelt, Farbbeutel auf Edmund Stoiber geworfen, solche Sachen. Lang ist's her. Meines Wissens verkehren die nicht im Umsonstladen. Liegt vielleicht auch daran, dass die Altgedienten noch immer mit der RAF sympathisieren und von einer blutigen Revolution träumen, während im Umsonstladen die neuen Hippies und Pazifisten sitzen. Die lehnen Gewalt so sehr ab, dass sie nicht mal Schnitzel essen.« Gampfer lacht erneut diskret durch die spitze Nase, klopft Götzki auf den Oberarm. »Sie können da ganz beruhigt vorbeilaufen. Möchten Sie sonst noch etwas wissen?«

Götzki schüttelt den Kopf.

Gampfer wirft einen Blick in die sich leerende Kantine, rückt seine John-Lennon-Brille zurecht, die den spitzen Winkel seiner Physiognomie stört. »Ich hoffe, Sie haben diese Königsberger-Klopse-Imitation nicht gegessen.«

»Nein, die riechen nicht, als wären sie zum Verzehr geeignet.«

»Ich gehe mit ein paar Kollegen zweimal die Woche in die Pizzeria am Bismarckplatz. Dienstags und freitags. Schließen Sie sich uns gerne an. Und an den anderen Tagen sollten Sie sich Essen von zu Hause mitbringen. Ich sage immer, als Verbrechensbekämpfer müssten wir zuerst gegen unsere Kantine vorgehen.« Wieder ein paar kurze Luftstöße aus der Nase. Gampfer ist nicht der Typ, der laut lacht.

»Danke für die Einladung.« Götzki honoriert das Angebot, ohne es anzunehmen. Er ist zurückhaltend, obwohl ihre Unterhaltung den Mangel an Sympathie ausgleicht, den Gampfers erster Eindruck bei ihm hinterlassen hat. Erfahrungen haben ihn gelehrt, die Distanz zu wahren und nicht zu viel Vertrauen vorzustrecken – zuletzt die Erfahrung mit seinem Duz-Vorgesetzten Höhner. Am Ende traut man sich am besten nur selbst über den Weg. Und sogar darin lauert die Unzuverlässigkeit.

Götzki denkt an den »Besuch« ein paar Nächte zuvor. Er denkt daran, wie seine Tränen auf die Handfeuerwaffe tropften. Und er erinnert sich daran, dass er Frau Dr. Ratz noch eine Terminanfrage schuldig ist. Schließlich möchte er sie mit all den anderen Psychologen und Psychotherapeutinnen vergleichen können, denen er gegenübergesessen hat. Dabei läuft es am Anfang ohnehin immer gleich ab. »Haben Sie gut hergefunden?« ist die Eröffnungsfrage, gefolgt von: »Was würden Sie sagen, warum Sie heute hier sind?« Auf die erste Frage antwortet er inzwischen nur noch mit einem freundlichen »Danke«. Die zweite Frage ist noch viel bösartiger. Man kann zugeben, psychisch angeschlagen zu sein, es also einsehen, wie Angela es ausgesprochen hätte. Man kann ganz im Gegenteil darauf verweisen, von jemandem geschickt worden und nur unter Zwang in der Praxis zu sein, obwohl man sich selbst für stabil hält, woraus die in Psychologie geschulte Fachkraft schließt, dass man seinen Dachschaden nicht er-kennt. Dann bleibt noch die Antwort »Ich weiß es nicht«, mit der man sich als meinungs- und ahnungsloser Hilfsbedürftiger outet, der noch nichts von seinem großen Glück weiß, endlich auf dem richtigen Stuhl zu sitzen. »Was würden Sie sagen, warum Sie heute hier sind?« – eine Fangfrage, die schon im Moment des Stellens zuschnappt. Eine Antwort ist gar nicht nötig. Sobald er also Frau Dr. Ratz gegenübersitzt, ist die Entscheidung bereits getroffen, und am Ende bearbeitet er wieder zehn Stunden die Woche greise Cold Cases, bloß diesmal in einer Stadt, in der er nie sein wollte.

17

Ross steigt mithilfe eines einsturzgefährdeten Hockers auf den Verkaufstresen des Umsonstladens und nimmt dort Platz. Götzki taxiert ihn auf über hundert Kilo. Vorne ist Ross kahl, sein verbliebenes Haar hängt ihm zum Pferdeschwanz gebunden fast bis zum Maurerdekolleté. Er trinkt Mate. Sein Blick wandert zu einem knochigen Typen in pechschwarzer Kleidung, der im Schneidersitz über seinem Notebook brütet und nicht einmal hochgesehen hat, als Götzki den Laden betreten und nett in den Raum gegrüßt hat.

»Ja klar, wir wollen ein Treffpunkt im Kiez sein«, erklärt Ross, als hätte Götzki ihn gefragt. »Die Leute müssen halt mitkriegen, dass sie hier einfach reingehen und quatschen können. So wie du das getan hast. Meistens stecken sie bloß den Kopf rein. ›Was ist das hier?‹«, äfft Ross nach. »›'n Umsonstladen‹, sag ich dann. Die meisten gucken schief und verschwinden wieder. Ist denen suspekt, dass Sachen einfach verschenkt werden. Sind alle vom Kapitalismus auf Kaufen gedrillt.«

»Woher kriegt ihr die Ware?« Götzki nimmt eine kitschige Kaffeekanne aus einem pink lackierten Regal.

»Alles Spenden.«

»Hauptsächlich über *Free Your Stuff Mainz*«, ergänzt der Mann mit dem Notebook, ohne den Blick zu heben. Seine Stimme ist abgrundtief und rauchig wie die eines trunksüchtigen Bluessängers.

Ross nickt. »Das ist eine Facebook-Gruppe. Aber uns findest du nicht auf Facebook. Wir lehnen den US-Imperialismus ab. Die Gruppenadmins verweisen immer mal wieder auf uns. Dann tauchen Leute auf, ich erkenne die schon daran, wie die reinkommen, und geben ihren Kram ab. Ich drücke ihnen dann einen Flyer zum Thema Social Media und Datenklau in die Hand, damit sie ihre Facebook-Mitgliedschaft reflektieren. Das tun sie natürlich nicht.«

»Aha«, sagt Götzki. »Wie finanziert sich der Umsonstladen?«

Der Bluessänger hebt den Kopf, zwickt Götzki mit seltsam hellen und zugleich düsteren Augen.

»Auch Spenden«, antwortet der ansonsten wortreiche Ross in aller Knappheit.

Götzki spürt den Argwohn und gibt sich mit der Antwort zufrieden.

»Ist ja cool, dass ihr den Laden habt«, sagt er und möchte ein unverfängliches Gespräch anstoßen, als ihm der Atem stockt. Der Radfahrer, den er angeschrien hat, um Sam die Berliner Straßenverkehrsetikette zu demonstrieren, manövriert sein Velo durch die Eingangstür.

Ihre Blicke begegnen sich. Sofortiges gegenseitiges Erkennen. Götzki rechnet mit dem Satz »Was macht der Bulle hier?« oder dergleichen. Sein Hirn fährt hoch. Wie soll er am besten reagieren? Flüchten oder reden? Ihm wird heiß. Der andere hält den Blick, seine Augen sind giftgrün, die Miene ist neutral. Er flucht, als er mit einem Pedal am Türrahmen hängen bleibt, lässt Götzkis Augen los, wuchtet sein Rad in den Laden.

»Er hat Angst, dass es draußen geklaut wird«, erklärt Ross.

»Wär nicht das erste Mal«, knurrt der Radfahrer und zu Götzki, fast schon gelangweilt: »Ich bin der Micha. Wer bist du?«

Ross drängelt sich vor. »Das ist der Adam. Ist neulich einfach so reingekommen und heute isser wieder da. Ich sag ja immer, wir sind auch ein Treffpunkt im Kiez. Wir müssen das halt noch besser kommunizieren.«

Vielleicht erkennt mich der Radfahrer wegen des Vollbarts nicht wieder, überlegt Götzki.

»Ich würde gar nichts kommunizieren«, geht Micha auf Ross ein. »Wen willst du denn hier drin haben? Diejenigen, die sich eine Wohnung in der Innenstadt leisten können? Dieses stumpfsinnige Konsumvieh da draußen, das wie hypnotisiert aufs Handy glotzt?

Die kriegen gar nicht mit, dass das ein Laden ist. Und wen haben wir sonst noch? Die Dealer, ja klar. Da kannst du gleich die Cops einladen.« Er pikst Götzki mit einem kurzen Augenkontakt ins Herz. »Wir sind doch gar nicht da, wo wir gebraucht werden. In den Großwohnsiedlungen, da brauchen sie uns vielleicht. Wer nutzt denn den Umsonstladen, Ross? Immer dieselben drei abgefuckten Alteingesessenen.«

»Und die Gruppen«, entgegnet Ross.

»Die weinerlichen Kinder vom *Aktionsbündnis Antispeziesismus*?« Micha schüttelt den Kopf. »Ich könnte gut damit leben, wenn sich die woanders träfen. Und weitere Gruppen treffen sich hier nicht oder ist mir was entgangen?«

»Vielleicht bist du mit deinem negativen Gerede schuld, dass Lin nicht mehr kommt.«

Micha, der begonnen hat, sich eine Zigarette zu drehen, hält inne. »Alter, Ross? Die kommt nicht mehr, weil sie das tut, was alle Studentinnen heutzutage tun: studieren und Karriere machen. Die hat kapiert, dass das nichts für ihren Lebenslauf ist, und tschüss.«

»Negatives Gerede, nur negatives Gerede. Lin arbeitet gerne bei uns. Hat letzte Woche drei Schichten sausen lassen, ohne sich abzumelden. Ich meine, okay, das ist alles ehrenamtlich und so. Aber sich abmelden wär schon cool.«

»Vielleicht ist sie krank«, sagt Götzki. »Warum ruft ihr sie nicht an?«

Ross hebt Schultern und Brauen. »Keine Nummer. Die Lin ist einfach eines Tages reinspaziert und hat sich eingebracht. So wie du. Also, wenn du willst, kannst du dich auch gerne einbringen. Mal den Laden schmeißen, putzen …«

Götzki nuschelt, dass er erst mal schauen muss, ob er überhaupt Zeit für ein Ehrenamt hat. Von draußen schaut der rauchende Micha grimmig durchs Schaufenster.

»Du kannst auch halbe Schichten übernehmen oder einzelne Jobs. Unser Klo müsste gestrichen werden. Können wir auch gemeinsam machen und dabei quatschen oder Podcasts hören.«

»Wie gesagt, da muss ich erst schauen …« Götzki spürt, dass Ross' Zutraulichkeit bei den beiden anderen nicht gut ankommt. Er würde die unangenehme Situation gerne zerstreuen, weiß nur nicht, wie.

Ross sitzt wie ein treudoofer großer Comicbär auf dem Tresen und kippt Mate in sich hinein. »Klar. Schau einfach vorbei. Ich hänge jeden Tag hier ab.«

Micha betritt wieder das Ladenlokal und räuspert sich. Götzki beäugt Waren auf einem Tisch, bemüht, die Lage zu banalisieren. Er nimmt einen metallenen Wandteller in die Hand, *Berlin*, in der Mitte ist das Brandenburger Tor abgebildet. »Kann ich den mitnehmen?«

»Sicher«, sagt Ross. »Spendest du was?«

Götzki sieht ihn irritiert an.

»Unser Laden lebt von Spenden. Natürlich sind die Sachen umsonst, aber wir freuen uns, wenn jemand was gibt.«

Götzki zupft einen Fünfer aus dem Portemonnaie. Ross nickt dankend. Götzki verabschiedet sich und lässt den fröhlichen Ross und die beiden weniger begeistert wirkenden Männer im Laden zurück. Draußen betrachtet er noch mal den Teller. Ein wirklich hässliches Teil.

18

Weil ihn die durchgeschwitzten fiebrigen Nächte längst auch bis tief in den Tag hinein belasten und seine Leistungsfähigkeit mindern, nimmt Götzki wieder ein Schlafmittel. Er spürt das zunehmende Gewicht auf seiner Seele, fühlt sich be-drückt, noch nicht nieder-geschlagen. Es ist noch nicht ICD-10 F32, die affektive Störung mit depressiver Symptomatik, allerdings nicht weit entfernt davon. Er muss seine körperlichen Ausfallerscheinungen sauber einordnen lassen. Wie er in steter Selbstbe-obacht-ung (seine innere Angela ist sehr dominant) feststellen musste, wird der Körperpudding mehr. Er ist fatalerweise auch am Arbeitsplatz nicht mehr vor diesem Anfallsgeschehen sicher. Nichtsdestoweniger wird er die Sache zunächst allgemeinmedizinisch betrachten lassen. Muss ja nicht unbedingt mit der Psyche zusammenhängen. Als nervös googelnder Laie ist man hinterher meist angenehm verblüfft, wie harmlos und unerwartet die Ursache von Symptomen sein kann, die man selbst für das Aufblitzen der Sensenmannklinge gehalten hat.

Also cool bleiben. Millionen Deutsche nehmen Schlafmittel.

»Setzen Sie sich, Herr Götzki. Sie entschuldigen, wenn ich am Fenster stehen bleibe.« Schär spricht mit Zigarette im Mund, kramt nach seinem Feuerzeug. »Können Sie glauben, dass ich mir das Rauchen schon abgewöhnt hatte? Fast sieben Jahre war ich ohne. Eine persönliche Krise ließ mich rückfällig werden. Rauchen Sie?«

»Hab ich noch nie.«

»Seien Sie froh.« Schär hat das Feuerzeug gefunden, aber es gibt keine Flamme her. »Das darf doch nicht … Mich interessiert, wie Sie die ersten beiden Wochen in Mainz erlebt haben, Herr Götzki. Mögen Sie Mainz? Was gefällt Ihnen besonders?«

Götzki schaut zu, wie sein neuer Chef die Schubladen eines

Rollcontainers nach einem potenten Feuerzeug durchsucht. Dabei sinnt er nach. »Also, so gefragt würde ich sagen, hm, das Rathaus, ein architektonisches Juwel. Ich war schon immer ein heimlicher Fan Arne Jacobsens. Umso erfreuter war ich, als ich auf dieses Gebäude gestoßen bin.«

»Ein Gebäude, das die Einwohnerschaft spaltet. Es gibt eine Menge Leute, die es am liebsten niederbrennen würden. Sie haben nicht zufällig Feuer?«

»Nein.«

»So ein ... Ah, meine Regenjacke!« Schär eilt zu dem Garderobenständer neben seiner Bürotür und fällt über ein schwarzes Kleidungsstück her. »Das ist nicht alles, was Sie an Eindrücken von Mainz bekommen haben, Herr Götzki, oder? Herrgott, es kann doch nicht sein, dass hier nirgends mehr ein Feuerzeug ist.«

»Der Dom ist imposant.«

»Ich empfehle Ihnen das Marktfrühstück samstagvormittags. Sie haben sicher davon gehört. Da treffen sich die Meenzer, wie man bei uns sagt, und babbeln, wie man bei uns sagt, und trinken die ein oder andere Schorle. Früher hatte man es als Raucher wirklich leichter.«

»Ich gehe lieber abends aus, aber danke.«

»Abends? Da kann ich Ihnen leider keine Tipps geben. Wenn meine Frau und ich ein Mal im Jahr das Staatstheater von innen sehen, ist das schon viel.«

»Ich gehe lieber in die Kneipe.«

»Wer hat auch schon den Kopf frei heutzutage, um sich ins kulturelle Leben zu stürzen?«, murmelt Schär, der die Leibesvisitation des Regencapes erfolglos beendet hat. Er nimmt die Zigarette aus dem Mund, schaut sie verärgert an. »Ich werde jetzt nicht durchs Gebäude laufen. Ähm, richtig, das Marktfrühstück und der Dom, Herr Götzki.«

Götzki rätselt, weshalb Schär ihn herbestellt hat.

Schär stellt sich wieder ans Fenster, trotzdem. »Sie haben bestimmt schon festgestellt, dass nicht nur die Stadt Mainz ihren ganz speziellen Charakter hat. Auch ein Landeskriminalamt ist gewissermaßen ein individueller Organismus, der auf seine eigene Weise funktioniert, und ein LKA Rheinland-Pfalz stellt sich vielleicht ganz anders auf als ein LKA, sagen wir, Sachsen oder Bayern oder auch ein BKA.«

Götzki lauscht den Ausführungen seines Vorgesetzten und fragt sich, wann der vor seiner Sucht kapituliert.

»Das Thema agiles Arbeiten hat sicher auch bei uns in den letzten Jahren an Bedeutung gewonnen, Herr Götzki. Niemand soll hier einfach seine Zeit absitzen. Lieber fokussiert wirksam sein, gerne auch mal früher gehen oder von zu Hause arbeiten, da hat sich ja gerade in der jüngeren Vergangenheit viel getan. Wir erwehren uns nicht, im Gegenteil, ich bin ein Verfechter agilen Arbeitens. Führung wird ja heute ganz anders definiert, Herr Götzki. Da ist nichts mehr mit Top-down. Das haben Sie sicher schon bemerkt. Vermutlich ist es beim BKA nicht anders.«

Götzki schaut auf die Zigarette, die angespannt zwischen Schärs Zeige- und Mittelfinger wackelt. Was soll er erwidern?

»Ich habe zu Frau Küster-Prinz gesagt: ›Das ist ein Spitzenmann aus Berlin, Frau Küster-Prinz, der kommt mit einer hohen Motivation und möchte seine Skillings nicht verstecken.‹ Meine Güte, die Frau Staatsanwältin, an sich eine patente Person. Wir arbeiten gut zusammen, nicht dass Sie ein falsches Bild kriegen, Herr Götzki.«

Ein falsches Bild wovon? Und Götzki ist überzeugt, dass es Skills heißt.

»Frau Küster-Prinz ist tatsächlich etwas verschnupft. Ich konnte das zerstreuen. Ganz ehrlich, Herr Götzki, man muss auch die Terrains gut abstecken und Kompetenzüberschreitungen vermeiden. Von daher habe ich gesagt: ›Frau Küster-Prinz …‹ Das ist jetzt gar nicht wichtig, *was* ich gesagt habe. Es ist dennoch so, dass wir agil und strukturiert arbeiten, Herr Götzki. Ich war irritiert, plötzlich die Staatsanwältin am Apparat zu haben wegen so etwas, habe aber auf der anderen Seite Verständnis dafür, dass sie mal nachfragt.«

»Wonach fragt?«

»Stimmt, darum geht es eigentlich.« Schär schielt nach der Zigarette, die noch immer in seiner Hand zuckt. »Frau Küster-Prinz war sehr irritiert, dass Sie weiter an der toten Influencerin arbeiten. Ich, offen gesagt, auch. Wir haben mit den Ermittlungen im Fall Lafleur nichts mehr zu tun. Ich verstehe Ihren Ehrgeiz, aber Sie wissen ja, die Anklage dieses Künstlers wird vorbereitet, er hat inzwischen einen Anwalt, die Dinge nehmen ihren Lauf, es besteht also kein Bedarf …«

»Ich stelle mir die berechtigte Frage, ob Herr Massoun wirklich der Täter ist.«

»Das mag sein, Herr Götzki, nur Sie arbeiten hier weisungsgebunden.«

»Herr Schär, ich habe den Aufenthaltszeitraum Rachid Massouns mithilfe von Videoüberwachungsaufnahmen aus der Nähe ermittelt. Er hat die Wohnung zwei Stunden vor Todeseintritt verlassen. Als er ging, war Jessy Lafleur noch am Leben. Erstens. Zweitens, welches Motiv wird ihm unterstellt? Er war der Videoproduzent für Jessy Lafleur – eine solide Einnahmequelle, die ihm die Freiräume verschafft hat, als Künstler zu wirken. Wieso sollte er den Ast absägen, auf dem er sitzt? Drittens …«

»Herr Götzki, ich habe vollstes Verständnis für Ihren Eifer, dennoch …«

»Entschuldigen Sie, der Fall scheint sehr vielschichtig zu sein. Für umso gewagter halte ich es, einen Indizienprozess übers Knie zu brechen. Bedenken Sie, eine Millionärin wurde erschlagen. Doch die Millionärin Jessy Lafleur ist ein Fake, Herr Schär. Ihre Luxuswohnung ist nur Kulisse für ihre Videos gewesen. Ihre vermeintliche Beziehung hat sich als Geschäftspartnerschaft zweier Kunstfiguren entpuppt. Neben der Influencerin Jessy und der bürgerlichen Johanna war diese Person offenbar auch noch die linke Lin, möglicherweise mit Verbindungen ins extremistische Milieu, die im Umsonstladen gearbeitet und in einer Einzimmerwohnung im sozialen Brennpunkt gewohnt hat. In diesem Fall ist nichts klar, Herr Schär. Deshalb habe ich noch etwas recherchiert.«

»Etwas recherchiert ist gut. Wenn ich Ihnen so zuhöre, haben Sie Ihre eigentliche Aufgabe ignoriert und eine Menge Arbeitszeit in einen Fall investiert, mit dem Sie nichts mehr zu tun haben. Was haben Sie in Sachen Autoteilemafia herausgefunden?«

»Das ist zeitraubende Kleinstarbeit …«

»Genau hier brauchen wir Ergebnisse! Herr Götzki, Sie bringen mich in Schwierigkeiten. Ich habe Ihre Anstellung gegen interne Widerstände durchgesetzt. Und was tun Sie? Verweigern Ihre Arbeit und halten sich in der Damentoilette auf. Das ergibt ein sehr unvorteilhaftes Bild, Herr Götzki. Sehr unvorteilhaft.«

»Ich war aus Versehen in der falschen Toilette.«

»Herr Götzki, das Gesamtbild! Ich weise Sie hiermit in aller Deutlichkeit an, nicht weiter im Fall Jessy Lafleur zu ermitteln, vor allem nicht wild irgendwelche Leute zu befragen, die sich dann an die Staatsanwaltschaft wenden.«

»Gut, dass Sie das ansprechen. Ich halte es für suspekt, ehrlich gesagt, wenn die Staatsanwaltschaft einem Unternehmen zusagt, nicht von Ermittlungen betroffen zu sein.«

»Es ist völlig gleich, mit wem die Staatsanwaltschaft was bespricht. Fakt für uns ist: Wir ermitteln nicht mehr im Fall Lafleur. Punkt. Und ich erbitte mir mehr Konformität von Ihnen, Herr Götzki.« Schärs Blick erhellt sich. Er geht zur Fensterbank, greift in den Untersetzer einer Topfpflanze, holt mit gewinnendem Lächeln ein Feuerzeug hervor und zündet sich die Zigarette an. »Bitte betrachten Sie unser Gespräch als kollegialen Austausch. Betrachten Sie es aber auch als mündliche Ermahnung durch Ihren Vorgesetzten.«

Was denn nun?, fragt sich Götzki und erhebt sich. Beim BKA wurde ihm Professionalität abverlangt, keine Konformität.

»Herr Götzki«, sagt Schär, »das gilt für die Stadt ebenso wie fürs LKA: Wer in Mainz leben will, muss mit Mainz leben.«

Der Zigarettengeruch kriecht Götzki unangenehm in die Nase.

Er starrt Schär an, sagt nichts. Ein Klumpen Gleichgültigkeit verstopft sein Mundwerk, füllt seinen gesamten Kopf aus, existiert anstelle seines Gehirns, ist plötzlich seine innere Mitte. Ein verblüffender Zustand, ein kleines spirituelles Wunder, ein Merkmal von ICD-10 F32.

19

Sicher war es Zufall, dass ihn Frau Dr. Stefanie Blumenstein punktgenau anrief, als er Schärs Bürotür hinter sich zugezogen hatte. Die kollegiale Ermahnung oder was immer der LKA-Chef so wortreich wie verworren formuliert hatte, war noch warm gewesen. Als hätte Frau Dr. B. ein Zeichen erhalten: »Sie können ihn jetzt anrufen.« In Götzkis Fantasie ist nichts unmöglich. Seine Fantasie ist eine seiner mächtigsten Waffen.

Treffpunkt Gonsenheimer Wald. Götzki kommt mit dem Bus, erfreut sich an einem Ensemble mittelgroßer Plattenbauten, die einen Hauch von Stadt in die ansonsten flache Siedlung zaubern. Dahinter ein kleiner Tierpark, das korrumpierte Wild lässt sich von feixenden Kindern mit Futterpellets an den grünen Metallzaun locken. Alles ist gut. Hinter dem Tierpark und einer Sportanlage markieren das Ende einer alleehaften Straße und eine Reihe Autos den Eingang zum Wald. Frau Dr. Blumenstein ist im arztkittelweißen Porsche angereist. Sie zählt zu den eitlen Persönlichkeiten, die ihr Autokennzeichen aus den eigenen Initialen und dem Geburtsdatum zusammensetzen. Doch neben der motorisierten Pracht steht eine gebrochene Frau, die den größten Luxus in ihrem Leben unwiederbringlich hat hergeben müssen.

»Normalerweise gehe ich mit den Männern, die ich hinter dem Rücken meines Mannes treffe, ins Restaurant oder wenigstens in ein Café. Aber ich habe keinen Appetit mehr seit … seitdem.«

Götzki verzichtet ebenso auf eine Begrüßungsfloskel. Wieso sollte er auch einer Frau einen guten Tag wünschen, die womöglich bis ans Ende ihres Daseins keinen mehr erleben wird? »Ich habe mir schon gedacht, dass Ihr Mann nicht in Kenntnis ist. Sonst hätten Sie mich bequemerweise zu sich nach Hause eingeladen.«

»Richtig. Oder auch nicht. Ich liebe den Wald. Ich bin im Taunus aufgewachsen. In Rheinhessen gibt es keine echten Wälder.

Wussten Sie, dass die Römer einst die rheinhessischen Waldgebiete gerodet haben, um Wein anzubauen?«

»Das wusste ich nicht.«

»Woher auch? Sie sind ja noch nicht lange bei uns und wen interessiert so etwas in Berlin? Wenn Sie sich jetzt fragen, warum ich diese Dinge über Sie weiß, mein Mann hat Erkundigungen über Sie angestellt. Wenn Sie sich fragen, wieso er so etwas tut, er leidet unter einem ausgeprägten Kontrollzwang. Sind Sie schon einmal über Monate hinweg von einem Privatdetektiv beschattet worden? Mein Mann hat mir diese Erfahrung zuteilwerden lassen.« Sie spricht, ohne Götzki anzuschauen. Ihre Stimme zerbricht fast bei jeder Silbe wie morsches Holz, über das man läuft. »Ich musste mich entscheiden, ob ich ihn für einen furchteinflößenden Despoten oder für ein verunsichertes Würstchen halte.«

»Hat er auch Johanna ausspionieren lassen?«

Sie schüttelt den Kopf. »Wie jede blauäugige Ehefrau habe ich geglaubt, das verunsicherte Würstchen in der Hand zu haben, wenn es darauf ankommt. Ich habe es ihm untersagt. Aber Sie haben ja gehört, was er alles über sie herausgefunden hat.«

Götzkis Blick schweift umher, der deutsche Wald leidet auch hier, zwischen den standhaft vertrocknenden Bäumen liegen die gefallenen. »Wieso treffen wir uns?«

Stefanie Blumenstein bleibt stehen, die Frage scheint sie zu erstaunen. »Weil ich dem Mörder meiner Tochter in die Augen sehen möchte, Herr Götzki.«

»Hm«, brummt er. »Es wird Anklage gegen Rachid Massoun erhoben werden. Seine Augen stehen Ihnen bald zur Verfügung.«

»Wir wissen beide, Herr Götzki, dass Rachid das nicht getan hat. Ein ungestümer junger Mann. Ich habe in sein Herz geblickt, dort ist keine Gewalt, nur Liebe.«

»Das hilft ihm vor Gericht wenig.«

»Wussten Sie, dass sich Johanna und Rachid durch mich kennengelernt haben? Ich bin Vorsitzende der *Kunstfreunde Moguntia*. Wir sind ein gemeinnütziger Verein, der Kunstschaffende fördert und vernetzt, Ausstellungsräume sucht und anmietet, Lobbyarbeit betreibt. Ich habe damals die Ausstellung einiger junger Künstler besucht, die für mehrere Tage einen alten Bürokomplex bespielt haben. Rachids Film stach heraus. Eine kurze Sequenz, sehr gegenständlich und banal, fast plakativ, doch auf subtile Weise verstörend und grausam. Sie interessieren sich für Kunst?«

»Nicht mit diesem Tiefgang, nein.«

»O schade. Jedenfalls erzählt mir dieser vor Energie sprühende Jüngling, dass er wohnungslos ist, dass ihn seine Familie, weil er Künstler sein wollte und außerdem noch bisexuell ist, verstoßen hat und er wegen zigfachen Schwarzfahrens kurz vor einer Haftstrafe steht. Da beschloss ich, ihm zur Seite zu stehen und ihn vorm Gefängnis zu bewahren. Ich machte ihn mit Johanna bekannt. Sie war als Jessy Lafleur schon sehr erfolgreich und suchte jemanden, der die Videos für sie produziert, denn sie studierte ja und … Oh, Herr Götzki, bitte …« Frau Blumenstein knickt weg.

Götzki gelingt es, sie unter den Armen zu halten. Er stützt sie, führt sie zu einer Bank.

»Entschuldigen Sie, Herr Götzki. Ich wollte Ihnen keine Unannehmlichkeiten … Mir sind plötzlich die Beine …«

»Das verstehe ich, Frau Dr. Blumenstein.« Und wie er Verständnis für Beine hat, die plötzlich kapitulieren. Er hätte ebenso gut sagen können: Kenn ich.

»Es kostet mich sehr viel Kraft, das alles. Aber wir müssen verhindern, dass ein Unschuldiger verurteilt wird. Ich will den wirklichen Mörder meiner Tochter stellen, Herr Götzki!«

»Haben Sie einen Verdacht, wer es getan haben könnte?«

Stefanie Blumenstein senkt resigniert den Kopf. »Leider überhaupt nicht. Johanna und ich, wir hatten ein sehr inniges und vertrauensvolles Verhältnis. Ich habe jede noch so kleine Erinnerung umgedreht, mir jedes unserer Gespräche vergegenwärtigt. Da ist nichts. Johanna war ein sehr empathischer Mensch und äußerst konfliktscheu. Ich habe keine Erklärung, warum jemand so etwas …« Sie bricht in Tränen aus, krümmt sich unter dem Schmerz.

Götzki hält sie mit beiden Armen, weil sie kraftlos von der Bank zu rutschen droht. Wie merkwürdig gut ihr Haar riecht. Der fruchtig-vitale Duft fügt sich so gar nicht in die bedrückende Situation ein.

So sitzen sie eine Weile, sehen für Außenstehende aus wie ein rastendes Paar. Sie atmet gegen seine Brust. In der Nähe muss eine stark befahrene Straße sein.

»Hatte Ihre Tochter wirklich kein Smartphone?«, fragt Götzki, als er das Gefühl hat, Frau Blumenstein wäre wieder in der Lage zu sprechen.

»Ein altes Nokia mit einer Prepaidkarte.« Sie setzt sich auf. »Und ein Notebook. Ich bin davon ausgegangen, dass die Polizei beides bei ihr gefunden hat.«

»Weder noch. Es ist also gut möglich, dass der Täter die Geräte an sich genommen hat. Sehen Sie es mir nach, wenn ich noch einmal frage: kein Smartphone? Eine fünfundzwanzigjährige Influencerin?«

»Johanna hat Smartphones nicht gemocht und soziale Medien verabscheut. Sie ist als Jugendliche auf diesen Kanälen gemobbt worden. In der Konsequenz hat sie sich überall ab- und nie wieder angemeldet. Ihr Smartphone verkaufte sie. Das war Selbstschutz. Sie hat Wochen damit verbracht, Accounts und Inhalte löschen zu lassen, was übrigens nicht leicht ist. Wir mussten damals einen Anwalt einschalten. Sie bekam dann von mir jenes alte Prepaidhandy, das sie bis zuletzt genutzt hat.«

»Wie ist aus dem gemobbten Teenager die Influencerin geworden?«

»Johanna ist damals wegen eines Videos gemobbt worden. Sie war ein schüchternes Mädchen, eine graue Maus, wenn man so will. Sie hat sich schon immer gerne gefilmt. Damals tanzte und sang sie zu irgendeinem angesagten Lied. Es waren nur ein paar Sekunden, aber in der Schule fiel man über sie her, machte sich monatelang über sie lustig und Schlimmeres. Die reine Hölle. Wenn so etwas einmal angestoßen ist, können Sie nichts tun. Es verselbstständigt sich und die Übergriffe werden mehr und fieser. Johanna ist seither nie wieder vor einer Kamera aufgetaucht, nicht einmal für ein Familienurlaubsfoto.«

»Verstehe.«

»Irgendwann in dieser Zeit muss Jessy Lafleur entstanden sein. Ich weiß noch, es war kurz nach ihrem Abitur. Ich blickte ihr über die Schulter und da war dieses Video mit einer jungen Frau, die Yogaübungen vorführte. Ich schaute eine Weile zu und dann fragte ich sie, wer das sei. Sie pausierte das Video, drehte sich zu mir um und sah mich an, als hätte ich nicht mehr alle Tassen im Schrank. Ich habe sie damals wirklich nicht erkannt! Sie trug keine Brille, hatte sich geschminkt, die Haare anders, sie trug für sie völlig untypische Kleidung. Sie sagte: ›Das bin ich, Mama!‹ Und ich sagte: ›O mein Gott, dieses Video hat über zehntausend Aufrufe!‹ Um auf Ihre eigentliche Frage zurückzukommen, Johanna hatte für eine Weile wieder ein Smartphone, hat sich aber vor etwa drei Jahren endgültig davon getrennt. Zu dieser Zeit beauftragte sie auch die Agentur mit der Betreuung von Jessy Lafleurs Social-Media-Auftritten.«

»Wie heißt die Agentur?«

»*Berghase.* Die sitzen ganz in der Nähe, ja. Johanna hat mit ihnen ein Konzept erarbeitet, wie Jessy Lafleur in den sozialen Medien auftritt. Seitdem hat die Agentur die Auftritte betreut. Sie hätten auch gerne die Videos produziert, der Job ist jedoch bei Rachid geblieben. Bis zum Schluss.« Sie steht auf. »Gehen wir noch ein Stück. Ich kann mich nicht mehr für längere Zeit an einem Platz aufhalten. Es ist wie Treibsand, als würde ich innerlich untergehen und mein Herz ersticken.«

Ein Stück Autobahn teilt den Wald. Sie überqueren die Brücke.

»Wie verhält – oder verhielt – sich Ihr Mann zu allem, was Sie mir geschildert haben?«

»An Johanna hat ihn immer nur interessiert, dass sie Medizinerin wird. So wie wir, oder besser, so wie er. Ihr eigentliches Leben, ihre Freuden, ihre Sorgen hat er nicht wahrgenommen.

Für ihren Erfolg als Influencerin hat er sich tatsächlich interessiert, insbesondere ab dem Punkt, an dem er erfahren hat, wie viel Geld sie umsetzt. Und dann hat ihn das alles umso brennender interessiert.«

»Das heißt?«

»Es hat ihm keine Ruhe gelassen, dass Johanna dermaßen viel Geld besitzt. Nicht dass er es ihr wegnehmen wollte. Doch sie hat ihm nicht verraten, was sie mit dem Geld anstellt. ›Ein Vermögen kann man nicht einfach nur besitzen, ein Vermögen muss man managen, muss man für sich arbeiten lassen‹, hat mein Mann ihr bei jeder Gelegenheit gepredigt. Und er hat in allen Menschen, mit denen meine Tochter zu tun hatte, Diebe und Betrüger gesehen.«

»Haben sich Ihre Tochter und Ihr Mann gestritten?«

»Gestritten?« Beinahe lächelt Stefanie Blumenstein. »Dazu wäre es nicht gekommen. Johanna hat sich immer mehr von ihm zurückgezogen. Tja, das traf leider auch mich. So war sie eben. Rückzug statt Kampf. Sie ist das Risiko nicht eingegangen, dass der Feind ihr Lager niederbrennt. Sie hat es lieber woanders aufgeschlagen.«

»Eine Anspielung, dass sie sich ins politisch linke Lager orientiert hat?«

Sie sieht ihn an. »Sie sind gut, Herr Götzki! Das war nicht meine Absicht, aber es ist zutreffend. Johanna war schon immer Pazifistin und Tierschützerin und dergleichen gewesen. Nun entdeckte sie den politischen Aktivismus für sich. Sie hat nicht nur in diesem Umsonstladen ausgeholfen, sie hat ebenfalls soziale Organisationen wie die Tafel unterstützt. Mein Mann wurde zusehends nervöser, weil er vermutete, dass seine Tochter das von ihm so oft besungene Vermögen spendet.«

»Und Sie?«

»Ich habe mich insgeheim sehr über ihre Entwicklung gefreut. Es war, als würde sie langsam aus einem Kokon klettern und staunend ihr wahres Leben entdecken. Ich konnte sehen, wie ihre Aura plötzlich schillert und wie sich ihre Seele weitet und strahlt.«

Auch wenn Götzki es weniger esoterisch ausgedrückt hätte, hat er eine väterliche Vorstellung davon, was sie meint.

Sie halten beide inne. Das Ende des Walds ist nah.

»Laufen wir zurück«, sagt Frau Dr. Blumenstein.

»Ich kann momentan nur in meiner Freizeit in diesem Fall ermitteln«, sagt Götzki geradeheraus. »Die Kripo sucht noch die Tatwaffe, mehr passiert von unserer Seite aus gerade nicht. Die Staatsanwaltschaft betrachtet die bisherigen Ermittlungsergebnisse als ausreichend und erhebt Anklage gegen Rachid Massoun. Das Gericht wird prüfen, ob es zum Hauptverfahren kommen wird.«

»Wird es dazu kommen?«

»Ich gehe davon aus, ja. Zum Glück hat Rachid inzwischen einen Verteidiger, der das Ganze etwas hinauszögern kann. Was ich sagen möchte, ich kann nicht viel für Sie tun und wir haben nur begrenzt Zeit. Ich kann aus dem, was ich bisher weiß, keine konkrete Spur herleiten. Also muss ich recherchieren, Daten sammeln und auswerten, ich muss Gespräche führen, diese Gespräche analysieren, Folgegespräche führen. Das alles erledigt normalerweise ein ganzes Team in Vollzeit, nicht ein Einzelner nach Feierabend.«

»Dieser Einzelne ist meine ganze Hoffnung, Herr Götzki. Sie werden feststellen, dass in Rheinhessen viele Leute bestens miteinander bekannt sind, auch sehr einflussreiche Leute. Sie befinden sich noch außerhalb dieses Geflechts. Bleiben Sie dort.«

»Welches Geflecht? Sie sind nicht die Erste, die mir gegenüber solche Andeutungen macht. Als Ermittler interessieren mich Namen und was Sie diesen Personen zur Last legen.«

»Genau darin liegt die Stärke des Geflechts. Es existiert, so gut wie jeder hier weiß davon, dennoch kann man es nicht greifen. Sie werden noch sehen, was ich damit meine.«

Götzki geht nicht weiter auf das Geflecht ein. Eine Weile schweigen sie. Erst als die parkenden Autos und der Fußballplatz wieder in Sichtweite sind, fällt ihm noch eine Frage ein.

»Was wissen Sie über das Liebesleben und die Beziehungen Ihrer Tochter?«

»Falls Sie auf Finn Kaiser anspielen, mir ist bekannt, dass es sich dabei um eine Geschäftsbeziehung handelte. Insgesamt hatte sie wenig Glück mit Männern, was mich nicht verwundert. Eine Frau muss ihre Ansprüche stark reduzieren, wenn sie den Richtigen finden möchte, und ob dann noch die Rede von richtig sein kann, bezweifele ich stark. Bei Johanna disqualifizierten sich die jungen Männer zumeist schon in der Phase der Affäre. Einmal gab es einen Kandidaten für eine Beziehung, daraus ist dann doch nichts geworden.«

»Wer war dieser Kandidat?«

Frau Dr. Blumenstein hat bereits ihren Autoschlüssel in der Hand. Sie schaut Götzki aus ergrauten Augen an, denen Trauer und Schmerz jeden Glanz genommen haben. »Ich weiß es leider nicht. Ich habe in den letzten Tagen festgestellt, dass ich so vieles über Johanna nicht weiß. Ich hatte am Ende das Gefühl, dass meine liebe Johanna nach und nach verschwindet. Und jetzt ist sie tatsächlich nicht mehr da.«

20

»Herr Götzki, ich beobachte Sie dabei, wie Sie mein Büro regelrecht inspizieren. Ja, das ist das richtige Wort – inspizieren. Was beschäftigt Sie?«

»Das kommt so über mich. Räume sprechen und ich höre ihnen automatisch zu.«

»Was sagt mein Büro denn zu Ihnen?«

»Ach, nichts, es«, er stutzt kurz wegen des Käfers, der ihn offenbar verfolgt oder dessen Artgenossen in Mainz sehr zahlreich sind, »nichts.«

»Bitte, Herr Götzki, lassen Sie mich auch zuhören. Berichten Sie aus der Perspektive meines Büros.«

Ihr Wunsch ist ehrlich und scheint ihm außerdienstlich. Ihr sprudelndes Wesen ist ansteckend. Götzki seufzt, also ist er für sie der sprechende Raum.

»Na, Götzki«, sagt er, »hast ja schon einige meiner Kollegenzimmer kennengelernt, aber mit mir hättest du nicht gerechnet, was? Bei mir ist es nicht so gemütlich wie bei den anderen, siehst du ja. 'n kahles Büro im Altbau. Die billigsten Möbel, zähneknirschend vom geizigen Steuerzahler hingestellt, und selbst die gönnt er dir nicht. Dutzendfach gebraucht, mit Wunden aus abgeplatztem Lack und unter chronischer Materialermüdung leidend. Funktional bis zur Magersucht. Ich bin ein Raum, der nichts davon hält, dass Leute ihre larmoyanten Ärsche auf Designermöbeln parken. Ich zeige dir, Frau Dr. Ratz wird vom Staat bezahlt, und der Staat finanziert nicht gerne Schwäche. Der Staat nimmt keinen Kredit auf, um ein Sprechzimmer aussehen zu lassen wie den feuchten Traum eines Innenarchitekten. Ich bin der Ort, den sogar Zimmerpflanzen meiden. Ich bin das nackte Mindestmaß. Zehn Quadratmeter, zwei Stühle, ein Tisch. Irgendwann erscheint der Hausmeister und repariert die Jalousie, vielleicht nie. Geht dich auch nix an. Frau

Dr. Ratz dokumentiert deine Befindlichkeiten und dann raus hier.« Götzki hält inne, plötzlich irritiert, dann sieht er die Psychologin an. »'tschuldigung. Normalerweise rede ich nicht so viel.«

Dr. Ratz nickt verständnisvoll. »Mir wurde der Raum erst vor vier Tagen zugeteilt, mitsamt einem Budget, um ihn komfortabler einzurichten. Herr Bogdanovic hat sich wegen der Jalousie für heute Nachmittag angekündigt. Aber natürlich nehme ich Ihre Kritik an. Hat mein Raum noch mehr zu sagen?«

»Vielleicht beim nächsten Mal, wenn Sie ihn eingerichtet haben.«

»Sie sind einer der spannendsten Mitarbeiter hier, Herr Götzki.« Ihr Lächeln ist fast ein tonloses Lachen, es dominiert ihr Gesicht und breitet sich in den Raum aus. »Ich behaupte, wir werden voneinander profitieren. Nicht nur Sie von mir, auch ich von Ihnen.«

Götzki, ein wenig müde von solchen Taschenspielertricks, mit denen Augenhöhe hergestellt werden soll, seufzt. »Sie wissen so gut wie ich, dass ich nicht von Ihnen profitieren werde. Es geht darum, meine Arbeitszeit zu reduzieren und mich irrelevante alte Fälle bearbeiten zu lassen. Ich habe das alles schon in Berlin erlebt und in Mainz geschieht es gerade wieder.«

»Sie meinen, ich hätte einen Auftrag in dieser Richtung?«

»Nennen Sie es, wie Sie wollen. Lassen Sie uns zum Punkt kommen, warum sollen wir hier Zeit verschwenden?«

»Gut.« Dr. Ratz schlägt ein Notizbuch auf, DIN A5. »Was genau haben Sie in Berlin erlebt?«

Götzki möchte die Sitzung schnell hinter sich bringen. Das ist der eine Wunsch. Der andere ist, sich Frau Dr. Ratz mitzuteilen. Er fühlt die Aufrichtigkeit ihrer Aufmerksamkeit. »Ich hatte vor ein paar Jahren einen mentalen Zusammenbruch. Nichts Wildes, eine kleine persönliche Krise, nichts Irreparables. Trotzdem, ich hatte jegliche Energie verloren und nach ein paar Tagen bin ich rausgefahren zur Psychiatrie: ›Dingdong, guten Tag, ich brauche Hilfe.‹« Götzki seufzt. »Ein Fehler.«

»Wieso ein Fehler?«

»Der leitende Oberarzt ist ein Kumpel meines ehemaligen Vorgesetzten beim BKA. Ich gehe davon aus, dass mein Chef damals sofort davon erfahren hat. Tja, und in der Folge wurde der Geistesgestörte ins Archiv abgeschoben, um alte Fälle mit politischem Hintergrund neu aufzurollen. Einmal Kontakt mit der Psychiatrie ...« Götzki schlitzt sich den Hals mit der Daumenspitze auf.

»Wie lange waren Sie in der Psychiatrie?«

»Vier Wochen. Sie pumpten mich dort mit Tabletten voll. Das, was wir beide machen, gibt es in der Psychiatrie nicht. Ich hatte ein einziges Gespräch mit einer Psychiaterin. Sie hat mir nicht zugehört. Patienten sind dort Organismen im chemischen Ungleichgewicht, sonst nichts.«

»Es ist zweifelsfrei häufig angebracht, medikamentös einzugreifen. Fakt ist auch, dass beispielsweise in Finnland oder Großbritannien im Fall einer akuten psychischen Krisensituation heutzutage multiprofessionelle Teams ambulant eingesetzt werden.«

»Das ist schön für Finnland und Großbritannien.«

»Was ich damit sagen möchte, ist, dass die Psychiatrie insgesamt Fortschritte macht, auch in Deutschland. Ich versichere Ihnen, dass die psychiatrischen Einrichtungen, die ich kenne, ein völlig anderes Leitbild verfolgen als das, was Sie beschreiben.«

»Ich sitze ja nicht hier, um mit Ihnen diese Diskussion zu führen, sondern damit Sie sich von meiner psychischen Gesundheit und meiner emotionalen Stabilität überzeugen können, richtig?«

»Es geht um Ihre Diensttauglichkeit, Herr Götzki. Das beinhaltet nicht nur unser Gespräch, sondern auch Ihre Untersuchung durch unseren Betriebsarzt. Aber sagen Sie mir, Sie wirken sehr, wie soll ich sagen, angespannt. Ich möchte auf Ihre Annahme zurückkommen, mein Auftrag wäre, Ihre Dienstzeit zu reduzieren. Woraus resultiert diese Annahme?«

Götzki fixiert einen Fleck abgeplatzter Farbe an der Wand,

der die Form eines Mondgesichts mit zwei unterschiedlich hohen Ohren hat.

Zurückrudern? Ist das doch nur Routine und Höhner hat Schär gar nicht geimpft? Oder blufft Dr. Ratz? Sie legt den Kopf leicht zur Seite und lässt den Kugelschreiber geschickt um ihre Finger kreisen, was nicht jedem gegeben ist.

»Herr Götzki?«

»Diese Annahme resultiert ganz einfach aus den Erfahrungen, die ich Ihnen eben geschildert habe. Fürs Protokoll: Es geht mir gut. Ich bin voll einsatzfähig und ich brauche die volle Zeit, um meinen Job gut zu machen. Wie gesagt, beim BKA haben sie mir infolge meines Aufenthalts in der Psychiatrie die Stunden auf ein Viertel reduziert, mit der Begründung, ich sei in meinem Zustand nicht belastbar. Gefragt hat mich da niemand. Ich möchte nur nicht, dass so etwas noch einmal passiert.«

Dr. Ratz entgegnet nichts, schreibt. »Skizzieren Sie bitte Ihr Privatleben.«

»Skizzieren … Ich bin Single, geschieden. Ich habe eine Tochter, sie studiert in Potsdam.« Auf das erwartungsvolle Schweigen der Psychologin hin überlegt Götzki. »Ich lebe in einem Apartment«, ergänzt er. Und nach einer weiteren fordernden Stille: »Mit Pantryküche.«

»O-kay«, sagt Dr. Ratz und notiert erstaunlich viel. »Womit verbringen Sie Ihre Freizeit?«

»Freizeit? Hm, ich lese Nachrichten, online hauptsächlich. In meinem Job muss ich gut informiert sein.«

»Also stellen Sie einen Bezug zu Ihrer Arbeit her. Ich meine die Zeit außerhalb Ihres Berufs, Herr Götzki. Sie als Privatmensch, was machen Sie so den ganzen Tag? Oder in der Nacht?«

Götzki gibt sich nachdenkend.

»Es ist auch möglich, Nichtstun als Tätigkeit anzugeben, Herr Götzki. Ich finde es in der heutigen Zeit sehr beachtlich, wenn es Menschen gelingt, gezielt nichts zu tun. Jetzt schmunzeln Sie. Sind Sie ein Nichtstuer?«

»Nein, das bin ich sicher nicht.«

»Können Sie denn ab-schalten? Oder beschäftigt Sie die Arbeit über Dienstschluss hinaus?«

»Ich würde lügen, wenn ich behauptete, nicht auch mal den ein oder anderen Gedanken mit nach Hause zu nehmen. Aber ich kann abschalten.«

»Kein Ausgleichssport?«

»Früher Schach und Squash. Das muss ich in Mainz erst wiederaufnehmen.«

»Sind Sie schon aktiv geworden, was das angeht?«

»Mal im Internet nachgesehen, was es so gibt. Sie kennen das ja sicher, bis man mal richtig irgendwo angekommen ist, um sich um solche Dinge zu kümmern, geht eine Menge Zeit ins Land.«

Sie nickt, notiert. Pause, die Stirn in Falten. Dann: »Der Mann, den Sie vernommen haben, er wird angeklagt. Sie glauben nicht an seine Schuld, nicht wahr?«

»Ich glaube an gar nichts. Ich strebe nach Wissen. In diesem Fall wissen wir nicht, ob er es gewesen ist. Im Ermittlungsverfahren wurden ein paar Indizien zutage gefördert, mehr nicht. Die Staatsanwältin zockt, wenn Sie mich fragen.«

»Das lässt Sie nicht los. So was kenne ich nur zu gut.«

»So würde ich das nicht sagen.« Götzki umschifft das Riff. »Ich habe lediglich den Anspruch, gute Arbeit abzuliefern.« Er kennt die psychotherapeutischen Taktiken. Den heimtückischen Aufbau irgendwelcher Krankheitsbilder hinter der Fassade scheinbar federleichter Konversation.

»Herr Götzki, hallo? Hören Sie mich nicht?«

»Ja, ich war … in Gedanken.« Götzki sieht sich um. Der schäbige Raum, die auf eine sanfte Weise irritiert dreinschauende Dr. Ratz. Er muss für ein paar Sekunden weg gewesen sein. Ihm fehlt der Anknüpfungspunkt. Hatte sie ihm eine Frage gestellt?

»Darf ich fragen, woran Sie gedacht haben?« Sie lehnt sich zurück.

Nichts. Aus dem Nichts kam das Nichts und er hat an nichts

gedacht. Götzki verspürt keine Lust, das zuzugeben. Doch genauso ist es gewesen.

»Passiert es häufiger, dass Sie derart tief und anhaltend in Gedanken versinken, Herr Götzki?«

Es hätte keinen ungünstigeren Zeitpunkt für diesen Ausfall geben können. Ihr Lippenstift glänzt kirschrot. Dr. Ortrud Ratz beugt sich zu ihm, er kann ihr in den Ausschnitt schauen.

»Ich wiederhole meine Frage: Kam so etwas wie gerade eben bei Ihnen schon einmal vor? Kam es vielleicht sogar schon öfter vor?«

»Dass ich kurz grübele?«

»Sie waren sicher eine Minute lang völlig entrückt, Herr Götzki. Das war kein kurzes Grübeln, für mich war das ein dissoziativer Stupor.«

Das bedeutet rumsitzen, glotzen und nicht ansprechbar sein. Irgendeine Ex-Therapeutin hat diesen Begriff ins Spiel gebracht. Na und? Was ist schon eine Minute Abwesenheit in einem Minutenmeer hingebungsvoller kriminalistischer Arbeit?

»Und es hat sich wohl etwas Ähnliches auf der Damentoilette zugetragen, Herr Götzki? Ich spioniere Ihnen übrigens nicht nach, ich habe es via Flurfunk mitbekommen.«

»Da war mir schwindelig. Sicher nichts Psychisches.« Er versucht, seinen Unmut nicht hörbar werden zu lassen.

»Wie oft ist Ihnen schwindelig?«

»Wohin soll das führen, Frau Dr. Ratz? Ich bin mir sicher, Schwindel fällt in ein anderes medizinisches Fachgebiet.«

»Wenn wir so eisern trennen würden, würde vielen Menschen nicht geholfen werden können. Das Zusammenspiel von Psyche und Physis ist enorm bedeutend, Herr Götzki. Gerade Stress wirkt sich auch auf den Körper aus: Kopfschmerzen, Atembeschwerden, Verdauungsstörungen, Erektionsprobleme, natürlich können auch Schwindelattacken oder ein dissoziativer Stupor Signale Ihres Körpers sein, dass Ihr Stresslevel zu hoch ist.«

»Erektionsprobleme«, wiederholt Götzki konsterniert.

»Oh, entschuldigen Sie.« Frau Dr. Ratz lächelt sanft. »Ich vergaß, dieser Begriff triggert leicht das männliche Ehrgefühl. Es war nur eine Aufzählung von Symptomen, Herr Götzki, ohne Bezug zu Ihnen persönlich.«

Götzki erhebt sich. So schnell, dass der Schwindel nachhallt. »Ich werde beantragen, dass meine psychologische Untersuchung auf eine seriöse Weise durchgeführt wird.«

Frau Dr. Ratz erschrickt nicht, sie schaut ihn interessiert an.

»Ich bin überzeugt, dass es einen einheitlichen Fragenkatalog zur Feststellung der Diensttauglichkeit gibt«, zürnt Götzki weiter. »Wie Sie hier mit Diagnosen um sich werfen, entspricht sicher nicht der offiziellen Vorgehensweise.«

Frau Dr. Ratz schreibt in ihr Notizbuch.

Götzki starrt sie fassungslos an. Der Berliner kommt in ihm hoch, er will sie beschimpfen, will ihr die wildesten Beleidigungen um die Ohren hauen, dass es nur so qualmt, und vielleicht noch ein bisschen ihr Büro verwüsten. Als sie aufsieht, betäubt ihr milder Gesichtsausdruck Götzkis inneren Bundeshauptstädter und übrig bleibt ein aufgewühlter Mann, der aus dem Raum läuft und die Tür zuschlägt, aber nur kontrolliert.

»Ach, der Berliner!« Strohfuß lungert mit drei namenlosen Kollegen auf dem Gang herum. »Berliner heißt bei uns net Berliner, des heißt Kreppel!« Er grölt amüsiert, die drei Umstehenden kichern sonor.

Götzki läuft an ihnen vorbei, kopfschüttelnd.

»Wir ham zwar keine Genderklos, dafür ham wir Humor!«, ruft ihm Strohfuß hinterher. »Du darfst ruhisch lachen, Kollege Kreppel!«

Götzki verharrt. Jetzt hält niemand den inneren Berliner zurück. Er macht kehrt, baut sich vor Strohfuß auf. »Worüber soll ich denn lachen, Herr Strohfuß? Über Ihre Unprofessionalität? Über Ihren großkotzigen Dienstwagen? Über Ihre Ausländerfeindlichkeit?«

»Oje, der Herr Kreppel nimmt's gleich persönlich«, sagt Strohfuß grinsend zu seinen Kollegen. Und zu Götzki: »Wenn du zum Lachen in den Keller gehst, wirst du hier sehr einsam sein. Also besser mal den Stock aus dem Arsch nehmen, Berliner.«

Götzki spürt, dass sein Adrenalinausstoß und sein Puls ausreichen würden, eine Prügelei anzufangen. Ein Wunder, dass ihr Augenkontakt keine Funken schlägt. Einer der anderen Kollegen zieht den Stecker aus der Situation, schiebt sich, deeskalierende Floskeln herunterbetend, zwischen die Geladenen.

»Wir fragen uns alle, was du eigentlisch bei uns willst, Berliner«, knurrt Strohfuß. »Es gibt gute Leute, die deinen Job gerne gekriegt hätten.«

»Gloob ick«, berlinert Götzki zurück. »Und sicher gibt es auch gute Leute für Ihren Job, Herr Strohfuß.«

Ein Impuls zuckt durch Strohfuß' Körper. Der deeskalierende Kollege hält ihn zurück. Götzki entfernt sich, verärgert über sich selbst. So weit ist es mit ihm gekommen, dass er sich aufs Billigste provozieren lässt.

»Wir brauchen keine arroganten Dummbabbler aus Berlin!«, ruft Strohfuß durch den Gang.

21

»Der hätte dich safe fertiggemacht, der trainiert mehrere Kampfsportarten.« Sams Blick und Stimme werden vertraulicher. Sie hat die verbindliche Empfehlung, in der Öffentlichkeit, selbst in einem fast leeren Café, keinen Hinweis auf ihre berufliche Identität zu geben, wahrhaft verinnerlicht. »Real talk – wenn ein anderer Charakter in diesem Körper stecken würde, wäre der echt heiß.«

»Trotzdem ein Arschloch«, brummt Götzki. »Ich hätte mich ja nicht mit ihm geprügelt. Ich sagte nur, ich bin so kurz davor gewesen.« Er zeigt die wenigen Millimeter mit Daumen und Zeigefinger. »Ich bin dort durchtrainiert, wo bei ihm alles hoffnungslos verkümmert ist, nämlich hier oben.«

Sam schüttelt den Kopf, verdreht die Augen. Dann holt sie tief Luft. »Strohfuß nennt mich seit meinem ersten Tag Pippi Langstrumpf, oft auch Hippie Langstrumpf, Gender-Marie oder Lumpen-Lucy. Er findet, wer was leistet, soll ein großes Auto fahren und Kreuzfahrten machen. Denn er hat ja auch nichts dagegen, wenn die Gutmenschen Rad fahren. Er hat mir erklärt, dass Greta Thunberg, wenn sie erst mal entjungfert worden ist und den Spaß am Ficken entdeckt hat, mit dem Klimaquatsch schon aufhören wird. Er kennt ja die Weiber, wie er immer betont. Ich fühle dich, Adam. Ich habe auch pro Arbeitstag ungefähr ein Dutzend Mal das Bedürfnis, ihn einfach umzubringen. Aber der Trick ist, du musst drüberstehen, Adam. Ihn ignorieren. Extinktion, hast du sicher schon von gehört. Du löschst sein Verhalten, indem du keinen Reiz sendest.« Sie lehnt sich zurück, verschränkt die Arme. »Denn sonst passiert das, was du vorgestern erlebt hast.«

Götzki hebt die Brauen. »Und ihr lasst ihn alle gewähren?«

Sam lächelt, trinkt Limo.

Er beugt sich vor, flüstert, damit die anderen Gäste nicht lauschen können. »Ich stand daneben, als er mit seiner Dienstwaffe rumgeballert und einen Zivilisten vermöbelt hat. Er muss kapieren, dass ich so etwas …«

»Hm, hm«, fährt Sam ihm ins Wort. »Du musst etwas kapieren, nämlich, Stefan Strohfuß darf *alles.*«

»Ich weiß.« Götzki seufzt resigniert. »Ich muss begreifen, wie das hier läuft. Hat man mir schon mehrfach gesagt. Vielleicht kommen wir jetzt zu dem, was du mir sagen wolltest. Oder gehst du bloß gerne mit mir ins Café?«

»Das auch. Vor allem helfe ich dir gerne. Und deshalb habe ich mich mal unter die Medizinstudierenden gemischt und ein paar Infos über Johanna eingeholt.«

»Du unterstützt mich also doch.«

»Nicht offiziell. Ich dachte nur, wenn da so ein Vatertyp wie du auftaucht, ist das ein bisschen creepy. Vorab, viel habe ich nicht herausgefunden. Das liegt daran, dass Johanna Blumenstein eine graue Maus gewesen sein muss, besser gesagt, eine graue Kachel. Die hatten zuletzt ja viel Remote-Unterricht.«

»Weiß ich von meiner Tochter.« Götzki nickt. »Viele lassen die Kamera aus.«

»Viele? So gut wie alle, hab ich mir sagen lassen. Johanna hat sich also nicht auffällig verhalten, weniger noch. Diejenigen, die ihren Namen überhaupt kennen, beschreiben sie als still, unscheinbar, redete nicht viel, wirkte immer ziemlich schüchtern.« Sam kramt in ihrer Tasche. Eine große Tasche mit offenbar nur einem Fach. Sie holt ihr Tablet hervor. »Es war nicht leicht, ein Foto von Johanna aufzutreiben, aber ich hab es geschafft! Schau her, siehst du sie am Rand sitzen?«

Götzki beugt sich vor.

»Das ist während einer Kneipentour, die die Fachschaft Medizin für ihre Erstsemester veranstaltet hat. Ist über drei Jahre her, an ihrem Look hat sich wohl nichts geändert. Ein blasses Mädchen, dünnes, glattes Haar, farbloser Kleidungsstil, schaut nicht unbedingt begeistert drein.« Sam wischt ein paarmal übers Display. Neben Johanna in der Kneipe ist nun ein Foto von Jessy

Lafleur zu sehen. »Dezent, aber wirkungsvoll geschminkt. Der wilde Dutt, die stylischen bunten Klamotten, das ansteckende Lächeln. Jessy sieht hundertmal vitaler aus als Johanna. Ist das nicht genial?«

»Eine Verwandlung wie bei Kafka«, murmelt Götzki.

»Äh, nicht ganz so ekelhaft, aber ja. Natürlich kommt niemand auf den Gedanken, dieses Mauerblümchen könnte eine Influencerin sein. Die meisten der Studis, die ich zu Johanna befragt habe, kannten Jessy Lafleur, allerdings hat niemand je diese Verbindung hergestellt. Es war bis zu ihrer Tötung einfach nicht bekannt, dass es sich um ein und dieselbe Person handelt.«

»Wie kann das sein? Sie studieren zusammen, haben sich diese Leute nie unterhalten? Interessieren die sich nicht füreinander?«

»Mir erscheint es so, als hätte sich Johanna nicht für das Interesse der anderen interessiert.«

22

Endlich wieder Maja, endlich wieder Berlin, wenn auch nur übers Wochenende. Sie weiß vermutlich nicht, in welchem Zustand das Herz ihres Vaters gewesen ist: ein keuchender Klumpen, zu schwach, um aus diesem Loch der Angst zu kriechen, in dem es die letzten Tage gelegen hat und in das es wieder und wieder fällt, solange Mammadovs Existenz auf seinen Nervenbahnen Geige spielt. Götzki tut alles dafür, dass wenigstens ein Spion auf der Straße keine Verbindung zwischen ihnen herstellt. Er benutzt einen anderen Aufgang zu ihrer gemeinsamen Berliner Wohnung, in der sich Maja nicht aufhält, wenn er nicht dort ist. Sein Name steht weder am Klingelschild noch am Briefkasten neben ihrem. Sendungen empfängt Götzki über ein Postfach, offizielle Begründung: Schutz vor Werbeflut. Zum Glück hat Maja den Nachnamen ihrer Mutter behalten. Katha hat nie Götzki heißen wollen.

»Mamas Verschwörungstheorien werden immer kruder. Ich will gar nicht drüber reden. Was macht die Arbeit in Mainz?«

»Wir sind raus aus dem Fall Jessy Lafleur. Du hast sicher mitgekriegt, dass sie Anklage erheben werden.«

»Hm. Gegen diesen düsteren Künstler.« Nach einer kurzen Pause fragt Maja: »War er es?«

Auch Götzki braucht eine kurze Pause. »Man muss den Prozess abwarten.«

»Nein, ich meinte deine Einschätzung und das weißt du auch.«

»Unter uns, nein. Ich glaube nicht, dass er es gewesen ist. Ich glaube auch nicht an eine Beziehungstat oder an einen Raubmord. Da ist etwas ganz anderes. Bloß, man bräuchte Zeit und Ressourcen, um das rauszufinden. Die Staatsanwältin hat es eilig. Mal sehen, was dabei rauskommt. Warum schaust du mich so an?«

»Du siehst beschissen aus, Papa. Dein Hemd hängt aus der Hose. Deine Gesichtshaut ist gerötet. Und dieser Bart! Das bist nicht du. Was ist los?«

»Es ist diese zu kleine Stadt.« Götzki nennt einen Teil der Wahrheit. »Stell dir vor, du wärst in Berlin in einem einzigen Stadtteil eingeschlossen. So klein ist Mainz. Und mir geht dieser schwerzüngige, angetrunkene Dialekt auf den Senkel. Ich bereue die Entscheidung. Ich hätte hierbleiben, mich über die Cold Cases zurück in den Alltag kämpfen sollen. Ich hätte den vergifteten Apfel von Höhner nicht annehmen dürfen.«

Maja streicht ihm über das dünner und farbloser werdende Haar. »Gib der armen Stadt 'ne Chance, komm schon.«

Götzki lächelt gequält. Wer möchte sich mit einem Pekinesen abgeben, wenn er sein ganzes Leben mit Bernhardinern verbracht hat? Er schaut sich in der alten, vertrauten Berliner Wohnung um, die er noch nicht gekündigt hat. Sie schweigen eine kostbare Weile.

»Fühlst du dich allein?«, fragt Götzki schließlich. »Als Studentin, meine ich. Mit diesem ganzen Onlineunterricht.«

Maja zuckt dermaßen mit den Schultern, dass ihr weites T-Shirt verrutscht, und wirkt plötzlich nachdenklich. »Ich habe ja kaum einen Vergleich. Im Freundeskreis treffen wir uns oft. Das sind fast alles Leute, die ich von früher kenne. Wenn ich jetzt neu in der Stadt wäre, puh! Ich habe vor Kurzem gelesen, dass sich in einer Umfrage weniger als ein Viertel der Studierenden mit ihren Kommiliton*innen verbunden fühlen. Du hast recht. Ich muss daran denken. Wenn ich diese grauen Kästchen in den Onlineseminaren sehe, von Leuten, die sagen, ihre Kamera würde nicht funktionieren, und dann anderthalb Stunden gar nicht mehr reden. Klar, ich habe auch schon über diese Leute gelästert, von wegen die netflixen und so. Vielleicht sind es auch einfach Menschen, die so down sind, dass sie nicht gesehen werden wollen.«

»Kennt ihr euch untereinander?«

»Teils, teils.« Sie seufzt. »Doch ja, ich weiß, worauf du hinauswillst. Von wegen, das Studentenleben ist so traurig heutzutage. Aber du musst bedenken, dass meine Generation es nicht anders kennt. Wir können uns nicht nach deinem Studentenleben sehnen, weil wir es nicht erlebt haben, Papa. Worüber wir reden – Isolation, Depression, all das –, das sind keine studentischen Phänomene. Das sind Probleme, die die gesamte Gesellschaft betreffen. Oder glaubst du, es sind nur Studierende, die in ihren Zimmern hausen und nicht unter Menschen gehen, weil ihnen kleine Geräte vorgaukeln, sie wären es? Ihr seid es auch, schau dir deine Ex-Frau an!«

»Da ist sicher was dran«, murmelt Götzki erschrocken darüber, dass sich Maja in Rage geredet hat.

»Und dann«, fährt sie fort, »dann dürfen wir uns von euch anhören, wir seien eine spießige und langweilige Generation und ihr wärt früher viel lockerer gewesen und hättet mehr Party gemacht. Ja, vielleicht ist das so! Warum denn? Weil wir mit der Welt klarkommen müssen, die ihr uns hinterlassen habt! Schon mal daran gedacht?«

»Ich, na ja, ich ...«

»Und immer dieses Gerede, die jungen Leute hängen nur an ihren Smartphones, bla, bla, bla. Seid ihr denn besser? Wir gehen fürs Klima auf die Straße – wo seid ihr? In irgendwelchen Telegram-Gruppen, in denen ihr euch über uns abfuckt, da findet man euch!«

»Maja, ich bin ja wohl der letzte Mensch, der in solchen Gruppen ...«

»Ist mir klar. Aber es geht um deine Generation, Papa. Du hast mich auf meine angesprochen, jetzt reden wir mal über deine. Ihr habt die Abrissparty gefeiert und wir sind es, die mit dem Schutt leben sollen. Ihr besitzt die Frechheit, uns als spießige Moralapostel und Streberinnen hinzustellen. Und wenn wir uns fürs Klima einsetzen, mit dem wir weitaus länger klarkommen müssen als ihr, sind wir kriminell.«

»Hast ja recht«, sagt Götzki demütig. Er betrachtet sie aus

den Augenwinkeln, hat schon wieder eine Teetasse im Gesicht. Er lächelt innerlich. Vielleicht wäre jetzt ein guter Augenblick, seine Tochter in den Arm zu nehmen. Wie so oft ist er sich nicht sicher und lässt es lieber bleiben. Er hat ihr den Berlin-Teller aus dem Umsonstladen geschenkt. Sie findet ihn ebenfalls hässlich und wird diese Geste richtig zu deuten wissen.

23

»Herr Blumenstein und ich sind persönlich bekannt, lange schon, wir haben zur gleichen Zeit in Mainz studiert. Ich bin Ihnen diese Transparenz und Offenheit nicht schuldig, Herr Götzki, aber ich möchte nicht, dass Sie auf Gedanken kommen, gerade wo in Mainz ständig die Rede von der Handkäs-Mafia ist.«

Götzki hebt die Brauen. »Von der was?«

»Folklore aus den Siebzigern, als der Oberbürgermeister noch Jockel Fuchs hieß. Handkäs ist eine hiesige kulinarische Spezialität, die Sie bestimmt schon probiert – nein? Nun ja, es handelte sich um eine örtliche Seilschaft rund um besagten OB Fuchs. Und immer wenn in dieser Stadt seither politische Entscheidungen getroffen oder einfach nur die Abfallgebühren angehoben werden oder eine öffentliche Toilette defekt ist, also ständig, vermutet das Volk dahinter die Handkäs-Mafia, wer immer das dann sein soll. Die echte Handkäs-Mafia ist fünfzig Jahre her, wir befinden uns in einem neuen Jahrtausend. Traditionsbewusstsein ist in Mainz allerdings recht verbreitet. Tja, jedem das Seine. Ich bin gebürtige Wiesbadenerin, wir sind ein ganz anderer Menschenschlag.«

Handkäs, wohl der Bruder von Spundekäs. Auch die Frau Staatsanwältin sieht ein wenig käsig aus. Vermutlich eine vornehme Raucherinnenblässe. In Mainz rauchen sie wie die Waldbrände, die auch in diesem Sommer wieder ein großes Thema sind.

»Um darauf zurückzukommen, weshalb ich Sie sprechen wollte, Herr Götzki. Professor Blumenstein war irritiert, dass Sie so plötzlich bei ihm aufgetaucht sind und sich nach seiner Tochter erkundigt haben. Gerade in dieser sensiblen Phase, es ist so unfassbar schrecklich ...«

»Ich stolpere über das Wort plötzlich«, erwidert Götzki. »Ich hatte vorab mit seiner Frau telefoniert, ich war also angekündigt. Reden die beiden nicht miteinander?«

»Darum geht es nicht. Ich selbst bin am meisten überrascht, dass Sie weiter in der Sache ermitteln. Verstehen Sie mich nicht falsch, Herr Götzki, Ihre Fachlichkeit, Ihr Talent, das alles eilt Ihnen voraus. Auf mich wirkt das Ganze bloß etwas unkoordiniert. Meines Wissens hat Herr Schär Sie von dem Fall abgezogen oder liege ich da falsch?«

»Darum müssen Sie sich keine Sorgen machen. Das ist eine Angelegenheit zwischen mir und meinem Vorgesetzten.«

SKP macht weite Augen. »Ist das so? In dem Fall würde ich mir mehr Durchlässigkeit von Informationen wünschen, wenn es um unsere Zusammenarbeit geht. Denn unabhängig davon, ob Sie sich über Dienstanweisungen hinwegsetzen, Herr Götzki, bin ich an Ihren Ermittlungen interessiert.«

Vielleicht hat Götzki in den letzten Jahren zu viele Therapeutinnen erlebt oder SKP spricht tatsächlich mit ihm, als wäre er hilfsbedürftig.

»Herr Professor Blumenstein hat Sie doch informiert«, retourniert er und sieht mit Entzücken, wie sich ihre Krähenfüße bewegen. Das Lächeln flackert nur auf und erlischt in derselben Sekunde.

»Reden wir Klartext, Herr Götzki. Sie können bei jemandem wie Herrn Professor Blumenstein nicht einfach wie bei einem x-beliebigen Kleinkriminellen auftauchen und ihm Ihre Fragen um die Ohren hauen. Herr Professor Blumenstein ist eine Kapazität. Ein anerkannter Virologe, zeitweise war er Mitglied im Krisenstab des Bundesministeriums während der Coronakrise. Er hat als Experte in den namhaftesten Talkshows gesessen. Und auch in Rheinland-Pfalz ist Professor Blumenstein eine Person von Rang. Er hat unter anderem in unserem Partnerland Ruanda eine Klinik mitsamt Forschungszentrum aufgebaut. Herr Professor Blumenstein ist Träger des Bundesverdienstkreuzes, er ist stellvertretender Vorsitzender der Deutschen Krankenhausgesellschaft. Ich könnte jetzt noch vieles mehr aufzählen, aber sicher wissen Sie, worauf ich hinauswill …«

Götzki nickt. »Weiß ich, Frau Küster-Prinz. Ich gehe da nur nicht mit. Die Qualität meiner Arbeit fußt unter anderem auf dem Grundsatz, keine Klassenunterschiede zu machen, weder bei Zeug*innen noch bei Verdächtigen.«

»Ich sehe Herrn Professor Blumenstein weder bei den Zeug*innen«, betont SKP spöttisch, »noch bei den Verdächtigen. Es handelt sich ganz klar um ein Opfer.«

»Das können Sie so sehen, Frau Staatsanwältin. Auch Opfer können befragt werden, um ein Verbrechen aufzuklären.«

Die Staatsanwältin seufzt. »Nehmen Sie es mir nicht übel, aber gerade zweifele ich ein wenig an Ihrem Auffassungsvermögen, Herr Götzki. Erstens, Sie sind nicht mehr Teil des ermittelnden Teams, die Soko wurde aufgelöst. Zweitens, wir haben einen dringend Tatverdächtigen, dessen DNA-Spuren in der Wohnung und unter den Fingernägeln des Opfers gefunden wurden. Ihre Befragung ist also aktuell überhaupt nicht notwendig. Und drittens bleibe ich dabei, dass Ihr unsensibles, pietätloses Vorgehen völlig zu Recht dazu geführt hat, dass die Familie Blumenstein Kontakt zu mir aufgenommen hat, um zu erfahren, was hier vor sich geht.«

»Warum hat Herr Blumenstein nicht Kontakt mit meiner Dienststelle aufgenommen? Sorry, auf mich wirkt das Ganze wie ein Versuch der Einflussnahme auf die Staatsanwaltschaft, weil weitere Ermittlungen nicht erwünscht sind. Mich wundert es, wie schnell und bereitwillig man sich auf den Tatverdächtigen eingeschossen hat und ihn für den Schuldigen hält, wo es eine eindeutige zeitliche Lücke in der Beweisführung gibt.«

»Es reicht, Herr Götzki. Ich hoffe, Sie haben mich verstanden. Ich wünsche nicht, dass Sie die Familie Blumenstein noch einmal behelligen. Das gilt im Übrigen ebenso für *Reguna-Pharm*. Sie möchten doch ungern Ihre Stundenzahl reduziert bekommen, nicht wahr?« Selbstzufrieden mustert sie Götzki.

Er versucht, eine jähe heiße Wut zu verbergen.

»Und was den Fall angeht, ohne dass ich Ihre Expertise infrage stellen möchte, wir werden da keine Überraschungen erleben, davon bin ich überzeugt. Herr Massoun hat, wie nach drei früheren Ingewahrsamnahmen dokumentiert, seine Impulse nicht unter Kontrolle. Zusammen mit den gesammelten Indizien erscheint mir das ausreichend für eine Verurteilung. Und Sie, Herr Götzki, können getrost den Aufgaben nachgehen, die Ihnen zugewiesen worden sind.«

24

Begonnen hat es, als ihm damals in schmerzhaft erschütternder Klarheit bewusst geworden war, dass er einem Mafiaboss gegenübergesessen, ihn stundenlang befragt hatte und dieser Satan seinen Namen kannte. Freude und Stolz über seine gelungene Arbeit erloschen in einer Sekunde und an ihre Stelle fiel ein Schreck, der keimte, und aus ihm wuchs die Angst. Sie wuchs schnell, nach ein paar Tagen blühte sie bereits und die erste Blüte der noch jungen Angst war ein fürchterlicher Nervenzusammenbruch.

Nichts konnte ihn von der Überzeugung abbringen, von der Russenmafia zum Tode verurteilt worden zu sein. Götzki, bleich wie ein Leichentuch und nervös wie ein Mückenschwarm, konnte nicht mehr essen, nicht mehr schlafen, ging nicht mehr zur Arbeit, sondern lief in seiner Wohnung hin und her und überwachte aus der Ferne mithilfe verschiedener Geräte und verständnisvoller Kollegen seine einzige Tochter. Deren berechtigte Neugier hinsichtlich seines besorgniserregenden Zustands betäubte er mit eloquentem Gefasel von ein bisschen beruflicher Überlastung. Ein bisschen! In den Tagen seines Zusammenbruchs zuckte er bei jedem Geräusch dermaßen zusammen, dass es sich wie ein Stromschlag im ganzen Torso anfühlte. Berlin macht viele Geräusche, Tag und Nacht. Tagsüber stellte er Töpfe auf den Herd, ohne zu kochen. In den grellwachen Nächten tränkte er zwischen Minutenfetzen des Schlafs seine Bettwäsche mit Schweiß. Er nahm innerhalb einer Jahreszeit zehn Kilo ab.

In dieser Verfassung wurde Götzki in der Psychiatrie vorstellig. Er bekam ein Bett in einem Dreierzimmer. Mitbewohner eins war ein namenloser hospitalisierter Zombie, der brabbelnd und sabbernd zwischen hochgezogenen Bettgittern lag und vollständige Übernahme benötigte, wie eine Pflegerin es ausdrückte. Essen und

Trinken anreichen, waschen, das knielange Nachthemd wechseln, den Hintern abwischen, alles musste vom Personal übernommen werden. Einmal, mitunter zweimal am Tag schrie der Mann für ein paar Minuten wie am Spieß.

Mitbewohner zwei war Berthold, ein pensionierter Postbeamter, der mehr als sämtliche Medikamentengaben und Therapieangebote für Götzkis Genesung sorgen sollte. Der unauffällige Berthold, der im hellblauen Hemd und Bügelfaltenhose aussah, als stünde er noch hinterm Schalter, sprach nur mit Hand vorm Mund und sehr leise und vertraulich zu Götzki. Denn sie waren hinter Berthold her. Wer genau sie waren, erfuhr Götzki nicht.

»Bei mir fing es damit an, dass die alte Briefträgerin nicht mehr kam, stattdessen so ein junger Typ, der immer etwas länger am Briefkasten stehen blieb und mein Haus beobachtet hat. Ich war selbst bei der Post und weiß, dass Stehenbleiben nicht normal ist. Dann folgten die Telefonumfragen. Jedes Mal hat es beim Abheben in der Leitung geknackt. Die Transporter vor dem Haus sind Standard. Meist einfarbig, manchmal steht irgendein Handwerk drauf. Kann sein, dass das Fahrzeug bis unters Dach voll ist mit Überwachungstechnik. Kann sein, dass sie dir einfach nur Angst machen wollen. Der Schornsteinfeger muss noch mal erscheinen, weil er angeblich eine Messung vergessen hat. Die Nachbarn nehmen plötzlich einen Austauschschüler auf.« Berthold kratzte die Anführungszeichen um das Wort Austauschschüler in die Luft, er markierte viele Worte auf diese Weise. »Schrottsammler. Werbeprospektausträger. Spaziergänger, die vor deinem Haus stehen bleiben. Sie wissen, dass du weißt, dass sie hinter dir her sind. Bei jedem kleinsten Laut denkst du an sie. Kannst keinen anderen Gedanken mehr halten. Du kriegst Kopfweh, kannst nicht mehr schlafen. Du kannst nicht mehr essen. Du nimmst rapide ab, wirst schwach. Denn so wollen sie dich haben – schwach.«

Was Berthold berichtete, war nahezu kongruent zu dem, was Götzki durchlebte und was ihm die Kraft aus jeder einzelnen Zelle saugte.

»Auch wenn sie nicht da sind, sind sie präsent. Und damit du sie auch ja nicht vergisst, erhältst du hin und wieder ein Zeichen. Ein leerer Zettel an deinem Scheibenwischer, ein Kieselstein in deinem Briefkasten. Psychoterror, der langsam zunimmt. Irgendwann kommst du nach Hause und ein Bild hängt auf dem Kopf oder dein Fernseher läuft. Natürlich wirst du nie jemandem etwas nachweisen können. Sie werden dich zerstören. Sie dringen von vielen Seiten in dich wie Flüsse ins Meer. Sie verseuchen dich. Du hast Verfolgungswahn, führst Selbstgespräche. Sie machen aus dir einen dieser Typen, die vorm Bahnhof hin und her laufen und Leute anschreien, die nur sie sehen können. Psychiatrie. Sozialer Abstieg. Und das Schlimme ist, du weißt die ganze Zeit, dass du recht hast. Am Ende kommt dann der Verkehrsunfall. Mitten in der Nacht, irgendwo auf der Autobahn, sie schubsen dich vor einen Lkw und bums, finito. Und alle in deinem Umfeld werden sagen, war ja klar, dass dem mal was passiert, so plemplem, wie der war.«

Bei dem Wort Psychiatrie wurde Götzki besonders hellhörig. Dorthin nun hatte ihn das organisierte russische Verbrechen gebracht, ohne auch nur einmal nachweislich gehandelt zu haben. Götzki grübelte, während er Berthold dabei beobachtete, wie der sein Essen auf dem Teller verteilte. Die Gabel wurde zum Gabelstapler, brachte jede Kartoffel einzeln Richtung linker Tellerrand, transportierte akribisch gleich groß geschnittene Fleischstücke zu einer größeren Freifläche im oberen mittleren Bereich. Das Messer wurde zur Raupe und schob Rahmwirsing zum rechten Tellerrand. Dann parkte er sein Besteck auf exakt sieben und fünf Uhr, um einen Schluck Mineralwasser zu nehmen. Die Aura des Wahnsinns flirrte wie Gluthitze um Berthold.

»Am schlimmsten sind die Strahlen. 5G. Fühlen sich an wie fünf Millionen G. Sie könnten dich damit umbringen, aber sie ziehen es vor, dich zu foltern. Die ganze Zeit, pausenlos. Es sind unerträgliche Schmerzen im ganzen Körper. Wenn du deine Wohnung nicht gegen die Strahlen abschirmst, bricht die Hölle aus, glaube mir. Hätte ich meine Wohnung damals nicht abgeschirmt, würde ich jetzt nicht hier sitzen. Ich wäre längst auf dem Friedhof.«

Götzki hatte durch Berthold zum ersten Mal begriffen, dass das Gebilde der Angst, das in ihm herangewachsen war, nicht ihr Werk gewesen sein musste. Er musste das Urheberrecht für den Horror für sich beanspruchen. Nur wenn ihm das gelänge, würde aus ihm kein Berthold werden.

Seither versucht Götzki (IQ gemäß einer betriebsinternen Messung beim BKA in 2015: 155), sich daran zu gewöhnen, versucht anzu-nehmen (Angela), dass seine Verstandsfabrik nicht nur analytische Kausalitätsketten, komplexe oder pragmatische Problemlösungen und kluge Rhetorik herstellt, sondern dass auf dem Fabrikgelände ein Lichtspielhaus eröffnet hat, das in unregelmäßiger Wiederholung mal kurze, mal längere Sequenzen aus Psychothrillern und Verschwörungsfilmchen vorführt, Idee, Buch und Regie jeweils: Adam Götzki.

Nur so einfach ist es nicht. Denn die Bemühungen, nicht zum Berthold zu werden, müssen mit der Wachsamkeit, es womöglich doch einmal mit einer realen Bedrohung zu tun zu haben, im Gleichgewicht gehalten werden. Götzki weiß sehr wohl, dass das alles in seinem Kopf geschehen muss und dass es nur von dort gesteuert werden kann und dass er, wenn ein Plüschtier zum Kadaver wird und sich eine klare Erinnerung als groteskes Trugbild entpuppt, gegensteuern muss, sich noch beharrlicher bewusst machen muss, dass es *eine* Realität gibt, die von allen eventuellen Hirngespinsten unterscheiden zu können er selbstverständlich in der Lage ist.

Durch das gekippte Fenster hört er, wie sich ein Mann und eine Frau in Russisch unterhalten. Über eine Viertelmillion russische Staatsbürger lebt in Deutschland, zwei Komma fünf Millionen sind als Spätaussiedler gekommen. Es ist klug, auf die Zahlen zu schauen. Das kann beruhigend wirken. Ein Käfer krabbelt über seinen Schreibtisch. Götzki nimmt eine Tasse und den Flyer eines Lieferservice, um ihn einzufangen und draußen auf die Fensterbank zu setzen. Als er die Tasse hochhebt, ist das Tier verschwunden. Ein Zaubertrick.

»Wir sehen uns später im Gym«, verabschiedet sich die Frau unten in akzentfreiem Deutsch von ihrem Gesprächspartner.

Es gibt Krankheitsbilder, die dem Betrieb seines inneren Lichtspielhauses ähnlich sind, vor allem ICD-10 F20.0, die paranoide Schizophrenie. Solange er dessen gewahr ist, wähnt er sich stabil und zurechnungsfähig. Und der beste Beweis für seinen stabilen Geist ist Erfolg in seinem Beruf, ist ein gelöster Fall.

25

Die Agentur *Berghase* ist unweit der Stelle ansässig, von der aus Götzki und Dr. Stefanie Blumenstein ihren Waldspaziergang begonnen hatten. Wie die meisten der alten Häuser in jenem Teil Gonsenheims thront auch dieses stolz in Gesellschaft hoher Bäume und bemooster Steinfiguren auf einem großzügigen Grundstück.

Frank Hase, einer der Betreiber, nimmt Götzki mit flattrigen Bewegungen und sich überschlagender Sprache in Empfang und geleitet ihn in sein Büro. Ein exaltierter, von O-Beinen und Wurstkörper entstellter Hund folgt ihnen. Das feudale Innere der Villa, gekrönt von einem schillernden Lüster im Zentrum des Vestibüls, wehrt sich nach Kräften gegen die Bauhausattacke der Kreativwirtschaft, deren grauweiß gläserne Innenarchitektur sich metastatisch ausgebreitet hat. In Hases Büro wartet eine rothaarige Seniorin. Der Hundeglöckner von Notre-Dame sinkt demütig zu ihren Füßen und wird mit einer Zärtlichkeit beschenkt.

»Das ist Rita Berg, Mutter meines Lebensgefährten und des Mitteilhabers an der Agentur. Rita, ich meine, Mama, also Schwieger… Frau Berg, Pardon, ist auch unsere Anwältin. Natürlich berät sie uns. Wir standen ja in geschäftlicher Beziehung zur Ermordeten und möchten keine Fehler … Es ist wirklich eine Ausnahmesituation … Paul ist heute leider … Ein sehr wichtiger Termin in Zürich … Möchten Sie eine Latte?«

Götzki betrachtet das große Glas mit langem Löffel und Resten von Sahne am Boden, das vor Mutter Berg steht. »Ja, warum nicht, vielen Dank.«

»Eine Latte bitte für den Herrn von der Staatsanwaltschaft«, diktiert Hase in ein Gerät auf seinem Tisch.

Götzki will die falsche Zuordnung instinktiv berichtigen, schweigt aber lieber.

»Sie sind in Kenntnis, dass wir die drei Smartphones, mit denen hier im Auftrag der Geschädigten gearbeitet worden ist, Ihren Kollegen in der jeweiligen Originalverpackung und mit sämtlichem Zubehör ausgehändigt haben?«

»Ja«, antwortet Götzki Mutter Anwältin und wendet sich an Hase, der unruhig auf seinem Stuhl sitzt wie eine Figur aus der *Augsburger Puppenkiste*.

»Mich interessiert, was Sie über die Person Johanna Blumenstein berichten können.«

»Ach, o Gott ... Die Person ... Sie meinen Jessy Lafleur?«

»Du musst nichts sagen, Fränky.«

»Ich hatte mit dieser Kundin ja auch nie ... Ich weiß nicht mal, ob es ein Pitching im Vorfeld ... Paulchen müsste das wissen.«

»Sie meinen Ihren Partner, der in Zürich ist?« Götzki nimmt dankend seine Latte macchiato aus einer körperlosen Hand entgegen, die von hinten auftaucht.

»Wir haben Ihren Kollegen eine Aufstellung überhändigt, aus der hervorgeht, welche Leistungen in welchem Umfang für die Geschädigte erbracht worden sind, inklusive der dazugehörigen Geldeingänge. Alle Rechnungen sind beglichen.«

»Wir möchten keine Fehler ...«

»Sie können ganz beruhigt sein, Herr Hase. Wir gehen nicht davon aus, dass Sie wegen einer offenen Rechnung zum Mörder geworden sind. Selbstverständlich wird nicht gegen Sie ermittelt.« Götzki schlürft etwas Schaum. »Ich konkretisiere meine Frage: Haben Sie Frau Blumenstein – oder meinetwegen Frau Lafleur – persönlich kennengelernt?«

»Ach, o Gott ... Persön... Nicht so unbedingt direkt ...«

»Fränky, du musst nichts sagen.«

»Ich habe nicht mit ihr gesprochen, aber gesehen habe ich sie hier bei uns ja schon so zwei-, dreimal. Sie hat wirklich eine enorme ... Also wie in den Videos, die man auf YouTube ... ihre Aura, ihre Strahlkraft ... Mein Gott und jetzt ist sie ...«

Götzki spürt, wie die Nervosität, die dieser zappelnde Mann mit seinen abgebrochenen Sätzen ausstrahlt, auch ihn selbst ergreift. Die Schwiegermutter hingegen sitzt da wie ihr eigenes Standbild.

»Sie sagen damit, Frau Blumenstein ist bei Ihnen so erschienen, wie sie als Jessy Lafleur in den Videos zu sehen ist? Kleidung, Frisur, Stil?«

»Was bezwecken Sie denn mit diesen Fragen?«, mischt sich die Rothaarige ein. Ihr barscher Ton lässt die Ohren des Hundes zucken, der mit der Schnauze am Parkettboden und mit den Augen an Frauchen klebt.

»Ein möglichst ganzheitliches Bild des Opfers ist für unsere Ermittlungen sehr hilfreich.«

»Ja, genau wie in den Videos. Überschäumende positive Energie, die reinste Lebensbejahung.« Fränky nickt heftig, während sich Schwiegermutters geschminktes Gesicht vor Skepsis verfinstert. »Mit so einer Werbeträgerin können Sie Schweineschnitzel an Veganer ver... Oje, ich möchte nichts Respektloses sagen, bitte entschuldigen Sie.«

»Verstehe. Und hatte sonst jemand in der Agentur Kontakt zu Jessy Lafleur, Ihr Partner ausgenommen?«

Frank Hase führt ein halbes Dutzend Sitzpositionen in dreißig Sekunden Nachdenken vor. »Ich glaube nicht, nein.« Und noch einmal wechselt er den stützenden Ellenbogen und schlägt die Beine in die andere Richtung übereinander. »Ausgenommen dieser Herr von, hach ... Der war zweimal dabei. Aber der ist ja nicht für uns tätig.«

»Wer denn, Herr Hase?«

»Fränky ...«

»Mama, lass doch ... Das kann ich dem Herrn Staatsanwalt ja wohl ... Also dieser Mensch von *Reguna-Pharm*. Fragen Sie mich bitte nicht, wie der heißt.«

»Ein Mann mit Seitenscheitel und Boxernase, eher Typ Banker als Buchhalter?«

Fränky schlägt sich auf den Schenkel. »Mensch, besser hätte ich den nicht beschreiben können!«

»Vielen Dank, Herr Hase.« Götzki stürzt den Rest seines Getränks herunter und verteilt den Schaum mit dem Handrücken im Bart. »Ich denke, wir sind schon fertig. Danke, ich finde den Ausgang.«

Schwiegermutters Kopf ist vor Misstrauen so schwer geworden, dass er schief hängt. Ihr degeneriertes Schoßtier knurrt dienstbeflissen.

»Kusch, Cerberus«, schimpft Fränky.

26

Götzki kann einen Erfolg in Sachen Autoteilemafia vorweisen. Sam ist in einem dänischen Verkaufsportal auf gestohlenes Zubehör gestoßen. Gemeinsam haben sie die Spur aufgenommen. Der Anbieter ist der Bruder eines polizeibekannten Österreichers, der im entsprechenden Tatzeitraum nachweislich bei seinem anderen Bruder in Rüsselsheim residiert hat und sich nun wieder in Wien aufhält. Sie haben Kontakt mit den Kollegen dort und in Hessen aufgenommen, der Ermittlungsmotor läuft mit höherer Drehzahl. Ein schmackhafter Happen, den Schär der ergebnishungrigen Frau Innenministerin servieren kann.

Götzki will an den Lügner Luthe ran. Er muss vorsichtig sein, denn der schmierige Marketingmann wird sich im Fall einer Kontaktaufnahme sofort wieder bei SKP ausheulen, und die wird das Gejammer an Schär weitergeben. Götzki will diese Mine entschärfen, ehe er drauftritt. Dass er drauftreten wird, ist unumstößlich. Im Augenblick kann er sie nur entschärfen, indem er im Fall Autoteilemafia glänzt und sich unentbehrlich macht, um disziplinarische Attacken gegen ihn auf der diplomatischen Ebene zu halten und einer unangenehmen Versetzung oder gar Suspendierung vorzubeugen.

Eine Abfrage ihrer Meldedaten hat gezeigt, dass Johanna Blumenstein keinen weiteren Wohnsitz als den luxuriösen am Zollhafen angegeben hat. Ihre Mutter hat Götzki die Adresse der angeblichen Einzimmerwohnung in der Wallaustraße genannt, ohne verraten zu wollen, woher sie die Anschrift kennt. Das Haus ist ein desolater grauer Kasten, skrupellos vollgestopft mit dem Ausschuss der Leistungs- und Mehrheitsgesellschaft, doch nirgends ein Hinweis auf die Tote. Götzki hat ein paar Bewohner rausgeklingelt. Er hat festgestellt, dass er mit gleich mehreren Dolmetschern wiederkommen müsste, um etwas in Erfahrung zu bringen.

Zwischen all den kleinen Stillständen und Fortschritten zieht ihm das große Gespenst zunehmend den Teppich unter den wackligen Beinen weg. Binnen drei Tagen ist er viermal zusammengeklappt, zum Glück stets in seiner weißen Zelle. Er ist sich sicher, den Grund für die Häufung der Ausfallerscheinungen zu kennen: ein Nadelstich, unerwartet verabreicht in einem harmlosen Telefonat mit Maja.

Götzki: »Warum hallt das so?«

Maja: »Bin im Treppenhaus. Post holen.«

Briefkastengeräusche.

Maja: »Nix drin. O doch, ein Kieselstein. Na, sicher von den Kindern.«

Nicht zum Berthold werden ist eine Mammutaufgabe. Götzki hat sich einen neuen Termin bei Frau Dr. Ratz geben lassen. Schon um sie mit der Tatsache zu konfrontieren, dass Informationen aus ihrem vertraulichen Gespräch bis zur Staatsanwältin gelangt sind, aber auch, weil er nicht allein gegen das größer werdende Monster kämpfen will. Das Schlafmittel wirkt inzwischen, als würde er mit einem Eimer Wasser auf ein brennendes Haus losgehen. Vor zwei Uhr morgens ist an Schlaf nicht zu denken. Daher hat er die Frequenz seiner Kneipenbesuche erhöht. Der Wirt im *Sixties*, eine strohblonde Frohnatur in seinem Alter, hat ihm einen eigenen Platz am Tresen verliehen. Mental stabilisiert ihn diese neue Angewohnheit ein wenig. Körperlich freilich nicht. Mit dem aufgedunsenen Gesicht und den prachtvollen Ringen unter den Augen sieht Götzki aus wie ein unterlegener Boxer.

Dergestalt, bekleidet mit inzwischen an ihm schlabbernden schwarzen Jeans und T-Shirt, steht er hinter dem Tresen des Umsonstladens. Seine erste Schicht. Von siebzehn Uhr soll er den Laden bis zwanzig Uhr schmeißen, wie Ross ihm aufgetragen hat, und anschließend den Aktionskreis Antispeziesismus hosten. Anderthalb Stunden nach Dienstbeginn ist er immer noch allein. Zwischen den Plakaten und Aufklebern im Schaufenster ziehen

Passantenfragmente vorüber. Niemand öffnet die Tür, bis Micha auftaucht und sein Rad in den Laden wuchtet.

»Wo ist Ross?«

»Irgendwen besuchen«, antwortet Götzki. »Kommt heute nicht mehr. Erst morgen wieder.«

»Schiebst du Schicht? Bist du allein?«

»So ist es.«

Micha parkt sein Velo. Er aktiviert eine Bluetoothbox und lässt Musik deutlich über Zimmerlautstärke laufen. Dann geht er zu Götzki und sieht ihm fest in die Augen. »Mann, ich weiß nicht, ob du Eier hast oder einfach nur den Verstand verloren. Was hast du hier zu suchen?«

»Bitte? Ich verstehe nicht.«

»Spar dir das, Kollege. Lass uns offen reden. Wir arbeiten beide für den Staat und du ahnst sicher längst, dass ich nicht Micha, der radelnde Tierrechtler, bin. Dass du mich angeschrien hast, kam mir zwar entgegen. Von Bullen scheiße behandelt werden ist gut für meine Credibility. Dass du mit Blaulicht durch die Stadt fährst, dabei die Aufmerksamkeit auf dich ziehst und dann kackdreist in meiner Undercoverermittlung auftauchst, mein lieber Mann, das ist ein starkes Stück.«

Götzki verdaut schweigend das Gesagte.

»Ross ist nicht die Sache des Landeskriminalamts«, fährt Nicht-Micha fort.

»Ich verstehe nicht ganz.«

»Ross ist nicht das nette Dickerchen mit der sozialen Ader. Ross heißt auch nicht Ross. Tatsächlich kennen wir seine Identität nicht, es gibt nur Vermutungen. Der Kerl hat das letzte Vierteljahrhundert im Wechsel an den linken Hotspots rumgehangen: Schanzenviertel, Rigaer 94, Connewitz und so weiter. Bemerkenswerterweise keine Vorstrafen. Sehr wahrscheinlich ist er das Brain hinter vielen kleinen und größeren hässlichen Taten: brennende Luxusautos, Gefangenenbefreiungen, Anschläge auf rechte Szeneklubs, möglicherweise Cyberattacken und sogar die Vermittlung von besonders Entschlossenen in ausländische Ausbildungscamps. Alles in allem würde ich behaupten, unser netter Ross ist drauf und dran, die RAF neu aufzulegen. Ich habe über ein Jahr gebraucht, um hier Fuß zu fassen. Vordergründig ist Ross ein treudoofer Bär. Aber in deinem Rücken recherchiert er, wer du bist und was du willst. Dieser Typ ist verflucht intelligent. Ich habe noch immer nicht rausgefunden, warum er sich in Mainz aufhält. Nur eines ist sicher, wenn er nicht schon dahintergekommen ist, dass du beim LKA bist, wird das bald der Fall sein. Du solltest genau jetzt deinen Arsch aus dem Laden schaffen und nie wiederauftauchen. Mit etwas Glück ist es noch rechtzeitig. Ich werde sagen, dass ich dich für verdächtig halte und dich deswegen rausgeworfen habe. Deine Schicht übernehme ich. Hier passiert sowieso nichts.« Götzki will etwas sagen, doch Nicht-Micha dreht die Musik leiser und fällt ihm ins Wort. »Also noch mal zum Mitschreiben, Mann: Verpiss dich, wir wollen deine Nazifresse nicht noch mal sehen!«

»Na-na gut«, stammelt Götzki überwältigt. Beim Rausgehen ruft er: »Ich werde mich bei Ross beschweren, du Arschloch!«

»Raus jetzt!«, brüllt der Kollege.

Eine junge Frau mit Dreadlocks schiebt sich verdutzt an Götzki vorbei in den Laden. Wohl eine Antispeziesistin.

27

»Herr Götzki, ich freue mich, dass Sie Fuß gefasst haben. Ich bin beeindruckt, wie zielgerichtet und schnell Sie einen Verdächtigen ermittelt haben. Enorm. Und unsere Praktikantin profitiert auch noch davon. Klasse.«

Sie sitzen in der Kantine. Götzki zunächst für sich, dann hat Schär gegenüber Platz genommen. Sie haben beide das vegetarische Menü.

»Was das andere angeht«, sagt Schär mit einer aufgespießten Kartoffel im Anschlag, »möchte ich ein Auge zudrücken. Bei uns arbeiten eine Menge guter Leute und nicht wenige haben so ihre Eigenheiten.« Er stopft sich die Kartoffel in den Mund. »Mhmm, Eigenheiten ist treffend.«

Götzki schaut ihm beim Kauen zu, skeptisch und gespannt.

»Sie kennen Rita Berg?«, fragt Schär, den Mund wieder leer.

»Ich vermute, ich weiß, wen Sie meinen.«

»Eine gute Bekannte von mir. Wir sind im selben Tennisklub. Ich habe sofort erfahren, dass Sie in der Agentur waren. Sie sehen, ich bin auf dem aktuellen Stand, was Ihre heimlichen Ermittlungen im Fall Lafleur angeht. Übrigens, das Gericht hat der Anklage gegen Massoun stattgegeben.«

»Und ich halte ihn weiterhin für unschuldig. Sie haben sicher auch festgestellt, dass ich dieser Sache in meiner freien Zeit nachgehe. Im Dienst widme ich mich ausschließlich den fleißigen Automechanikern.«

»Selbstverständlich, Herr Götzki, wobei es hochproblematisch ist, was Sie tun. In Ihrer Freizeit sind Sie eine Privatperson. Ich weiß sehr wohl, dass Sie sich in den Dienst versetzen dürfen, um zur Verbrechensbekämpfung handeln zu können. Bloß, das betroffene Verbrechen hat schon stattgefunden. Aber ich habe mich intensiv mit dem Kollegen Höhner ausgetauscht, der mir bestätigt hat, dass Sie mehrere Male entgegen seinen Anweisungen operiert haben. Jedes Mal mit Erfolg. Er hat Sie ›Trüffelschwein ohne Leine‹ genannt.« Schär schiebt sich ein Stück Blumenkohl in den Mund, zerkaut es rasch. »Ich bin also bereit, mich auf dieses Experiment einzulassen, Herr Götzki. Ich werde nach Möglichkeit wegsehen, wenn Sie in Ihrer Freizeit diesem Hobby nachgehen. Zugegeben, das kann sehr unangenehm für mich werden. Frau Küster-Prinz, Sie wissen ja. Auf der anderen Seite würde ich mich natürlich freuen, wenn Sie richtigliegen und unser Haus am Ende in einem solch prominenten Fall hervorstechen kann. Im Moment finden die Kollegen von der Polizei nicht mal die Tatwaffe und tief in mir drin gehe ich wie Sie davon aus, dass dieser Künstler nicht verurteilt werden wird. Bis dahin macht die Sache keinen Lärm, aber dann – ein Desaster. Und das wird auch auf uns zurückfallen.«

Götzki, den Mund voll, kann nur beipflichtend die Brauen heben.

»In diesem Zuge möchte ich Ihnen die Information weitergeben, dass das Opfer wohl mit dem Herrn von *Reguna-Pharm* liiert gewesen ist. Rita sagte, Sie wissen, wen ich meine. Sie sagte, die beiden sind nach einem Termin Händchen haltend zu seinem Wagen spaziert.«

Götzki hebt noch einmal die Brauen. Schluckt. »Haben die ermittelnden Kollegen diese Info auch bekommen?«

»Selbstverständlich nicht.« Schär lächelt diabolisch. »Es war schließlich Ihre Idee, die Agentur persönlich aufzusuchen und Fragen zu stellen. Die Kollegen drüben haben sich bislang damit zufriedengegeben, dass ihnen die Agentur die Smartphones und Unterlagen ausgehändigt hat. Ich betrachte diese Information als Ihr Eigentum, Herr Götzki. Das ist nicht unbedingt nett und korrekt, aber sportlich fair.«

Götzki zermatscht die letzte Kartoffel im Rest Soße.

»Noch etwas, Herr Götzki.« Schär sucht offenkundig nach einer Formulierung. »Es ist nicht nur mir aufgefallen, dass Sie, wie soll ich sagen, dass Sie ein wenig übermüdet aussehen. Ich bin tatsächlich schon darauf angesprochen worden. Bitte nehmen Sie das nicht persönlich. Ich möchte es so sagen: Ihre Optik steht im Kontrast zur hervorragenden Qualität Ihrer Arbeit. Ich gebe Ihnen gerne ein paar Tage zur Regeneration frei, wenn Ihnen das hilft.«

»Das ist nicht nötig, Herr Schär. Trotzdem danke für den Hinweis.«

Schär sieht ihn besorgt an. »Herr Götzki, ich möchte Sie bitten, mein Angebot …«

Götzki winkt ab. »Ich schlafe nicht so gut. Die neue Umgebung. Hab mir was verschreiben lassen. Wird schon besser.«

»Und Sie können jederzeit Frau Dr. Ratz …«

»Hab schon einen Termin. Patente Frau, sehr professionell.«

Schär nickt, kann sich einen resignierenden Gesichtsausdruck nicht verkneifen. Er nimmt sein Tablett und steht auf. »Also gut, Herr Götzki. Ich hoffe, Sie arbeiten weiter auf diesem hohen Level und verlieren dabei nicht Ihre Gesundheit aus den Augen. Sie treiben Ausgleichssport?«

»Gehe viel joggen«, lügt Götzki kauend. Wenigstens bei Tisch möchte er nicht mit dem lästigen Thema befasst sein müssen, zumal er ganz andere Sorgen hat, und immerhin raucht er nicht.

28

»Geh dran, du Arschloch«, murmelt Götzki. Es ist halb zwei Uhr in der Nacht. Er ist gerade aus dem *Sixties* nach Hause gekommen. Der Alkohol macht seinen Kopf schwer, betäubt ihn jedoch nicht genug, um einschlafen zu können. Stattdessen zerfrisst ihn die Sorge um Maja und er weint, weil er sich für den erbärmlichsten Vater auf Erden hält.

»Höhner. Um Gottes willen, Adam, ich hoffe …«

»Wird meine Tochter bewacht?«

»Adam, es ist halb …«

»Wird meine Tochter bewacht?«, schreit Götzki heiser.

»Hör zu, ich werde sofort auflegen, wenn du mich weiter anschreist.«

»Okay, okay. Du wirst mir ehrlich antworten. Ansonsten breche ich sofort nach Berlin auf und werde euren Laden und die gesamte Scheißpolizei aufmischen, das schwöre ich dir.«

»Ich weiß es nicht. Das ist meine ehrliche Antwort. Die Polizei ist wohl dran, schaut ab und zu mal in Potsdam vorbei. Keine Ahnung, ob die darüber hinaus was tun.«

Götzki würgt an einem Kloß im Hals, die Tränen rauschen über seine heiße Wangenpartie in seinen Bart, seine Stimme vibriert. »Die schicken Zeichen, hörst du? Die sind an ihr dran. Ich will, dass ab sofort und dauerhaft eine Zivilstreife das Haus überwacht. Die sollen *jetzt* hinfahren und checken, ob sie dort ist.«

»Das ist Wahnsinn, Adam. Wir haben nicht mal genug Leute für die echten Verbrechen. Du weißt, ich hatte mich extra erkundigt, und man hat mir versichert, dass es überhaupt keine Anzeichen gibt, dass deine Tochter …«

»Doch«, schreit Götzki, »doch, die gibt es! Was glaubst du, weshalb ich dich anrufe? Okay. Gut. Weißt du was? Steck dir dein beschissenes Telefon in deinen verlogenen Arsch, du verdammtes arrogantes Stück Scheiße! Ich nehme das selber in die Hand. Aber wir zwei sind noch nicht fertig miteinander, Höhner, mit dir bin ich nicht fertig!«

Er wischt den Anruf weg und feuert das Smartphone in die Ecke. Sofort springt er auf und nimmt es wieder an sich. Das Display hat jetzt ein Spinnennetztattoo.

Er ruft die Taxinummer an. »Ich muss nach Potsdam. Muss schnell gehen. Festpreis bitte, gerne Vorkasse. Bußgelder für zu schnelles Fahren gehen auf mich.«

Plus SMS an Sam: *Arbeite ein paar Tage mobil.*

Um neun Uhr morgens klopft Götzki gegen ein gekochtes Ei. Die Schale zersplittert. Er hat fiese Kopfschmerzen und die zweite große Tasse Kaffee vor sich. Die erste hat er unter der Dusche getrunken.

»Du siehst unglaublich scheiße aus. Sorry.«

»Du darfst aussprechen, was du denkst. Ich will keinen Schönheitswettbewerb gewinnen.«

»Darum geht's nicht. Ich meine, du siehst auch innerlich scheiße aus. Ich fühle das, Papa. Du bist richtig fertig. Warum bist du denn hergekommen?«

Er schaut zu ihr auf. »Aus Angst. Ich habe Angst um dich.«

»Wieso denn?«

Er legt das verletzte Ei ab. »Du weißt, ich hab beruflich mit sehr, sehr üblen Menschen zu tun. Mit Verbrechern, die jede Empathie verloren haben. Mit Folterern und Mördern. Und ich habe eine Heidenangst vor der Rache dieser Leute, insbesondere vor Mammadov. Ein völlig durchschnittlicher Mann, nicht groß, Brillenträger. Beigefarbenes Hemd, braune Jeans, so sitzt der vor dir, von irgendeinem Sachbearbeiter in irgendeiner Behörde nicht zu unterscheiden. Hinter dieser Fassade versteckt sich das unfassbare Böse. Diese lächerlich unscheinbare Figur hat Hunderte Leben ruiniert oder ausgelöscht. Und der wird nie damit aufhören. Du hast ja ein bisschen was mitgekriegt.«

Maja nimmt ihn in den Arm. »Papa, bis jetzt ist nichts passiert.

Gar nichts. Sitzt der nicht noch ein paar Jahre im Knast? Ehrlich, ich fühle mich null bedroht. Mein Leben ist stinknormal.«

Götzki muss schon wieder heulen. »Ich werde es nicht los, Maja. Heute Nacht hab ich Höhner angerufen und ihn beschimpft und bedroht …«

»War Alkohol im Spiel?«

Er nickt.

»Damit solltest du zuerst aufhören. Siehst ja, was passiert. Und dann solltest du lernen, cool zu bleiben. Hast du nicht gesagt, dass über zweihundert Leute damals ermittelt haben? Und ausgerechnet an dir soll sich dieser Typ rächen wollen?«

»Ich war derjenige, der die Aufmerksamkeit auf ihn gelenkt hat. Ich bin der Erste gewesen, der ihm gegenübersaß und der ihm gezeigt hat, dass wir ganz dicht an ihm dran sind. Das können hundertneunundneunzig Kolleg*innen nicht von sich behaupten.«

»Hey«, Maja grinst, »du genderst ja!«

»Ja.« Er lächelt zurück. »Hab 'ne Praktikantin im Team, die mich laufend verbessert.«

»Gut so.« Sie nimmt sein Gesicht in die Hände und knutscht ihn auf die Stirn. »Du solltest dir wirklich keine Sorgen machen. Mich verfolgt niemand, ja? Du hast einfach zu viel Fantasie abgekriegt, als der liebe Gott die verteilt hat. Und sieh mal, jetzt muss ich mir Sorgen um dich machen. Das willst du auch nicht, oder?«

Götzki schiebt sie von sich. Er mag es nicht, wie ein dummer Junge oder dementer Opa angefasst zu werden. Er blickt sie ernst an. »Dieser Kieselstein in deinem Briefkasten, das waren also Kinder, ja?«

Maja muss laut lachen. »Das jagt dir eine solche Angst ein, dass du fünfhundert Euro für eine Taxifahrt ausgibst? Du glaubst, irgendwelche russischen Killer tauchen hier auf und werfen einen Kieselstein in meinen Briefkasten, um mich darauf aufmerksam zu machen, dass sie mich bald holen werden? 'tschuldigung, das ist so weird!«

Götzki hält seinen ernsten Blick. »Die Kinder tun öfter solche Dinge?«

»Okay, Papa, ich glaube, wir sollten das nicht vertiefen. Du ahnst nicht, wie albern das rüberkommt. Ich meine, wenn dich irgendein Schurke angerufen hätte und gesagt hätte ›Buhuuu, wir werden deine Tochter töten‹, dann hätte ich volles Verständnis und wir sollten gemeinsam überlegen, wie ich geschützt werden kann. Aber dieser Kieselstein?« Kichernd lässt sie ihn sitzen, verschwindet um die Ecke im Badezimmer.

»Papa, hallo, hey!«

Götzki fährt zusammen.

»Krass, du warst gar nicht ansprechbar. Hast du das oft?«

»Ich … nee …«

»Papa, was ich jetzt sage, meine ich sehr, sehr ernst. Du musst dir Hilfe suchen. Kapierst du das? Du musst damit in Behandlung. Wenn ich dir deinen Auftritt heute Morgen einmal spiegeln darf: Du wirkst richtig geisteskrank! Gestört! Völlig cringe! Ein Kieselstein, Papa!«

Götzki spürt, wie sein Gesichtsausdruck flehend wird. Wie er weich wird am ganzen Körper. Wie er einen Schluck Kaffee nehmen will und ins Leere greift. Und wie seine Augen ins Leere greifen, weil alles vor ihm verschwindet.

29

Nach Klärung der Missverständnisse und dem Genuss von ein paar Plastikbechern kühlen Mineralwassers ohne Kohlensäure hat sich Götzki selbst aus der Klinik für Psychiatrie und Psychotherapie der Charité in Mitte entlassen. Für die Rückfahrt nach Mainz wählt er den Zug, was preislich nicht weit weg von der Taxifahrt ist, da es für eine Viertelstunde vor Fahrtbeginn keinen Frühbucherrabatt gibt und er seine Ruhe in der ersten Klasse haben will. Die Reise verläuft entspannt. Er findet sogar etwas Schlaf.

Als er den überschaubaren Bahnhof mit seinen weniger als zehn Gleisen betritt, verspürt er Wiedersehensfreude. Es ist das erste Mal, dass diese zu klein geratene Stadt eine positive Empfindung in ihm auslöst. Fast gibt er dem Drang nach, ein Willkommen-zurück-Götzki-Bier im *Sixties* zu trinken.

Größer ist der Drang zu arbeiten. Denn er kommt voran. Er hat die Genehmigung von Schär und seine Tochter ist kerngesund und fühlt sich nicht bedroht. Er schüttelt den Kopf über den besoffenen Götzki in seinem emotionalen Ausnahmezustand. Maja hat recht. Er sollte sich von nun an durchs Softdrinksortiment wühlen. Sollte lernen, cool zu bleiben. Schließlich geschieht alles in seinem Kopf und den kontrolliert nur er.

Mit Luthe will er es langsam angehen lassen, will erst dessen Stall beschnuppern und wissen, welches Heu der so frisst, und vielleicht einen Blick in das Kaninchenklo werfen, bevor er David, den schmierigen kleinen Rammler, an den Ohren packen wird.

Zunächst Einkehr in ein portugiesisches Lokal in der Bleiche. Götzki wählt einen Platz, von dem aus er den Umsonstladen sehen kann.

»Bier?«, fragt ihn die Bedienung, eine genervte Anfangzwanzigerin.

»Ein Glas Wasser und einen Kaffee bitte. Schwarz.«

Er sitzt für Stunden, bis der Sommertag seine Helligkeit verliert. Diverse Male sind Nicht-Micha und der Bluessänger rauchen gegangen. Meist gemeinsam, dann und wann für sich. Schließlich tritt noch einmal der Bluessänger aus der Tür. Er hat seine Umhängetasche dabei. Götzki lässt seinen vierten Kaffee unangetastet und ungerechtfertigte zwanzig Euro auf dem Tisch liegen.

Der Bluessänger durchwandert die Bleiche zum Neubrunnenplatz und überquert die Straße bei Rot. Er geht die Große Bleiche Richtung Rhein. Vor einer nach außen unscheinbaren Nobelseniorenresidenz bleibt er stehen und zündet sich eine Zigarette an. Und weiter. Götzki bleibt auf Distanz. Nach der zweiten Rotsünde geht es vor einem pink leuchtenden Kulturklub rechts ab zum Höfchen, einem Knotenpunkt für Linienbusse. Diverse Spots hat Götzki bereits in seine Mental Map aufgenommen, hier ist er halbwegs orientiert. Der Weg führt nur bis kurz vor Kaufhof, wo der Verfolgte zur Volkshochschule abbiegt. Kurz vor dem Hort der Bildung macht der Bluessänger halt vor einem Wohnhaus und zückt den Schlüssel. Götzki gibt mehr Tempo, postiert sich geschützt unter einem Baum und wartet ab. Gleich darauf geht im dritten Stock das Licht an und der Vorhang wackelt.

Er läuft zur Haustür und zählt die Klingelschilder ab. Den Metallknopf neben *Lorenz* drückt er. Als hätte man am Drücker gewartet, wird geöffnet. Götzki spürt beim Gang durch das aufzuglose Haus, wie ihm die letzten vierundzwanzig Stunden bleischwer durch die Adern sickern. Sein Herz pumpt, dass es zwischen den Ohren schmerzt. Es ist Zeit, Sport wieder nicht nur in Gelegenheitslügen zu treiben und Yoga zu praktizieren, wenigstens eine Viertelstunde am Tag. Jessys Videos leben ja noch.

Götzki hat den richtigen Namen gewählt. Der Bluessänger heißt Marc Lorenz, wie am Türschild zu lesen ist. Als er öffnet, sieht er nicht begeistert aus, verständlicherweise auch ein wenig verwundert. Dennoch ist er so mutig, Götzki hereinzubitten. Er weist dem Gast den Weg zum Küchentisch, auf dem ein einsamer Teller mit einem angebissenen Salamibrot steht.

»Bier?«

Götzki erwidert eine verneinende Geste. Er keucht noch. »Ein Wasser, wenn es keine Umstände … und gern einen schwarzen Kaffee.«

Lorenz nickt. Er stellt den Wasserkocher an. »Hab nur Instantkaffee.«

Götzki winkt ab. Solange die Brühe schwarz ist und Kaffee genannt wird, taugt sie.

»Wie komme ich zu der Ehre? Du bist mir gefolgt, nicht wahr?«

»Stimmt. Aber in keiner verwerflichen Absicht.«

»Hätte mich auch gewundert. Hier, dein Wasser. Also, worum geht es?«

Götzki trinkt in einem Zug aus. »Danke. Du hast es sicher mitgekriegt, dieser Micha, er hat mich gestern rausgeworfen. Ich hatte meine erste Schicht. Er hat mich angebrüllt, ich sei ein Nazi, und ich hatte echt Schiss, dass er auf mich losgeht.«

»Ja, das war Thema heute.« Lorenz beißt in sein Salamibrot. »Und?«

»Ist das normal bei euch, dass man so behandelt wird, wenn man sich engagieren will?«

Lorenz zuckt mit den Schultern. Er öffnet den Kühlschrank hinter sich und holt eine Tube Mayonnaise raus. Behutsam drückt er sie so, dass nichts neben dem angebissenen Rest Brot landet. »Micha ist einfach so. Der hat panische Angst, dass der Umsonstladen von Rechten und Querdenkern okkupiert wird. Hat erst mal jeden im Verdacht.«

»Und jetzt?«

»Was erwartest du von mir? Warum sprichst du nicht mit Ross?«

»Eingebung? Weiß nicht. Ich glaube, ich halte dich für besonnener als Ross oder vernünftiger.«

»So?« Lorenz scheint sich nicht geschmeichelt zu fühlen. »Ich habe keine Ahnung, was du Micha vielleicht getan haben könntest oder was ihn an dir stört. Was mich allerdings hat aufhorchen lassen, ist, dass du dich nach Johanna Blumenstein erkundigt hast. Wo wir unter uns sind – wie kommt es dazu? Wie kommt es, dass du ausgerechnet im Umsonstladen nach ihr fragst?«

»Ein Bekannter hat mal gemeint, er habe sie dort gesehen.«

»Und du kennst Johanna?« Lorenz hält das Brot kurz vor seinem Mund. Sein Blick ist auf eine sehr strenge Weise fragend.

»Kannte, sie ist ja tot. Aber es ist so oder so unzutreffend, ich bin nur lose mit ihrer Mutter bekannt.«

Lorenz steht auf, schaufelt das Kaffeepulver in eine Tasse, gießt das siedende Wasser darüber und stellt das dampfende Gesamtwerk vor Götzki. »Du wirkst komisch auf mich, Adam. Ich kann noch nicht sagen, wieso. Irgendwie ist dein ganzes Auftauchen, ja, komisch.«

»Und ich finde es komisch, wie mit mir umgegangen wird. Kanntest du Johanna denn?«

Lorenz nickt.

»Und?«

»Was, und? Ich habe dir nichts zu sagen, ich kenne dich nicht.«

»Dann mache ich den Anfang. Ihre Mutter hat sich mir anvertraut. Johanna sei eine Linksradikale geworden. Ich habe ihr versprochen, mir das mal anzusehen. Deshalb bin ich im Umsonstladen aufgetaucht. Ich wäre sonst nie da reingegangen, zugegeben.«

Götzkis Gastgeber lutscht einen Tropfen Mayonnaise vom Finger. »Linksradikal?«

»Ja. Und sie würde sich mit entsprechenden Leuten umgeben. Bist du linksradikal?«

Lorenz lacht. »Weder links noch radikal. Wenn, dann sind Ross und Micha linksradikal, sofern ihr Gelaber bereits diesen Begriff rechtfertigt. Glaube nicht, dass die irgendwas tun. Und aus Johannas Dunstkreis käme da noch Rachid infrage, den sie für den Mord verknacken wollen. Der hat nichts mit dem Umsonstladen zu tun, war bloß ein Mal da. Ihm ist es so wie dir ergangen.«

»Auch, weil Micha ihn für einen Nazi gehalten hat?« Der Kaffee ist noch untrinkbar heiß.

»Nein. Weil er ungefragt seine Kunst aufgebaut und Streit angefangen hat. Er ist der Einzige, der es bis jetzt geschafft hat, von Ross Hausverbot zu bekommen.«

»Du kennst ihn?«

»Ganz Mainz kennt ihn. Macht ja gern auf sich aufmerksam. Er ist nicht mal untalentiert. Stand sich immer selbst im Weg, selbst als Stefanie Blumenstein ihn gefördert hat. Wer weiß, die Sache mit dem Goethe-Institut hätte vielleicht sein Weg raus aus dem Querulantentum sein können. Tja, und jetzt das ...«

»Ist er es gewesen?«

»Was glaubt denn Johannas Mutter, wer es gewesen ist?«, fragt Lorenz zurück, während er sich ein Bier aufmacht.

»Johannas Mutter glaubt, er war es nicht. Sie wünscht sich, dass der echte Mörder angeklagt wird. Sie ist verzweifelt. Hat das Gefühl, ihre Tochter nicht mehr gekannt zu haben.«

»Schrecklich. Johanna hat sehr an ihrer Mutter gehangen. Vielleicht kannst du ihr das sagen, sofern es tröstlich ist.«

Götzki nickt. »An ihrem Vater nicht?«

»Auf keinen Fall. Den hat sie richtig gehasst, zumindest verachtet. Ich weiß nicht, ob sie zu hassen wirklich in der Lage war. Ihr Vater ist vors Betreuungsgericht gezogen, wollte die Finanzsorge für sie. Ihn hat allein das Geld interessiert, das sie als Jessy Lafleur verdient hat. Sie hat das meiste davon in soziale Projekte gesteckt. Das hat den Alten wahnsinnig gemacht.«

Götzkis Ohren sind auf die Größe von Satellitenschüsseln angewachsen. Gebannt nippt er tropfenweise den Kaffee, ohne die Tasse abzusetzen. Ein feuchter Film aus Dampf legt sich über sein Gesicht. »Ihre Mutter hat mir nur davon berichtet, dass das Verhältnis angespannt gewesen sei.«

»Eine Untertreibung. Johanna hat ihm vorgeworfen, er habe die Klinik in Kigali nicht aus Nächstenliebe oder Sorge um die Dritte Welt gebaut, sondern bloß, um sich in der Öffentlichkeit zu profilieren. Sie hat ihn ›narzisstischer Fremdgänger‹ und ›selbstsüchtiges Schwein‹ genannt. Er sei nie ein Vater für sie gewesen.«

»Das wusste ich nicht. Vielleicht wollte ihre Mutter das Thema nicht ausbreiten, von wegen Fremdgänger. Ihr ging es vor allem um das Gefühl, ihre Tochter an linke Ideale verloren zu haben.«

»Sicher nicht. Im Umsonstladen gab es ihre Tochter nicht. Da war keine Johanna. Da gab es nur Lin. Johanna war eine Verwandlungskünstlerin. Von Jessy zu Lin, das ist eine enorme Bandbreite. Vielleicht hätte sie etwas aus diesem Talent machen sollen, anstatt sich von ihrem Vater ins Medizinstudium drängen zu lassen.«

»Wissen Ross und Micha, dass Lin in Wahrheit …?«

Lorenz schüttelt entschieden den Kopf. »Sicher nicht. Vielleicht hat Micha was geahnt. Jedenfalls hat er nicht viel von ihr gehalten. Für ihn war sie eine kleine, naive Studentin, die irgendwann ihre Menschen- und Tierliebe gegen den für sie vorgesehenen Platz im kapitalistischen System eintauschen wird. Aber das sind sie alle für ihn. Micha verachtet junge Menschen.«

»Und Ross?«

»Hat sich gefreut, dass sie sich seine epischen Monologe antat. Ich glaube, wenigstens er hat sie als Genossin akzeptiert, wenn man das so nennen will.« Lorenz seufzt nach einem kräftigen Schluck Bier. »Jetzt ist eh alles egal.«

»Glaubst du, dass Rachid es gewesen ist?«

»Auf keinen Fall. Die waren seelenverwandt.«

»Ein Liebespaar?«

»Weiß nicht.«

»Hm. Trotzdem, du scheinst Johanna sehr gut gekannt zu haben. Woher eigentlich?«

Lorenz stellt das Bier ab. Die Flasche ist leer. »Hör mal, Adam. Wir haben uns nett unterhalten und sicher ausreichend. Ich bin müde und würde dich bitten, jetzt zu gehen.«

Im Treppenhaus hält Götzki ihm die Hand hin. Marc Lorenz nimmt sie nicht.

»Komm bitte nicht wieder, ja? Die Sache zieht mich extrem runter. Ich kann das nicht gebrauchen. Und was den Umsonstladen angeht, mach dir keine Hoffnung. Micha wird sich durchsetzen. Ciao.«

Ein paar Sekunden betrachtet Götzki die geschlossene Tür, wissend, dass er selbst von innen durch den Spion betrachtet wird. Dann verlässt er das Haus. Ein wenig widerwillig, jedoch zufrieden. Auf dem Nachhauseweg winkt ihm die grüne Beleuchtung seiner Stammkneipe zu. Es ist noch früh in der Nacht, also geht er hin.

30

Treffen mit Stefanie Blumenstein. Sie laufen erneut durch den Wald. Selbst hier ist es kaum auszuhalten. Seit Tagen ununterbrochene Hitze, schwül und oberhalb der menschlichen Körpertemperatur. In der Ferne, aus unbestimmter Richtung, grollt ein Gewitter. Frau Dr. Blumenstein verschafft sich mit einem Fächer Erleichterung. Sie hat auf den Gonsenheimer Wald als Treffpunkt bestanden.

»Ich würde gerne mit Ihnen ausführlicher über das Verhältnis zwischen Ihrem Mann und Johanna sprechen.«

»Na gut.« Sie wirkt seit dem letzten Treffen noch gebrechlicher.

»Ihr Mann hat versucht, die Finanzsorge für Johanna gerichtlich zu erwirken. Ist das richtig?«

Sie kichert verbittert. »Das ist mir nicht bekannt. Aber es ist ihm zuzutrauen, sicher stimmt es. Woher wissen Sie davon?«

»Ein Kontakt aus dem Umsonstladen. Ihre Tochter hat Ihren Mann als narzisstischen Fremdgänger beschimpft.«

»Sie hätte noch notorisch ergänzen sollen.«

»Diese außerehelichen Geschichten haben das Verhältnis zwischen Vater und Tochter wohl spürbar belastet.«

»Natürlich. Kein Mädchen sieht gerne seine Mutter weinen. Bestimmt ist das auch eine Erklärung für Johannas allgemeines Misstrauen gegenüber Männern und ihre Angst vor einer festen Beziehung.«

»Ich verstehe. Sie geben übrigens Bescheid, wenn wir eine Pause einlegen sollen? Okay. Dann weiter. Ihre Tochter hat Ihrem Mann außerdem vorgeworfen, eine Klinik in Kinshasa …«

»Kigali.«

»Ja richtig. In Ruanda, nicht wahr? Diese Klinik habe Ihr Mann nicht aus Menschenfreundlichkeit aufgebaut, sondern aus Profilierungssucht.«

»Ach, diese Geschichte.« Frau Dr. Blumenstein seufzt tief. »Profilierungssucht ist das Sternzeichen meines Mannes, wenn Sie so wollen. Das ist nicht der Rede wert. Der eigentliche Vorwurf, den sie ihm ins Gesicht geschleudert hat, war der, dass in dem angeschlossenen Forschungszentrum illegale medizinische Versuche an Menschen durchgeführt würden.«

Götzki pfeift beeindruckt durch die Schneidezähne. »Das ist wuchtig. Ist was dran an diesem Vorwurf?«

Stefanie Blumenstein steuert eine Bank an, es ist die vom letzten Mal. Sie setzen sich mit Blick auf das Ensemble sterbender und bereits toter Bäume.

»Sie müssen unterscheiden, Herr Götzki. Die Klinik ist das eine Projekt, finanziert aus staatlichen Mitteln und Entwicklungshilfegeldern. Sie gehört dem Staat Ruanda. Mein Mann war einer der Köpfe des Planungskomitees. Das Forschungszentrum ist nicht ganz so überschaubar. Das Gebäude ist Teil der Klinik, gehört aber einer Holding, die wiederum bei Bedarf gewisse Leistungen von der Klinik einkauft. Vereinfacht gesagt, kann das Forschungszentrum von extern gebucht werden. Die Ausrüstung ist hochmodern, das Personal exzellent ausgebildet. Diese Einrichtung agiert weit über dem minimalen Standard, den die Klinik vorweist.«

»Welche Rolle spielt Ihr Mann dort?«

»Er berät«, antwortet Frau Dr. Blumenstein nach einer Erschöpfungspause, in der Götzki das Fächern für sie übernommen hat. »Und er ist an der Holding beteiligt. Ehrlich gesagt, ich kann Ihnen diese Frage wahrscheinlich gar nicht vollumfänglich beantworten. Er betreut vor allem die Forschungsarbeit von *Reguna-Pharm* dort unten. *Reguna-Pharm* hat sich von Anfang an in Kigali eingebucht. Sie erforschen Tropenkrankheiten, entwickeln Impfstoffe, Dinge dieser Art.«

»Johanna hat behauptet, dabei würden Versuche an Menschen durchgeführt, die, sagen wir, ethischen Standards widersprechen.«

Sie nickt geschwächt.

»Berechtigt?«

»Nein«, sagt Frau Dr. Blumenstein und setzt sich mit Mühe etwas gerader hin. »Das kann ich mir beim besten Willen nicht vorstellen. Wissen Sie, nur weil die Forschung an einem anderen Ort stattfindet, wird sie ja doch von Deutschland aus überwacht und geprüft. Sie können nicht einfach in die Dritte Welt gehen und dort machen, was Sie wollen.«

»Aber dieser Vorwurf muss einen Ursprung haben. Oder hat Ihre Tochter das völlig aus der Luft gegriffen?«

»Das ist es eben. *Reguna-Pharm* bekommt so einiges an wilden Anschuldigungen ab. Die Linken behaupten, in Kigali würden Menschenversuche durchgeführt. In gewissen Kreisen glaubt man, in Nieder-Olm würden biologische Kampfstoffe entwickelt. Solche Gerüchte machen seit Jahren die Runde. Dank den sozialen Medien kriegen Sie die auch nicht mehr aus der Welt. Ich bin überzeugt, dass es all diese schrecklichen Dinge tatsächlich gibt. Nur nicht bei *Reguna-Pharm*, ich kenne das Unternehmen wirklich gut.«

Sie schweigen eine Weile. Götzki dreht den Kopf zur Seite, um das krepierende Holz nicht sehen zu müssen. Die Hitze ist zerstörerisch. Ein klatschnasser Jogger schleppt sich durch sein Blickfeld.

»Es ist kaum zu ertragen«, sagt Frau Dr. Blumenstein schließlich. »Gehen wir zurück? Wir können uns auch in meinem Wagen unterhalten, bei laufender Klimaanlage.«

»Ich habe nur noch eine Frage«, sagt Götzki und leistet ihr Hilfe beim Aufstehen. »Kennen Sie David Luthe?«

»Ja. Der PR-Manager von *Reguna-Pharm*. Mein Mann hat immer mal wieder mit ihm zu tun. Danke, Herr Götzki, es geht schon.«

»Johanna soll mit Luthe liiert gewesen sein, wurde mir zugetragen.«

Frau Dr. Blumenstein bleibt abrupt stehen und lacht ekstatisch auf. »Johanna mit *dem*? Nie im Leben! Sie hat sich regelrecht vor ihm geekelt. Sie hat Luthe verabscheut.«

»Eine Zeugin sagt, sie hätten Händchen gehalten.«

»Nein, niemals.« Sie schüttelt energisch den Kopf. »Er hat Johanna seinerzeit kontaktiert, weil *Reguna-Pharm* sie für die Bewerbung von Kosmetikprodukten haben wollte. Ich glaube, letztlich hatte mein Mann das Ganze initiiert. Sie war damals noch nicht so berühmt. Es gab ein Treffen, sie sind ins Geschäft gekommen. Ich weiß noch, wie sich Johanna hinterher über Luthe geäußert hat. ›Widerlicher BWLer‹, waren ihre Worte. Ich kann mir nicht vorstellen, dass sie diese Meinung revidiert haben könnte, Herr Götzki. David Luthe steht für alles, was Johanna abgelehnt hat.« Nach einer kurzen Pause fügt sie hinzu: »Es scheint mir, wir reden heute viel über Gerüchte.«

»Mag sein. Ich bin ein Messie, was Informationen angeht, Frau Doktor. Ich sammele erst mal alles. Ich habe durchaus schon erlebt, wie sich Gerüchte als Fakten entpuppten.«

»Nicht dieses.« Tränen stehen in ihren Augen. »Nicht dieses, Herr Götzki.«

Sie haben den weißen Porsche erreicht.

»Ich gehe jedem noch so kleinen Hinweis nach, Frau Dr. Blumenstein. Ich bin selbst Vater einer Tochter …«

Sie öffnet wortlos die Wagentür.

»Ich soll Ihnen von meinem Kontakt im Umsonstladen ausrichten, dass Johanna sehr an Ihnen gehangen hat. Bis zum Schluss.«

»Es ist ein feiner Zug, dass Sie versuchen, Trost zu spenden, Herr Götzki«, sagt Stefanie Blumenstein mit einer Stimme, die zu Staub zu zerfallen droht. »Aber wissen Sie, was allein diesen unerträglichen Schmerz ein klein wenig lindert?« Schon im Auto sitzend, nimmt sie noch einmal Augenkontakt auf. »Fotos von meiner Tochter. Und Morphium.«

31

Götzki ist noch mal im Umsonstladen gewesen, den Gekränkten geben und Ross Tschüss sagen. Jetzt sitzt er im schneefarbenen Käfig vor seinem Notebook. Auf dem Display ist Kicker zu sehen, der so heißt, weil es sein Nachname ist. Kai Kicker hat ein paar Tattoos und eine Menge Piercings im Gesicht und ist immer gut gelaunt. Ein Mann vom BKA, seit zwanzig Jahren mit der Seite befasst, auf der das Herz sitzt: politisch motivierte Kriminalität links.

»Klar kenn ich den«, sagt Kicker. Götzki hat ihm ein Foto von Ross geschickt. Ein schlechtes, das er unter widrigen Umständen heimlich beim Abschied im Umsonstladen geknipst hat. Doch es reicht aus. »Das ist ein ganz Spezieller. Wir wissen bis heute nicht, wie er bürgerlich heißt. Dem Zungenschlag nach könnte er aus einer Gegend stammen, die nah am Hochdeutschen liegt. Irgendwo aus Niedersachsen, vielleicht Nordhessen. Alles Spekulation. In Kreuzberg hieß der fette Bastard übrigens Lauchi.«

»Weißt du auch, wie er im Schanzenviertel und in Connewitz hieß?«

»Der hat immer andere Namen, das spielt keine Rolle, Götzki. Manchmal hat er sogar einen Ausweis. Wir haben um die zwanzig Spitznamen, dazu neun bürgerliche Namen und vier verschiedene Nationalitäten. Das ist zwar beachtlich. Viel interessanter sind aber Namen von Leuten, mit denen der so Kontakt hatte. Burkhard Garweg, zum Beispiel.«

»Einer der sogenannten RAF-Rentner.«

»Exakt. Ein richtiger A-Promi. Das war Anfang der Zehnerjahre. Ich könnte dir jetzt noch einen Haufen weiterer lustiger Gesellen aufzählen, die nicht ganz so berühmt sind. Schwarzer Block, kommunistische Intellektuelle, Revoluzzer im Rentenalter, solches Volk. Aber weißt du, was noch spannender ist?«

»Sag.«

»Schon mal den Namen Lina E. gehört?«

»Eine Leipziger Linksradikale, die wohl Überfälle auf rechte Kader koordiniert hat.«

»Unter anderem einen Übergriff in Eisenach. Rate mal, wer dort als unbeteiligter Fußgänger von einer Überwachungskamera gefilmt worden ist. Wir haben mehrfach die Gesichtserkennung drüberlaufen lassen. Er ist es.«

»Ross scheint ganz schön vernetzt zu sein.«

»Aber wir können ihn nicht greifen. Wir sind uns zu hundert Prozent sicher, dass er nicht aus Zufall auf diesem Video auftaucht. Ansonsten keine Spur von ihm rund um die Leipziger Zelle. Auch seine Fingerabdrücke und DNA sind nirgends zuzuordnen. Wir wissen nicht, was er will, wir wissen nicht, wie er wirklich heißt, wir wissen nicht, zu wem er Kontakt pflegt, nix wissen wir.«

»Heilige Scheiße.«

»Du sagst es. Jetzt hab ich einen meiner besten Männer in Mainz, du hast ihn ja kennengelernt.« Kicker lacht hämisch. »Nur da passiert nichts. Ross hockt Tag für Tag im Umsonstladen, faselt linkes Zeug, raucht ab und zu einen Joint, das war's.«

»Du weißt von seiner Kollegin Lin, einem Alter Ego der toten Influencerin Jessy Lafleur?«

»Natürlich weiß ich von Lin und dem Tötungsdelikt. Ross gibt den Ahnungslosen. Oder er weiß wirklich nichts von ihrer wahren Identität. Wie gesagt, mein Mann beißt sich da fleißig die Zähne aus. Und er war wirklich angepisst, weil du …«

»Ich weiß«, sagt Götzki barsch.

»Hast du etwa was für mich?«

»Nee«, antwortet Götzki. »Ich grabe mich gerade in das Leben der Blumensteins, Lins Familie. Sie heißt bürgerlich Johanna, du wirst das längst wissen. Ihr Vater ist Medizinprofessor, ziemlich exponierte Persönlichkeit, ganz dick im Geschäft mit einem hiesigen Pharmakonzern. Ich sehe noch keine Verbindung zu Ross, ausgenommen dass Johanna aka Lin hin und wieder im Laden ausgeholfen und sich offenbar bereitwillig sein Gequatsche angehört hat. So hat es mir der Typ berichtet, der im Umsonstladen WLAN schnorrt.«

»Marc Lorenz.«

»Genau.«

»Ein Journalist, der sich auch als Privatdetektiv versucht. Eine ziemlich klägliche Existenz. Aufstocker, seit vor zehn Jahren in Mainz eine Tageszeitung dichtgemacht hat. Den haben wir durchleuchtet. Uninteressant, nur 'ne Randfigur. Mein Mann benutzt ihn als Raucherbuddy, um sich Pausen von Ross zu verschaffen. Er meint, wenn du mit Ross über Stunden in einem Raum hockst, schnappst du irgendwann über.«

»Ich hab irgendwie das Gefühl, dass es da Zusammenhänge gibt«, sagt Götzki nachdenklich. »Also, zwischen meinem Fall und eurem Ross.«

»Gut möglich.« Kicker hebt die Schultern. »Ich halte Ross für einen begnadeten Netzwerker und ein kriminelles Genie. Bin gespannt, ob wir jemals dahinterkommen, wer er ist und was er will, und ob wir ihm jemals etwas nachweisen werden.«

»Kopf hoch, Kicki, wird schon.«

»Verrückte Zeiten, Götzki. Mir haben die letzten Jahre sehr zu denken gegeben. Wie auch immer, funk mich an, wenn dir was auffällt. Ach, übrigens, hab gehört, du bist nur vorübergehend in Mainz. Wann kehrst du zurück?«

Götzki überlegt. »So bald nicht. Ich werde eine Weile hier sein. Aber die Zeit geht ja schnell rum.«

Er spürt, dass ihm die Videokonferenz mit einem alten Berliner Kollegen gutgetan hat. Er durchsucht sein mittlerweile recht verwahrlostes Apartment nach Trinkbarem. Ein Rest Mineralwasser in einer zerbeulten PET-Flasche fällt ihm in die Hände. Die Brühe schmeckt wie Heizungswasser.

Der Mangel an Lebensnotwendigem nötigt Götzki, in seine Beinkleider zu steigen und einkaufen zu gehen. Ein Anruf von Sam hält ihn auf.

»Hallo, Adam. Hast du eine Sekunde für Neuigkeiten?«

»Immer.«

»Ich habe mir dieses Haus in der Wallaustraße vorgeknöpft und bin die Melderegistereinträge durchgegangen. Wir haben einen Treffer: Massoun. Allerdings nicht Rachid, sondern Abdallah.«

»Na also. Da werde ich mal wieder nach Worms fahren. Gibst du mir die Haus- und die Wohnungsnummer? Dann werfe ich vorher mal einen Blick in das Objekt.«

»Brauchst du dafür nicht einen richterlichen …?«

»Nein, dafür brauche ich einen Schlüsseldienst. Wenn du möchtest, kannst du ihn sofort bestellen. Ich fahre hin.«

32

Die Jalousie wurde tatsächlich repariert. Ein balsamierendes Bild einer sonnengekitzelten Waldlichtung fängt nun das nervöse Auge ein und spendiert eine großzügige Portion Hoffnungsgrün.

»Sie sehen, es hat sich was getan«, triumphiert Frau Dr. Ratz. Natürlich klingt es bei ihr nicht wie Triumph.

»Ja.« Götzki nickt anerkennend. »Der Raum redet auch nicht mehr ganz so schlecht über sich.«

»Möchten Sie wieder …?«

»Nein.«

»Ich freue mich, dass Sie mir eine zweite Chance geben, Herr Götzki. Ich bin bereit dazuzulernen.«

»Und ich habe es bereits getan. Mein Verhalten war mies, ich muss mich entschuldigen, Frau Dr. Ratz. Wir haben ein paar alte Themen angeschnitten, die mir noch immer sauer aufstoßen, weil ich sie nicht verdaut kriege.«

Wie auf Knopfdruck postiert sie einen Kleenex-Spender in Götzkis Reichweite.

»Danke, nicht nötig. Ich bin heute ausgeglichener. Hab beruflich ein bisschen was vorangebracht. Hab meine Tochter besucht. Ich kann vernünftig mit Ihnen reden.«

»Dann möchte ich mich ebenfalls entschuldigen, Herr Götzki.« Sie lächelt. »Ich habe Ihre Psychiatrieerfahrung sehr unsensibel gespiegelt. Das ist mir im Nachhinein bewusst geworden. Statt Ihnen zuzuhören, habe ich Ihnen meine fachliche Perspektive übergestülpt. Ich hoffe, so ein Fehler wird mir nicht noch einmal unterlaufen.«

Götzki sitzt breitbeinig und recht tief. Maja hat ihm verboten, so zu sitzen. »Manspreading ist scheiße, Papa! Fehlt nur noch, dass du dir da unten hingreifst.« Aber es ist nun mal furchtbar bequem und heute braucht er diese Position.

»Nicht der Rede wert, Frau Dr. Ratz. Woher sollen Sie meine Erfahrung nachvollziehen können? Sie sollten das nicht wollen. Ich würde auch nicht gerne die Hafterfahrung meiner Kundschaft nachempfinden müssen. Wissen Sie, das Gewinnbringende in der Psychiatrie sind nicht Sie oder der Herr Doktor oder die freundliche Pflegerin oder die Tabletten oder die Mandalamalbücher im Gemeinschaftsbereich. Es sind die anderen Durchgeknallten, die anderen Mitglieder dieser Schicksalsgemeinschaft. An denen kann man sich messen, über die kann man sich einordnen und sich wieder Orientierung verschaffen, nachdem man sie verloren hat. Draußen ist man plötzlich der Irre gewesen. Drinnen trifft man auf Marius, der zweimal am Tag fixiert wird, damit man ihm Grießbrei in den Mund schaufeln kann, und der nur unter Bewachung kacken darf, weil er das Zeug sonst an die Wände schmiert. Und man trifft Josef, den man so lange für den netten Onkel vom Sozialdienst oder etwas Ähnliches hält, bis man begreift, dass dieser völlig unauffällige, kompetente Mensch ebenfalls ein Patient ist. Auf der Skala von Josef bis Marius ordnet man sich ein. Und wenn man feststellt, dass man deutlich näher an Josef ist, ist das schon der erste Therapieerfolg, bevor man auch nur eine Pille geschluckt hat.«

»Das ist sehr interessant, Herr Götzki. Fahren Sie gerne fort, ich höre Ihnen aufmerksam zu.«

»Als ich aufgenommen wurde, war ich davon überzeugt, verfolgt zu werden. Das stand für mich felsenfest, deswegen habe ich nicht die Psychiatrie aufgesucht. Der Grund dafür war vielmehr mein Nervenzusammenbruch, dieser nicht auszuhaltende Zustand zwischen aufgekratzter, angsterfüllter Ruhelosigkeit und vernichtender Erschöpfung. Aus diesem Zustand wollte ich raus. Ich wollte gesund sein, um es mit meinen Verfolgern aufnehmen zu können.«

»Sie wurden nicht verfolgt?«

»Natürlich nicht. Aber ich hätte das weiterhin für einen unumstößlichen Fakt gehalten, selbst wenn hundert Fachleute mir geschworen hätten, dass es nicht so ist. Geheilt hat mich ein Mann namens Berthold, der seinen Verfolgungswahn dermaßen plastisch vor mir ausgebreitet hat, dass ich meinen eigenen erkannt habe. Ich wüsste nicht, wie das ein Psychiater oder eine Psychologin hätten schaffen sollen. Verstehen Sie mich nicht falsch, Frau Dr. Ratz, ich bin begeistert, wenn Sie mir von multiprofessionellen Teams berichten, und ich bin begeistert von Ihnen. Das alles ist tausendmal besser, als jemanden in einer Festung außerhalb der Stadt ans Bett zu fesseln und mit *Tavor* vollzupumpen. Ich für meinen Fall würde behaupten, selbst das professionellste multiprofessionelle Team würde mich niemals so therapieren können, wie Berthold es konnte.«

Dr. Ratz saugt Götzkis Geschichte auf. Sie hat sich zu ihm gebeugt, den Kopf auf die Hände gestützt. »Haben Sie Berthold gesagt, dass er …?«

»Nein. Das wäre vielleicht gefährlich gewesen.«

Sie atmet erleichtert aus. »Sie haben völlig richtig gehandelt, Herr Götzki. Ihn mit seinem Verfolgungswahn zu konfrontieren hätte ihn sehr verunsichern oder verletzen können.«

»Berthold braucht einen Über-Berthold, um auf meine Weise wieder in die Spur zu kommen.«

»Darf ich Sie fragen, ob Sie sich heute noch verfolgt fühlen?«

Götzki kann nicht sofort antworten, muss ein paarmal tief atmen. Er schnäuzt sich anlasslos in ein Kleenex, um weitere Sekunden zu gewinnen, mustert das Bild mit der Lichtung.

»Deswegen bin ich bei Ihnen, Frau Dr. Ratz. Es gibt leider keinen Berthold beim LKA.«

»Ich bin weiterhin Ihre Zuhörerin.«

Und er erzählt. Von den Käfern. Von dem Rattenkadaver. Von der Patronenhülse. Von den russischen Auftragskillern im Treppenhaus. Von seiner panischen Taxifahrt nach Potsdam. Er erzählt von seinen Zusammenbrüchen. Vom Gefühl, am falschen Ort gefangen zu sein. Von den Anfällen. Der vergeblichen Flucht in die Sauferei. Der Schlaflosigkeit. Der Arbeitswut. Der andauernden zermürbenden Angst. Er packt sein ganzes kaputtes Leben vor ihr aus.

Hinterher sieht sie aufgewühlt aus, innerlich zerzaust und atemlos staunend, als hätten sie guten Sex gehabt.

Götzki ist noch etwas tiefer in seine obszöne Sitzhaltung gerutscht. »So sieht es mit mir aus, Frau Doktor.«

Sie taxiert ihn mit einem faszinierten Blick, den sie mit einer kurzen, heftigen Kopfbewegung abschüttelt.

»Gestern«, beginnt sie und bricht sofort wieder ab. Sie braucht einen Schluck Wasser. Neuer Anlauf. »Gestern Mittag noch sagte Herr Schär mir, mit Ihnen sei alles in bester Ordnung. Das waren seine Worte: ›in bester Ordnung‹.«

»Er kann nicht in mich hineinsehen.«

»Wir sind in einem zwölf Quadratmeter kleinen Zimmer. Sie haben gerade eine ganze Lagerhalle gefüllt.« Sie legt eine Hand auf den Notizblock, den sie in der letzten Dreiviertelstunde schwer beladen hat. »Ich muss das überhaupt erst alles sortieren, Herr Götzki. Ich weiß gerade nicht, wo ich anfangen soll.«

»Willkommen in meiner Welt.«

»Mein Angebot ist vor allem erstberatend. Man muss sich Zeit für Sie nehmen. Und was diese Dinge angeht, die Sie wahrnehmen, sollte Ihnen mit Medikamenten geholfen werden. Ich werde Sie mit Dringlichkeitsvermerk überweisen.«

»In die Psychiatrie?«

»Ich halte ambulant für ausreichend, man versucht heute, Klinikaufenthalte möglichst zu vermeiden. Ein Freund und Kollege von mir ist außerdem Traumatherapeut in einer Gemeinschaftspraxis, er …«

»Ich mache Ihnen einen anderen Vorschlag, Frau Doktor«, unterbricht Götzki sie und setzt sich wieder etwas aufrechter hin, anständiger auch. »Ich komme einmal pro Woche zu Ihnen. So wie heute. Lade meinen Seelenmüll ab und gehe wieder. Ich habe in den letzten Jahren verschiedene Therapieformen ausprobieren dürfen: Traumatherapie, systemische Therapie, Verhaltenstherapie, Psychoanalyse, ich war sogar bei einem Schamanen. Vergessen Sie das alles. Das Einzige, was mir wirklich hilft, ist meine

Arbeit. Das ist schon seit der Trennung von meiner Ex-Frau vor fast zwanzig Jahren so.«

Sie klappt den Notizblock wieder auf, zückt den Tintenroller. »Es wird nicht weniger.«

»Eine Stunde pro Woche, Frau Dr. Ratz. Das müsste doch drin sein. Womöglich ist zweimal im Monat schon ausreichend.«

Sie sieht ihn mitfühlend an.

»Sehen Sie, Frau Doktor, mit meinen psychischen Problemen ist das wie mit einer Hüpfburg. Wenn man die Luft rauslässt und alles ordentlich zusammenlegt, passt sie in eine Tragetasche. Ich muss eben nur hin und wieder die Hüpfburg aufpusten und drauf rumspringen.«

»Eine Hüpfburg passt nicht in mein Büro, wenn ich Ihr kreatives Bild aufgreifen darf. Sie fordern eine Gesprächstherapie von mir und die kann und darf ich Ihnen nicht anbieten. Ich bin für fast fünfhundert Mitarbeitende zuständig, wie stellen Sie sich das vor?«

»Zunächst mal wette ich, dass die nicht alle zu Ihnen kommen. Und Sie sind nicht die einzige Psychologin im Haus.«

»Herr Götzki, es ist nicht so, dass ich außerhalb unserer Treffen Däumchen drehe. Ich kümmere mich nicht nur um Sie und Ihre Kolleg*innen. Ich muss nebenbei noch Risikoeinschätzungen vornehmen, Gutachten erstellen, Opferschutz betreiben, dazu ständige Meetings …«

»Verstehe.« Götzki faltet die Hände im Schoß, atmet seufzend aus, sieht aus dem Fenster. Unter dem wolkenverseuchten Himmel hängt ein ekelhafter, über dreißig Grad heißer Tag, so schwül, dass der Schweiß nicht verdunsten kann und man das Gefühl hat, eine menschliche Suppenbeilage zu sein.

»Ich wünschte von Herzen, ich könnte das für Sie leisten, Herr Götzki. Ganz unabhängig vom Beruflichen finde ich, dass Sie ein sehr interessanter Mensch sind. Ich höre Ihnen gerne zu.«

Er dreht sich wieder um. »Waren Sie schon mal im *Sixties*?«

33

Das Innere einer konservierten Siebziger-Jahre-Kneipe, erfüllt vom würzigen Geruch orientalischen Tees. Draußen vor der Tür des *Deutsch-Marokkanischen Freundschaftsvereins Worms* wachen ein ziviler Polizeiwagen mit Sam am Steuer und ein schwarzer BMW der anderen Partei. Abdallah Massoun trägt ein weißes Hemd und Bluejeans. Sein Bauch spannt den Stoff, auf seinem Brusthaar ruht eine goldene Kette. Er dreht sich zu dem Graubärtigen zwischen der wuchtigen Theke und der verschorften Holzvertäfelung um, der den Samowar bedient, und sagt lachend etwas auf Arabisch. Götzki schnappt »Polizei« und *»kelb«* auf. *Kelb* ist das arabische Wort für Hund. Vermutlich geht es darum, dass Strohfuß nicht dabei ist.

»Alhamdulillah«, sagt der Alte und stellt zwei Gläser Tee auf ein Silbertablett.

»Ich habe keine Angst vor der Polizei, Herr Götzki«, sagt Abdallah Massoun freundlich lächelnd. »Meine Familie lässt sich nichts zuschulden kommen, man muss uns nicht mit der Waffe bedrohen. Die Situation war beim letzten Mal sehr unglücklich. Wir sollten wie vernünftige Menschen miteinander umgehen. Ich merke Ihnen an, dass Sie ein vernünftiger Mensch sind. Stellen Sie mir Ihre Fragen.«

»Es geht um Ihren Bruder Rachid.«

»Damit habe ich gerechnet. *Allahuakbar*, er hat uns diese Prüfung auferlegt. Mein Bruder ist ein ehrloser Hund, kein Mann. Allah schenkt jedem einen Platz in einer Familie. Mein Bruder hat dieses Geschenk weggeworfen. Wir sind Geschäftsleute, schon immer. Jeder Vater gibt sein Wissen weiter, erzieht seine Söhne zu Geschäftsleuten, so wie auch er von seinem Vater erzogen worden ist.« Massoun blickt kurz nach oben, murmelt etwas Arabisches. »Unser Vater hat alles versucht. Er hat versucht, den Scheitan aus ihm rauszuprügeln. Er ist mit ihm zu Ärzten gegangen, nicht nur in Deutschland. Er hat sehr viel Geld bezahlt. Baba hat Tag und Nacht für Rachid gebetet. Aber Rachid ist ein noch schlimmerer Hund geworden.«

Götzki ist von dieser mündlich dargebotenen Telenovela gelangweilt, jeder hat eine Familiengeschichte zu erzählen. »Als Geschäftsmann haben Sie sicher viel zu tun, Herr Massoun, also möchte ich gleich zum Punkt kommen. Sie haben eine Wohnung in der Wallaustraße in Mainz angemietet. Wir gehen davon aus, dass Ihr Bruder Rachid dort gewohnt hat.«

»Hat er dort gelebt? Ich weiß es nicht. Ja, unser Vater hatte mich damit beauftragt, ihm ein Zimmer zu mieten, damit der Hund nicht auf der Straße lebt. Er hat alles abgelehnt, was Baba ihm angeboten hat. Es ist eine sehr schwere Prüfung für meinen Vater. Für uns alle. Allah hat Baba Rachid zum Sohn gegeben und er hat ihn mir zum Bruder gegeben. Er fickt Ärsche und hat keinen vernünftigen Beruf, wir dürfen ihn trotzdem nicht fallen lassen. Allah hat uns einen Auftrag gegeben, verstehen Sie?«

»Und mir hat der Staat einen Auftrag gegeben.« Götzki betrachtet Abdallah Massouns Gesicht, in dem keine Spuren mehr von Strohfuß' Übergriff zu sehen sind. »Ihr Bruder Rachid wird demnächst vor Gericht sitzen, man wird ihn wegen Mordes anklagen.«

»Ja. Der Idiot hat den Rechtsanwalt unseres Vaters davongejagt. Baba schickt ihm den teuersten Anwalt, so sehr liebt mein Vater diesen Hund, der sein Sohn ist! Meine Mutter weint jeden Tag. Sie isst fast nichts mehr.«

»Ihr Bruder hat einen anderen Rechtsbeistand. Einen sehr guten, sagen Sie das Ihrer Mutter. Und Rachid ist kein Mörder. Deswegen bin ich hier, Herr Massoun, um zu verhindern, dass Ihr Bruder unschuldig für fünfzehn Jahre weggesperrt wird.«

»Ich verstehe nicht, was Sie von mir wollen.«

»In der Wohnung habe ich ein Ladekabel gefunden. Es muss zu einem Notebook oder einem Tablet gehören. Ich suche dieses

Gerät. Waren Sie in der Wohnung und haben dort ein solches Gerät an sich genommen?«

Abdallah Massoun schüttelt den Kopf.

»Ihr Bruder hat die Videos von Jessy Lafleur produziert. Laut seinen Angaben ist kurz vor der Tat ein Video gedreht worden. Ich vermute, dass es auf diesem Gerät zu finden ist. Ich frage Sie noch einmal, Herr Massoun: Haben Sie etwas aus der Wohnung genommen?«

»Allah ist mein Zeuge, nein.«

»Haben Sie einen Schlüssel zu der Wohnung?«

Massoun fummelt einen Schlüsselbund aus der Hosentasche, löst einen Schlüssel und schiebt ihn über den Tisch. »Hier.«

»Sind Sie nach Rachids Verhaftung in der Wohnung gewesen?«

»Nein.«

»Herr Massoun, wir können so etwas kriminaltechnisch nachweisen.«

»Okay, okay. Vor einer Weile war Johanna Blumensteins Mutter bei meiner Mutter. Sie weiß von der Wohnung. Rachid hat sie mit Johanna Blumenstein geteilt. Vielleicht war ihre Mutter dort und hat das Gerät an sich genommen.«

»Abdi«, meldet sich der Graubärtige am Samowar und äußert zwei kurze Sätze auf Arabisch.

»Mein Onkel hat recht. Nehmen Sie den Schlüssel. Für alles Weitere melden Sie sich bei unserem Anwalt. Wie gesagt, wir sind ehrbare Geschäftsleute, wir haben uns nichts vorzuwerfen.«

Götzki legt die Stirn in Falten, muss lächeln. »Herr Massoun, ich habe diverse Akten über Ihre Geschäftstätigkeiten eingesehen. Da stehen Dinge drin, die sind alles andere als ehrbar.«

Abdallah Massoun lehnt sich zurück, blickt Götzki kühl an. »Was ehrbar ist, entscheiden nicht Sie und Ihr Staat. Das entscheidet Allah.«

34

»Sie faszinieren mich immer wieder, Herr Götzki.«

Götzki hebt die Schultern.

»Sie haben vorgeschlagen, dass wir uns hier treffen, und jetzt sagen Sie gar nichts. Können Sie sich vorstellen, dass ich mit der Erwartung hergekommen bin, dass wir uns unterhalten?«

Götzki kann. Doch jedes Mal, wenn er etwas sagen möchte, warnt er sich innerlich selbst: Gib acht, dass das kein Therapiegespräch wird. Und dann sagt er lieber nichts. Selten hat ein Mensch dermaßen ausgiebig den Aufdruck seines Bierglases betrachtet.

»Wie sind Sie denn hergekommen?«

Na toll, jetzt eröffnet sie eine Therapiesitzung. »Bin gelaufen. Ich gehe in der Innenstadt immer zu Fuß.«

»Ich bin mit dem Rad da. Deswegen gibt es heute auch nicht mehr als eine Weinschorle.«

»Sie meinen einen Schoppen.« Götzki sieht ihr in die Augen. »Haben Sie das absichtlich für mich übersetzt?«

»Unbewusst. Aber Sie haben recht, normalerweise sage ich Schoppen oder Schobbe. Ich bin ja von hier.«

»Dann sagen Sie bitte nicht Weinschorle. Dieses Wort passt nicht hierher.« Er sieht sich um. »Ich weiß längst, was ein Schobbe ist. Ich finde auch, es wäre ein gutes Adjektiv. Es beschreibt diese Stadt: Mainz ist schobbe.«

»Übersetzt heißt das dann: Mainz ist einkaufen.« Dr. Ratz lacht.

»Stimmt. Für mich klingt es trotzdem wie ein Zustand. Ich komme heute nicht vom Sofa hoch, weil ich so schobbe bin.«

Sie schüttelt den Kopf. »Klingt für mich nicht richtig. Wenn ich vom Sofa nicht hochkomme, bin ich träisch.«

»Hauptsache, Sofa«, erwidert Götzki und erschrickt darüber, dass es ausgerechnet um ein Sofa geht. Er findet es sehr anspruchsvoll, mit einer Frau, die er zuvor in ihrer Rolle als Psychologin aufgesucht hat, einen gemütlichen Abend in einer Kneipe zu verbringen.

»Jetzt schweigen wir schon wieder«, sagt sie nach einer Weile.

Götzki hört die Enttäuschung heraus. »Ich frage Sie was. Würden Sie sagen, dass eine Frau, die auf zwei völlig unterschiedliche Weisen auftritt – in Kleidung, Stil und Verhalten –, eine gespaltene Persönlichkeit hat?«

Ortrud Ratz sieht ihn skeptisch an. »Das hat was mit Ihrer Arbeit zu tun, stimmt's?«

»Es interessiert mich auch privat«, antwortet Götzki und verflucht im selben Augenblick, ihr sein von Arbeit durchsetztes Privatleben auf so ungeschickte Weise offenbart zu haben.

»Das kann ich schwer sagen. Stehen diese beiden Persönlichkeiten im Konflikt miteinander? Sind sie stark gegensätzlich?«

»Ja.«

»Haben die Persönlichkeiten eigene Geschichten, Erinnerungen, Gefühle?«

»Ich bin mir nicht sicher.«

»Würden Sie sagen, es handelt sich um zwei Identitäten?«

»Ja.«

»Die Möglichkeit besteht. Ich müsste die Person erleben, mit ihr sprechen. Es geht um Jessy Lafleur, oder?«

»Richtig. Mit ihr sprechen fällt also weg. Aber halten Sie es generell für möglich, dass zwei Menschen in einem Menschen existieren und gänzlich verschiedene Leben leben?«

Sie nickt. »Es wäre eine extreme Dissoziation. Mehr Abspaltung, als einen völlig neuen Menschen zu kreieren, geht kaum. Wissen Sie, ob Frau …? Blumenstein war ihr Name, nicht wahr? Ob sie traumatisiert gewesen ist?«

»Sie wurde während ihrer Pubertät Opfer von Mobbing, hat ihre Mutter berichtet. Und was ich so über das Verhältnis Johanna Blumensteins zu ihrem Vater gehört habe, kann auch das traumatisierend gewesen sein.«

»Eine autoritäre Vaterfigur und eine ohnmächtige Mutter?«

»Sehr wahrscheinlich, ja.«

»Ein autoritärer Erziehungsstil und Ablehnung innerhalb der Peergroup können dazu führen, dass sich das Kind nicht frei entfalten kann und nur ein geringes Selbstwertgefühl entwickelt. Es ist möglich, dass sich ein solches Kind in eine andere Figur träumt, dass es seinen Wunsch nach freier Entfaltung sozusagen outsourct. Wenn ich diese Erkenntnisse aus Pädagogik und Psychologie auf Ihren Fall übertrage, könnte Jessy Lafleur das Produkt einer solchen Konstellation sein.«

»Hinter der fröhlichen Influencerinnenfassade lauert das Kindheitstrauma.«

»Pointiert formuliert, Adam. Und jetzt bitte ein Thema, das keinen beruflichen Hintergrund hat.«

»Das ist mein erstes Date seit fünf Jahren«, sagt er kurz entschlossen. Bringt ja nichts, immer groß nachzudenken und dann lieber zu schweigen.

»Sie sehen das als ein Date?« Sie hält die Hand vor den Mund zum Kichern.

»Wie nennen Sie es, wenn sich Mann und Frau in einer Kneipe treffen?«

»Ein gemeinsames Feierabendbier«, antwortet sie nach großzügiger Bedenkzeit. »Wirklich seit über fünf Jahren?«

Götzki nickt. »Sagen Sie bloß, Sie können das toppen.«

»Nein. Ich habe mich erst vor einem halben Jahr von meinem Verlobten getrennt. Je näher unsere Hochzeit rückte, desto mehr unerträgliche Dinge fielen mir an ihm auf. Kleinigkeiten, in der Summe tödlich. Ich hätte nicht mit ihm zusammenleben können. Also habe ich die Reißleine gezogen.«

»Sicher das Beste für Sie beide.«

»Zuerst nur für mich. Ihn hat es in eine Krise gestürzt. Natürlich hat er einen anderen Mann hinter meiner Entscheidung vermutet und sich nicht davon abbringen lassen. Für ihn bin ich als selbstständiges Wesen nicht denkbar, ich kann nur als Teil eines männlichen Daseins existieren. Ein weiterer Grund, warum ich froh bin, diesen Schritt gewagt zu haben.«

»Verstehe ich.«

»Warum sind Sie und Ihre Ex-Frau auseinandergegangen?« Sie sieht in sein Gesicht und fügt eilig und lächelnd hinzu: »Ich frage als Date, nicht als Psychologin.«

Götzki hebt die Schultern. »Keine Ahnung, ehrlich gesagt. Damals wusste ich es sicher, heute nicht mehr. Ich weiß nur noch, dass wir uns ständig gestritten haben. Wir haben es wohl einfach nicht mehr miteinander ausgehalten.«

»Würden Sie es heute wieder mit ihr aushalten?«

Götzki würde diese Frage bejahen, gäbe es nur die Möglichkeit, seine einst so liebenswerte Ex aus der Hülle einer trunksüchtigen Verschwörungstheoretikerin zu befreien. Manchmal fantasiert er einen Anruf Kathas herbei, in dem sie ihm ihre Abkehr von all dem toxischen Quatsch und die Löschung ihres Facebook-Accounts verkündet und dass sie ihn treffen möchte.

»Weniger denn je.« Mit einem diskreten Seitenblick Richtung Toiletten erhebt er sich.

In diesen Sommernächten wird die Luft nachts nicht frisch. Dennoch riecht sie ein wenig nach Befreiung, als Götzki auf den Balkon tritt. Aus dem Hof stinken Mülltonnen herauf, das macht nichts. Er blickt über die Schulter. Die Silhouette einer schwach beleuchteten Küche. Verblüffend, wie schnell diese Filmrisse zu Selbstverständlichkeiten werden.

Er hat ein Bier in der Hand und schaut nach unten in den stockfinsteren Hof. Eine unsichtbare Taube gluckst. Er spürt nach. Atmet bewusst in die entsprechende Körperpartie, kann aber nicht erkennen, ob da was zwischen ihnen gelaufen ist. Was für ein niederträchtiges Krankheitsbild. Götzki seufzt. Wäre schön, das in den Griff zu bekommen.

35

»Adam …«

»Ja?«

»Hast du vor, an deiner Wohnung noch etwas zu verändern? Sie ist sehr weiß. Sehr, sehr weiß.«

Götzki hebt die Schultern.

»Mein Auge findet nirgends Halt. Macht diese Umgebung nichts mit dir? Du könntest wenigstens ein paar Zimmerpflanzen aufstellen oder ein Bild von deiner Tochter.«

»Ich versuche, meine Tochter bestmöglich zu schützen. Da werde ich sicher kein Bild von ihr in meiner Nähe aufstellen.«

»Oder irgendetwas Nichtweißes? Ich meine, kein Wunder, dass du hier Käfer siehst. Es ist erwiesen, dass Menschen, die in kahlen, kargen Räumen gefangen gehalten werden, irgendwann optisch halluzinieren. Deine Gesamtsituation könnte begünstigend …«

Sein Blick verfinstert sich.

»Entschuldige, Berufskrankheit. Deine Wohnung macht auf mich den Eindruck, als wolltest du in Kürze zurück nach Berlin.«

»Ich will am liebsten sofort zurück nach Berlin«, stellt Götzki nüchtern fest.

»Wieso bleibst du dann?«

»Weil das BKA die Tür hinter mir zugesperrt hat und weil eine Frau vom Fach, die ich für außerordentlich kompetent halte, obwohl sie eine Doppelagentin ist, gesagt hat, dieser Ortswechsel würde mir guttun.«

»Die Doppelagentin ist eine Psychologin, vermute ich.«

»Natürlich. Die letzten verbliebenen Frauen, mit denen ich außerhalb der Arbeit zu tun habe.« Er sieht Ortrud schmunzelnd an. »Du bist der Beweis.«

Sie schüttelt den Kopf, nimmt seine Hand. »Das möchte ich

nicht sein. Lass uns gemeinsam meinen Job aus unseren Privatleben raushalten.«

Götzki sieht sie skeptisch an. Rudert sie zurück, weil sie ihn für zu labil hält? Oder weil ihr plötzlich wieder eingefallen ist, wie wenig Kontakt zu Frauen er in den letzten Jahren gehabt hat? Er hat ihr schließlich davon berichtet: wie sehr er aus der Übung ist, wie er Profile auf Datingportalen erstellt und kurz darauf wieder löscht, weil er nicht mehr in der Lage ist, ungezwungen zu kommunizieren, dass er sich schon jetzt sehr ausgiebig darüber den Kopf zerbricht, wie es einmal sein wird, im hohen Alter einsam zu sein.

»Ich kann nicht vergessen, dass du Psychologin bist und schon einige Dinge über mich weißt. Geht es dir nicht ähnlich? Wie schlimm würdest du mein weißes Apartment finden, wenn du diese Dinge nicht über mich wüsstest?«

»Ich weiß es nicht. Aber es ist so eine Sache mit meinem Beruf. In deinem Fall würde ich mir wünschen, wir hätten uns unter anderen Umständen kennengelernt. Dann wiederum gibt es Momente, da wünsche ich mir, es wäre noch viel bekannter, dass ich Psychologin bin. Weißt du, wie unser Hausmeister mit mir spricht? ›Heute ich streichen Tor. Du Vorsicht, wenn schieben Fahrrad rein.‹ Ich war so schockiert, dass ich nicht reagiert habe. Ich glaube, mein Beruf würde ihn ziemlich überraschen.«

»Vielleicht kann er einfach nicht so gut Deutsch? Ist er überhaupt deutscher Muttersprachler?«

Sie lacht. »Ja, das ist er und er kann richtig Deutsch sprechen. Er heißt Günther, er ist sogar gebürtiger Mainzer.«

»Also kein deutscher Muttersprachler«, spottet Götzki.

»Du bist gemein! Dann geh doch zurück nach Berlin.«

Sie balgen sich wie zwei Vorschulkinder und landen auf der Schlafcouch. Fünf verflixte Jahre hat Götzki auf dieses Vergnügen warten müssen. Ausgerechnet in dieser verfluchten Stadt schenkt ihm das Schicksal eine Liebschaft.

Ortrud kommt schließlich auf ihm zum Sitzen. Sie sind beide ganz atemlos.

Sie schaut ihm tief in die Augen. »Endlich sehe ich dich mal lächeln.«

Sie hätte ihn in der Nacht zuvor sehen sollen. Ein schweißgebadetes Geschöpf mit verquollenen Augen und verkrampfter Grimasse, verzweifelt, weder Ex-Frau noch Tochter zu erreichen, verloren und ohne Halt. Götzkis nächtlicher Standard. Erst in den frühen Morgenstunden findet er Schlaf. Er hat etwa zwei bis drei Stunden zur Regeneration – unter der Woche. Am Wochenende ist Aufholjagd. Den letzten Sonntag hat Götzki durchgepennt, ist nach einem späten Frühstück und der *Tagesschau* ins *Sixties* gegangen, wo er irgendeinem Fußballspiel den Rücken zugedreht hat. In der Nacht auf Montag dann wieder hellwaches Leid, eine Lawine aus Zweifeln, Sehnsucht und Angst. Sein Job ist der kleine Hohlraum, in den er sich kauern kann, um nicht erdrückt zu werden.

Er spürt, wie Ortrud an seinem Ohrläppchen nagt. Er wehrt sich gegen den ungeheuerlichen Verdacht, ruft sich selbst ins Gedächtnis, dass er den ersten Schritt gewagt und sie zu einem Kneipenabend eingeladen hat. In dunklen Momenten fragt er sich, ob sie ihn dazu gebracht hat, ob sie in der Lage ist, ihn zu lenken. Immerhin hat Angela ihn auch gelenkt, hat ihn dazu gebracht, sich selbst mitsamt Wurzel aus seiner Muttererde zu reißen und in einen fremden Topf zu pflanzen, und jetzt hängen seine Zweige schlaff herab und er verliert seine Blätter.

»Hey, woran denkst du?«

Er blickt in Ortruds tiefbraune Augen. »Zimmerpflanzen.«

36

Götzki schleppt sich transpirierend durch eine Gegend, in der die weißen Häuser mit den weißen Carports um die Wette strahlen. Schutznetze von Trampolinen lugen über Gabionen. Erst-, Zweit-, Drittwagen, Motorräder, Wohnmobile. Vorgärten nach landschaftsarchitektonischen Konzepten. Luthes Lebensraum. Götzki kann verstehen, dass Menschen an solchen Orten siedeln. Es ist alles so schön sauber, so intakt. Die Straßen heißen wie Rebsorten. Putzige runde Roboter surren durch die von automatischen Bewässerungssystemen umsorgten Gärten. Die Gemeinde bedankt sich auf jedem Hundekotbeutelspender für die Hygienebereitschaft.

Götzki wollte selbst einmal ein solches Dasein führen, gemeinsam mit Katha und Maja in Kleinmachnow. Er hat nie aufgehört, dieses Konzept eines gelungenen Lebens zu imaginieren. Ihr so bescheidenes wie geräumiges Häuschen wäre heute bald abbezahlt und um ein Vielfaches im Wert gestiegen.

Luthes Eigenheim ist einen halben Kopf größer als die anderen und markiert den Zenit eines sanften Hügels, der früher wohl ein Weinberg gewesen ist. Das regelmäßige »Flapp« eines Netzes zeugt vom einsamen Fußballspiel eines einsamen Jungen hinter dem mannshohen Zaun aus eingesperrten Steinen. Der Briefkasten, der wie ein metallener Soldat an der Grundstücksgrenze wacht, trägt die Namen der Familie Luthe als graviertes Tattoo: *David, Dana und Dorian.*

Götzki steht eine Weile vor dem Haus. Dorian holzt den Fußball über die Gabione. Götzki wirft ihn zurück. Ein paar Sekunden Stille, dann wieder »flapp«. Der Nachmittag schleppt sich schwül und durstig dahin, das »Flapp« verstummt schließlich, und als Götzki beschließt, seinen fast ein halbes Jahrhundert alten Organismus diesem gesundheitsschädlichen Rumstehen nicht länger auszusetzen, öffnet Dana die Haustür. Sie ist auf eine klinische Weise hübsch, eine hellblonde Dreißigjährige in Form des zeitgenössischen Schönheitsideals und von so makelloser Erscheinung wie das klimatisierte Haus, das sich mit ihr schmückt.

»Was machen Sie hier?« Sie filmt Götzki mit ihrem iPhone.

»Guten Tag, Frau Luthe«, sagt Götzki höflich und bedenkt, dass er furchtbar mitgenommen aussehen muss. Leider bekommt er seinen Ausweis nicht aus der durchgeschwitzten Hosentasche. »Mein Name ist Adam Götzki, ich bin Ermittler beim Landeskriminalamt. Ich habe eine polizeiliche Vorladung für Ihren Mann. Die wollte ich persönlich einwerfen.«

Dana Luthe macht einen Schritt nach draußen, noch immer filmend. Hinter ihr im Haus beobachtet Dorian das Geschehen mit großen Augen.

»Ich habe die Polizei gerufen«, sagt sie drohend.

»Frau Luthe, ich möchte nur die Vorladung einwerfen.« Götzki winkt ihr mit dem Umschlag, der ein paar Schweißflecke abgekriegt hat. Er hebt die Monolippe des metallenen Soldaten an.

»Gehen Sie weg! Ich nehme alles auf!« Nach hinten, mit nervösem Vibrato: »Schatzi, bleib bitte drin!«

Götzki schiebt den Brief durch den Schlitz. Er lächelt höflich. »Das war schon alles. Bitte entschuldigen Sie die Störung, Frau Luthe.«

Sie folgt ihm ein paar Schritte, jedoch nicht über die Grundstücksgrenze.

»Ich habe Sie auf Video!«, hört er Dana Luthe noch einmal rufen.

Und hat, kaum im Büro angelangt, die nicht weniger laute Staatsanwältin am Apparat. »Was fällt Ihnen ein, Herrn Luthes Familie zu belästigen?«

»Ich lade Herrn Luthe vor. Das bedarf der Schriftform, und um mir sicher zu sein, dass Herr Luthe die Vorladung auch erhält, habe ich sie persönlich eingeworfen.«

»Frau Luthe ist völlig mit den Nerven am Ende. Sie hat ihren

Sohn zu den Großeltern gebracht und sich in fachärztliche Behandlung begeben. Sie haben fast eine Stunde lang wie ein, wie ein Psychopath vorm Haus der Luthes gestanden! Sind Sie des Wahnsinns, Herr Götzki, sind Sie denn …? Sind Sie bescheuert?«

»Das war sicher keine Stunde, Frau Küster-Prinz, das hätte ich bei dieser Hitze niemals durchgehalten.«

»Sie ermitteln nicht mehr in diesem Fall, ein für alle Mal!« SKP wird noch lauter. »Ich hatte Ihnen ausdrücklich untersagt, Kontakt zu *Reguna-Pharm* aufzunehmen, in welcher Form auch immer. Es gibt überhaupt keinen Grund, Herrn Luthe vorzuladen!«

»Sorry, Frau Staatsanwältin, aber in dieser Lautstärke lasse ich mir sicher nichts untersagen.«

Ihr Atem stockt.

»Wenn ich keinen Grund hätte, würde ich Herrn Luthe nicht vorladen.«

»Wie Sie wollen«, entgegnet sie mit bebender Stimme. »Wenn Sie glauben, Sie könnten sich alles erlauben, weil Sie der Macker aus Berlin sind, dann ist das ein gewaltiger Irrtum! Sie werden sich umgucken, Herr Götzki!«

»Sie sollten mir nicht drohen. Ich mache nur meinen Job, wie man so schön sagt. Kann es übrigens sein, dass Sie befangen sind, Frau Küster-Prinz? Ich habe einmal mehr den Eindruck, als stünden Sie der Familie Luthe recht nahe.«

Er erntet ein Wutschnauben und kann durch die Leitung spüren, wie sie den Hörer aufs Kunststoffgehäuse knallt. Ab hier wird der Druck auf ihn zunehmen. Er ist SKP zu nah gekommen. Gezielt. Längst hat er in Erfahrung gebracht, dass Dana Marietta Luthe, geborene Küster, die Tochter der Staatsanwältin ist.

37

Er erhält jetzt jeden Abend eine Nachricht von Maja. Ein vereinbartes Lebenszeichen. Manchmal spöttisch, zum Beispiel ein Foto von ihrem Briefkasten. *Hab noch nicht reingeguckt, ob ich in Lebensgefahr bin.* Eine Gemeinheit, richtig verletzend, wenn er es sich recht überlegt. Doch er kennt sie, es ist nur der Versuch, ihn aus der Verzweiflung in die Leichtigkeit zu zerren. Ein vergeblicher Versuch.

Götzki sinkt auf seine Yogamatte. Die Gedanken sinken mit und belästigen ihn, bis er unverrichteter Praxis wieder aufsteht und zwei Tabletten aus dem Blister drückt, wie so oft in letzter Zeit. Zwanzig Milligramm. Ihm haben mal drei Komma sieben fünf gereicht. Es dauert etwa eine halbe Stunde, bis die Wirkung einsetzt – im Idealfall. Es klappt nicht immer. Vielleicht ist es einfacher, wenn man nicht allein damit ist. Er legt sein Smartphone auf den Tisch, wählt Kathas Nummer, stellt auf Lautsprecher. Theoretisch könnte es ihr gerade wie ihm gehen. Sie nimmt nicht ab. Nach dem letzten Wählversuch leuchtet das Display noch zwei Sekunden, kapituliert und die Dunkelheit zieht Götzki ihren Plastiksack über den Kopf.

Er fährt sein dienstliches Notebook hoch. Arbeit ist Ablenkung. Wie die Schlaftabletten hat auch dieses Mittel seine Grenzen. Götzki stellt fest, dass viele Unklarheiten sein Vorankommen blockieren. Keine Reaktion von Luthe auf die Vorladung, auch SKP hält die Füße still. Er wartet auf eine Dienstaufsichtsbeschwerde, aber es passiert nichts. Selbst in der EG 62 *Autoteile* hat Götzki gerade nichts weiter zu tun, als auf die Rückmeldung aus Wien zu warten.

Er schaltet die Displaybeleuchtung von Laborblau in den sepiaverschleierten Nachtmodus und öffnet seine E-Mails. Der Anblick der Liste von Betreffzeilen sediert ihn. Dazu ein Glas kaltes

Leitungswasser, das in dieser Gegend voller Kalk ist, knochenhart. Noch eine halbe Tablette, fünfundzwanzig Milligramm insgesamt, sein persönlicher Rekord im Rekordsommer. Die fatalistischen Gedanken treten höflich zurück, die Angst huscht hinter den dünnen Vorhang aus mobiler Arbeit. Immerhin. Er liest die neusten Meldungen aus dem internen Portal, obwohl er sie bereits kennt, und verschiedene alte Nachrichten, unter anderem von Sam, die die Angewohnheit hat, die reichhaltigen Möglichkeiten der Hervorhebung voll auszuschöpfen: gefettete Wörter, unterstrichene Sätze, Passagen in Rot, eine Zeile in Grün und Kursiv, die Buchstaben werden plötzlich größer, schrumpfen wieder, werden gelb gehighlightet. Sams Nachrichten sind echte Kunstwerke.

Wenn das Schafmittel wirkt, spürt Götzki es zuerst in den Beinen. Sie fühlen sich dann dünner an, als wären sie seiner oberen Körperpartie nicht mehr gewachsen, und er muss sich auf dem Weg zum Schlafsofa an Wand und Stühlen festhalten. Ein solch manipulierter Zustand seines Körpers ist es, der ihn mit Optimismus erfüllt, in den erlösenden narkosehaften Schlaf fallen zu können. Die fünfundzwanzig Milligramm packen ihn hart an. Der Schwächezustand der Beine weitet sich in Götzkis Torso und Arme aus, er schafft es nicht vom Stuhl hoch. Sein Gesicht erschlafft und zieht sich zu einem Fluchtpunkt nach vorn zusammen. Gleichmütig stellt er fest, dass er vielleicht gleich mit dem Kopf auf die Tastatur seines Dienstnotebooks schlagen wird.

Draußen regnet es. Rauschend, wie schlechter analoger Empfang. Das Rauschen nimmt ihn in den Arm, gelangt in seine Blutbahn, erfüllt ihn ganz, verwandelt sich in ein lauter werdendes Flüstern, in ein monotones Gebet, in eine Stimme direkt an seinem Ohr: Hey, Götzki! Er zuckt zusammen, als in der Ferne eine Glocke übersteuert und schleppend schlägt, synchron rinnt Speichel aus seinem Mundwinkel und er findet sich in seinem Apartment sitzend, das Display vor seinem Gesicht zeigt drei Uhr an, er hat eine frische E-Mail im Postfach. Kein Absender, kein Betreff, er öffnet sie.

Jessy, liest Götzki, *du Schöne! Du strahlende Sonne! Es ist so schön, dass es dich gibt. Die Menschen lieben dich so sehr. Immer mehr Leute schauen sich deine Videos an. Du gibst ihnen so viel. Du bist so wichtig für sie. Sie wollen sein wie du. Sie wollen ihr Leben so hinbekommen, wie du es hinbekommst. Sie wollen die Kontrolle über ihre Körper haben, so wie du. Du teilst deine perfekte Seele mit ihnen. Du teilst dein Licht mit ihnen. Aber dein Licht wird bald erlöschen.*

Nächster Block: *Jessy, du bist ein Stern. Du bist so hell wie alle Sonnen im Universum auf einmal. Ich bin ein trauriges Staubkorn. Du siehst, wie traurig ich bin. Ich sehne mich nach dem Tod. Dann leuchtest du für mich, du liebende Sonne. Du zeigst mir, wie schön das Leben sein kann. Du möchtest dein schönes Leben mit mir teilen. Ich bin so verliebt in dich. Alle sind so verliebt in dich. Du scheinst auf uns alle herab, du liebe Sonne. Aber auch eine Sonne muss einmal untergehen.*

Nächster Block: *Jessy, Menschen empfangen deine Kraft. Du teilst dein Licht mit ihnen. Ich bin traurig. Ich bin verschlossen. Jessy, du liebe Sonne! Du trägst so unendlich viel Licht in dir! Alle möchten so sein wie du. Du verschenkst deine Liebe. Du sagst den Menschen jeden Tag, dass sie wertvoll sind. Du bist am wertvollsten, Jessy. Aber bald bist du tot.*

Nächster Block: *Sehr geehrter Herr Götzki, bitte finden Sie sich am 28. August um 11 Uhr zu einem Gespräch mit Frau Innenministerin Grothaus-Wegele ein*, Staatskanzlei et cetera, mit freundlichen Grüßen aus dem Vorzimmer, die Signatur des Landes Rheinland-Pfalz.

Er sitzt im Büro. Elf Uhr vierundfünfzig. Befühlt seine Haare, fährt mit dem Fingerknöchel durch beide Augen, haucht in die hohle Hand. Seine Morgentoilette hat offenbar stattgefunden.

»Kommst du mit in die Kantine?« Klößchen, wie immer in Merchandiseartikeln.

Götzki schüttelt den Kopf. Er hat keinen Hunger, er hat Herzrasen. Ihm fehlen neun Stunden. Während Klößchen seiner Vorfreude auf das Putenschnitzel folgt, fällt Götzki über sein Postfach her. Keine E-Mail ohne Absender und Betreff, auch im Papierkorb nicht. Er will es über die Suchfunktion versuchen – doch wie sucht man etwas Leeres? Er klickt sich in jeden einzelnen Ordner, auch in *Gesendet* und *Archiv* und *Spam*. Nichts. Und die letzten Einträge in seinem Browserverlauf sind Meldungen aus dem Intranet.

Er ruft die IT an.

»Ich komme mal runter«, murmelt die Stimme. Götzki wusste nicht, dass die IT oben sitzt.

Gleich darauf duckt sich ein dürrer Riese mit blondem Boxerschnitt durch den Türrahmen. Er trägt das Trikot eines anderen rheinland-pfälzischen Fußballklubs. »Wo ist der Bonbonwerfer?«

»Bitte?«

»Schon gut. Sie sind der Mann mit der Mail?«

»Ja.«

»Hm. Und einer von den Workaholics, die heute Morgen um drei am Rechner waren, richtig?«

»Äh, vermutlich ja.«

Der Schlaks beäugt Götzki sachlich. »Das war Spam. Normalerweise fängt unser System diesen Müll ab, die Mails wandern in Quarantäne, und wenn wir sehen, dass da infizierte Excel-Tabellen dranhängen oder besonders günstige Potenzmittel angeboten werden, gelangen sie erst gar nicht in eure Postfächer. Keine Ahnung, warum diese es geschafft haben. Es ist halt so typisch LKA, dass morgens um drei ein Dutzend Leute am Rechner sitzt und über die Hälfte davon öffnet die Mail und klickt auf den Link, obwohl wir euch regelmäßig davor warnen und anbieten, verdächtige Nachrichten für euch zu checken.«

»Die Mail war … sie wirkte … sie war an mich gerichtet.« Götzki kann fühlen, wie lächerlich das in den Ohren des ungerührten Technikwächters klingen muss.

Der nickt. »Klar. Ich denke auch immer, den Trick zur Penisverlängerung hat mir meine Freundin weitergeleitet. So funktioniert das eben, die Spammail sieht auf den ersten Blick aus wie eine normale. Volkswirtschaftlicher Schaden jedes Jahr: ein paar Milliarden Euro. Nicht weltweit, sondern allein in Deutschland.«

»Das war kein Spam«, erklärt Götzki. »Der Inhalt bezog sich konkret auf eine Ermittlung, mit der ich befasst bin.«

Der ITler behält seinen lehrerhaften Ton bei. »Wie gesagt, die sehen halt oft sehr echt aus. Ich kann nur sagen, dass die Attacke heute Nacht keinen Schaden angerichtet hat. Wir haben alles gelöscht und einen großen Systemscan gemacht. Wir werden noch mal einen ausdrücklichen Hinweis rumschicken, keinen Spam zu öffnen.«

Götzki ringt um Worte.

»Sonst funktioniert hier alles? Die Telefonanlage macht zurzeit Probleme, bei euch auch?«

»Können Sie nicht noch mal nach der Mail schauen?«

Der Große rollt mit den Augen. »Alles gelöscht.«

»Ist … ich meine, ist es denn möglich, dass diese Spammails gezielt gesendet worden sind, um speziell mich zu erreichen?«

Der ITler lacht irritiert. »Möglich ist alles. Möglich ist vor allem, dass man sich morgens um drei irgendwas einbildet, weil man unter Schlafmangel leidet. Ich werfe aber gerne mal einen Blick ins Protokoll, ob mir was auffällt. Grüße an den Bonbonwerfer.«

Er zwinkert Götzki zu und taucht aus dem Raum.

Und Götzki taucht in seinem Apartment wieder auf.

»Papa.« Maja spricht mit wackliger Stimme.

»Ja?«

»Hast du es schon gesehen?«

»Was denn?«

»Das Video.«

»Welches Video denn?« Das Frage-Antwort-Spiel strapaziert seine Geduld zusätzlich, er kommt sich orientierungslos vor.

»Wenn du sie abonniert hättest, wärst du benachrichtigt worden.«

»Jessy Lafleur?«

»Wen denn sonst? Ich weiß, du hast mit diesem Fall nichts mehr zu tun. Und sicher haben es deine Kolleg*innen längst mitgekriegt. Es ist gegen vier Uhr heute Morgen online gegangen. Sieh es dir bitte mal an. Ciao.«

Götzki rollt instinktiv seine Matte aus, er hat seit über einer Woche nicht praktiziert. Er bringt sein Smartphone in Position, ruft das Video auf und drückt auf Play.

Hey, ihr Lieben. Sie trägt schwarze Leggins und einen weißen Sport-BH, ihr Haar ist zu einem Pferdeschwanz diszipliniert. Götzki hält sich nicht für einen Connaisseur, doch er muss zugeben, dass ihn diese Schlichtheit berührt. *Ich zeige euch heute meine finale Routine. Sie unterstützt euch dabei, loszulassen. Sie hilft euch, die Anhaftung an etwas zu überwinden, dem ihr unterstellt, schöner und vollkommener zu sein, als es ist. Wir nähern uns mit meditativen Elementen der tiefsten Wahrheit. So lassen wir los. Ihr mich und ich euch. Dann, am Ende, wenn wir nicht mehr anhaften, an keinen Dingen, keinem Menschen, keiner Idee und nicht am Leben selbst, überschreiten wir die Schwelle zur Ewigkeit.*

38

Götzki sieht sich auf dem Rücken liegen und wie er die Augen aufreißt. Er fährt in seinen Körper. Die Katze!

»Was ist denn, Adam?«, keucht Ortrud.

»Die Katze, sie starrt mich schon wieder an mit diesem beleidigten Gesichtsausdruck!«

»So guckt sie immer.« Ortrud rollt sich entnervt rum und zerrt zornig die Bettdecke über sich.

»Sie sieht unfassbar gekränkt aus, ich kann neben so was keinen Spaß haben.«

»Ich habe den Eindruck, dass du die ganze Zeit abgelenkt bist, nicht nur von meiner Katze. Für mich ist es nur schön, wenn du bei der Sache bist.«

Sie schauen sich an.

Ich-Botschaften, meldet sich Götzkis innerer Mediator zu Wort, sende Ich-Botschaften, du kannst es so gut wie sie!

»Ich versuche es ja.«

»Aber es gelingt dir nicht!«, fährt Ortrud ihn an. »Woran hast du vorhin die ganze Zeit gedacht, als ich mir vorkam, als würde ich auf einer Leiche reiten?«

»Jessy Lafleur. Es ist ein letztes Video von ihr aufgetaucht, sie redet darin von Anhaftung und solchen Dingen. Ich versuche zu verstehen, was …«

»Okay, das reicht.« Ortrud setzt sich auf den Bettrand und kleidet sich an. »Ich halte deine Jessy Lafleur für eine unqualifizierte Hochstaplerin, die Versatzstücke aus dem Buddhismus, amateurhaftes Coachinggerede und Yoga zu einem sehr zweifelhaften Cocktail verrührt hat. Möglicherweise solltest du das nicht zu ernst nehmen. Ich habe den Eindruck, dass du dich in diese Geschichte hineingesteigert hast. Falls es dir noch nicht aufgefallen ist, wir haben eine Liebesbeziehung begonnen. Ich habe keine

Lust, außerhalb der Arbeit als Psychologin gebraucht zu werden. Aber ganz ehrlich, du brauchst professionelle Hilfe. Ich möchte dich nicht kränken, ich möchte auch deine tote Yogalehrerin nicht dissen, ich fände es allerdings gut, wenn du jetzt gehen würdest, Adam. Wir existieren gerade in völlig unterschiedlichen Welten – ich in meiner Freizeit und du in deiner Arbeit. Ich frage mich, wieso du überhaupt hergekommen bist.«

Ich weiß ja nicht mal, wie und wann ich hergekommen bin, grübelt Götzki, während er seine Kleidung zusammenrafft. Es gibt keine Tage mehr ohne Aussetzer.

39

Götzki hat sich seinen Bart nicht abnehmen lassen, wie ihm sein nahezu gesamtes verfügbares familiäres und berufliches Umfeld nahegelegt hat. Die über seinen Hals ragende graublonde Haarpracht ist zu einem Körperteil geworden. Dennoch ist er beim Friseur gewesen, hat sich ein neues graues Hemd und eine dunkelrote Krawatte geleistet und betritt so, zumindest optisch gut in Schuss, das rheinland-pfälzische Innenministerium, ein historisches Gebäude vis-à-vis dem scharfkantigen grünen Albtraumgebilde namens Fastnachtsbrunnen und in Nachbarschaft zu einer Schenke in einem dem *Sixties* nicht unähnlichen Look, deren Einladung zum Mittagstisch (Sommersalat mit Hähnchenbruststreifen) Götzki dankbar zur Kenntnis nimmt.

Im Foyer durchbricht eine apfelwangige Dame das Zeitlupentempo des musealen Pförtners in seinem Terrarium und begrüßt Götzki enthusiastisch.

»Die Frau Ministerin freut sich sehr, dass Sie Zeit für einen persönlichen Termin haben.« Sie stakst die breite, glänzende Treppe auf sehr hochhackigen Schuhen hinauf.

»Danke, ich freue mich auch«, murmelt Götzki und stapft hinterher.

Im Gebäude ist es kalt wie in einem Eispalast. Die Büros, in die Götzki lugt, sind gleichermaßen von unzeitgemäßer Höhe und beengender Anmutung. Malereien von historischen Szenerien und großformatige Fotografien schwarz-weißer Politiker, zum Teil in sündiger Zigarrenpose über torpedobrüstige Sekretärinnen gebeugt, garnieren die hallenden Gänge.

»Die Frau Ministerin weiß ja am besten, wie viel Sie bei der Polizei zu tun haben, Herr Kommissar.«

»Hm.«

»Bitte nach Ihnen.«

Er durchquert eine Flügeltür und trifft auf einen Stuhlkreis von vier Personen um einen schmucklosen Konferenztisch mit einem Strauß aus Flaschenhälsen verschiedener Erfrischungen in der Mitte. Schär nickt ihm dezent zu. Ein triefäugiger kleiner Mann springt auf, wohingegen ein hochgewachsener Ergrauter mit slawischem Profil keine Regung zeigt. Mit würdevollem Eifer erhebt sich Frau Ministerin Susanne Grothaus-Wegele, eine grazile Sechzigjährige mit aufrichtig grauem Haar und viel Schmuck an Kopf und Hals. Götzki mag ihr ermutigendes Lächeln. Möglicherweise ahnt sie, dass er solche Zusammenkünfte mehr als geringschätzt.

»Grothaus-Wegele. Ich freue mich, dass Sie da sind, Herr Kriminalhauptkommissar Götzki.« Sie lenkt seine Aufmerksamkeit auf Triefauge. »Das ist Herr Arno Bründl, Staatssekretär in meinem Haus und zuständig für Polizei und Verfassungsschutz.«

Sie nicken sich zu.

»Außerdem Herr Professor Prinz, stellvertretender Vorstandsvorsitzender bei *Reguna-Pharm* und zugleich der Gatte von Frau Staatsanwältin Küster-Prinz.«

Der Erwähnte nickt, aber nicht in Götzkis Richtung.

»Herr Schär ist Ihnen ja gut bekannt.«

Götzki gleitet auf den fünften Stuhl, gegenüber sitzen die Innenministerin und Bründl, östlich und westlich von ihm Schär und SKPs Mann.

»Zuerst einmal möchte ich Sie in unserem schönen Bundesland willkommen heißen«, beginnt die Ministerin euphorischer, als es die ansonsten versteinerten Mienen statthaft erscheinen lassen. »Sie wissen sicher, dass wir gleich mehrere Regionen haben, in denen herausragende Weine angebaut werden.«

Während der Werbebotschaft postiert die Treppenhausbegleiterin drei Flaschen vor Götzki. Bereits beim Gedanken an den Genuss dieser Getränke kriegt er einen Anflug retrograder Peristaltik.

»Daher möchte ich Ihnen diese kleinen Willkommenspräsente aus Rheinhessen, der Pfalz und von der Mosel überreichen.«

»Sehr nett, danke«, sagt Götzki und bringt es nicht im Ansatz auf das Maß an Begeisterung, mit dem er beschenkt worden ist.

»Der trockene Weißburgunder ist vorzüglich«, bemerkt Triefauge mit kompetentem Bass.

»Die Nahe fehlt.« Schär schmollt.

»Auch in der Eifel wird Wein angebaut«, ergänzt Prinz eisig.

Das Gesicht der Ministerin verfinstert sich ein wenig, ihr Ton wird sachlicher. »Ich war natürlich sehr begeistert und auch interessiert, als Herr Bründl mich in Kenntnis setzte, dass es Herrn Schär gelungen ist, einen Spitzenmann vom BKA anzuwerben. Und umso erfreuter bin ich gewesen, als ich erfuhr, dass Sie Ihre Fähigkeiten gleich in zwei bedeutenden Fällen unter Beweis stellen konnten beziehungsweise immer noch können. Ich möchte Ihnen an dieser Stelle persönlich für Ihre beeindruckende Leistung in der Ermittlungsgruppe *Autoteile* danken.«

Götzki bedankt sich für den Dank. Sehnsüchtig sieht er sich allein an einem rustikalen Tisch sitzen, vor sich einen gewaltigen Salat mit saftigen Hähnchenbruststreifen, dazu ein eiskaltes Pils.

»Als oberste Landesbehörde sind wir sehr bedacht darauf, tagesaktuell über die wichtigsten polizeilichen Ermittlungen im Land informiert zu sein.«

Bründl nickt eifrig zu den Worten der Ministerin, während er die Weinflaschen beobachtet.

»Und uns ist nicht entgangen, dass Sie im Fall der getöteten jungen Frau Blumenstein – eine unfassbare Tragödie – mit Ihren engagierten Recherchen auch die Firma *Reguna-Pharm* und nicht zuletzt die Familie Blumenstein während ihrer Trauerphase tangiert haben, was wir Ihnen nicht vorwerfen möchten, Herr Götzki.«

»Vom Zeitpunkt her vielleicht nicht ganz so …«, murmelt Bründl.

»Durchaus nicht«, knurrt der Professor.

»Ich hätte möglicherweise schon im Vorfeld …«, sagt Schär.

»Mir ist daran gelegen, dass wir nach vorne blicken«, flötet

Grothaus-Wegele. »Es gibt Personen und Institutionen, die Herausragendes in unserem Land leisten, die unser Land voranbringen, es in mancher Hinsicht auch stützen. Es versteht sich, dass polizeiliche Ermittlungen in ihrem Umfeld mit einer ganz besonderen Sensibilität erfolgen müssen. So muss vorab geklärt werden, inwiefern jemand überhaupt von den Ermittlungen betroffen sein könnte und wie dringlich. Herr Schär, Sie wissen, dass Sie sich jederzeit an Herrn Bründl wenden können, wenn diesbezüglich Beratungsbedarf besteht.«

Schär, der die meiste Zeit reumütig seinen Schoß betrachtet, nickt kurz und heftig.

»Ein Topermittler wie Herr Götzki ist nun mal eine scharfe Waffe.«

Götzki fragt sich, ob er diesen Satz und den unverhohlen lüsternen Seitenblick der Ministerin halluziniert hat.

»Herr Professor Prinz – ich sage in dieser Runde mal nicht Hubert –, vielleicht können Sie Herrn Götzki in Kürze das Unternehmen *Reguna-Pharm* vorstellen, damit er eine Vorstellung von den Zusammenhängen bekommt.«

Götzki wendet sich dem Professor zu, der ihm nicht.

»*Reguna-Pharm* ist ein international tätiges mittelständisches Unternehmen für die Produktion von und die Forschung in den Bereichen Pharmazeutika, Kosmetika und Medizintechnik. *Reguna-Pharm* beschäftigt aktuell viertausend Menschen am Kernstandort Nieder-Olm, in Mainz ansässige Abteilungen inbegriffen. Weitere rund dreitausendachthundert Beschäftigte an den Standorten Liège, Belgien, Craiova, Rumänien, und in unserem tropenmedizinischen Forschungszentrum in Kigali, Ruanda. Am Universitätsstandort Mainz sind wir insbesondere in exzellenter Forschung an den Instituten für Biomedizin, Molekularmedizin und Pharmazeutik engagiert.« Professor Prinz' Stimme ist überaus monoton.

Götzki verliert sich in den Schilderungen ihm bekannter Fakten. Der Sommer ist zermürbend, sein Energielevel ist am Boden.

Er spürt, wie seine Lider schwer werden, wie sich ein Tuch aus Schlaf um ihn hüllt, bis Prinz plötzlich etwas auf Russisch sagt und er wieder hellwach und kerzengerade auf seinem Stuhl sitzt.

»Sie können Professor Prinz folgen, Herr Götzki?« Die Innenministerin hat auffällig blaue Augen.

»Jaja, natürlich.«

»Außerdem«, redet Prinz weiter, »haben wir, und ich denke, das ist entscheidend an dieser Stelle, vor drei Jahren den kanadischen Kosmetikhersteller *Eastfield* aufgekauft, ein sehr couragiertes Start-up, und dessen innovatives und nachhaltiges Produktportfolio konsequent weiterentwickelt, sodass *Reguna-Pharm* heute zu den führenden Entrepreneuren im Biokosmetikasegment gehört. Die Produkte, die von Frau Blumenstein beworben wurden, sind Produkte der Firma *Eastfield.* Frau Blumensteins Engagement steht in keiner direkten Verbindung zu *Reguna-Pharm* und wurde außerdem von einem externen Dienstleister, einer Agentur, gemanagt.« Er lächelt herablassend, immer noch geradeaus. »Von einem Topermittler hätte ich erwartet, dass er in der Lage ist, im Internet frei zugängliche Fakten zu recherchieren.«

Die Ministerin und ihr Staatssekretär schauen Götzki erwartungsvoll an. Schär scheint seinen Kopf zwischen die Knie stecken zu wollen.

»Okay«, sagt Götzki und massiert sich die Schläfen.

Seine Reaktion zieht eine verwirrte Stille nach sich, die Professor Prinz mit einem höhnischen Ausatmen stört.

»Es gab einen ganz schönen Wirbel, wir waren etwas unter Druck«, nuschelt Schär.

»Auch unter Druck sollte man seine Mitarbeiter koordinieren können«, sagt der Professor selbstgefällig. »Hier geht es nicht zuletzt um Führung.«

»Die zuständige Marketingreferentin von *Eastfield* hatte mir mitgeteilt, dass Ihr Schwiegersohn die Zusammenarbeit mit Jessy Lafleur auf eigenen Wunsch hin persönlich betreut hat.« Diesmal ist Götzki derjenige, der geradeaus blickt. Er betrachtet sein

Willkommensgeschenk und spürt mit einem Genuss, den ihm kein Wein je bescheren könnte, wie Prinz rot anläuft. »Ich leite Ihnen die Mail gerne weiter, Herr Professor.«

»Ich weiß nicht, ob wir den Verwandtschaftsgrad an dieser Stelle …«, beginnt Bründl, als hielte er einen heißen Topf in den Händen.

»Mich wundert sehr«, poltert Prinz, »dass das Interesse eines sogenannten Topermittlers bei einem Kapitalverbrechen auf solchen Nebensächlichkeiten liegt! Frau Blumenstein hat als Influencerin für Dutzende Marken und Produkte geworben.«

»Und über alle habe ich mich kundig gemacht«, merkt Götzki an.

»Darf ich einwerfen, dass wir zusammensitzen, weil wir überlegen möchten, wie künftig eine bessere Kommunikation gelingen kann, wenn die Polizei erwägt, im Umfeld eines so bedeutenden Unternehmens wie *Reguna-Pharm* zu ermitteln? Ich finde, wir entfernen uns gerade von unserem Thema.«

Götzki will etwas auf den Einwurf der Frau Ministerin entgegnen, sieht jedoch aus den Augenwinkeln die Verzweiflung seines Vorgesetzten.

»Ich möchte ausdrücklich noch den unwürdigen Umgang mit Herrn Professor Blumenstein erwähnen«, grollt Prinz.

»Richtig«, seufzt Grothaus-Wegele. »Wurde Ihnen bereits zugetragen, Herr Götzki, in welchem Maße sich Herr Professor Blumenstein um das Land Rheinland-Pfalz und die Bundesrepublik Deutschland verdient gemacht hat?«

Götzki schielt zu Bründl, der seine offensichtliche Lust auf Wein kompensiert, indem er wehmütig ein Glas Apfelsaft schwenkt. »Darüber hat mich die Frau Staatsanwältin persönlich aufgeklärt, ja. Für meine Ermittlungsarbeit handelte es sich dabei aber nicht um relevante Fakten.«

Bründl hört jäh auf zu schwenken.

Die Ministerin gibt ein verschnupftes »Verstehe« von sich und legt eine betonte Pause ein, ehe sie sich an Götzkis Vorgesetzten wendet. »Sagen Sie, Herr Schär, war die Sonderkommission *Zollhafen*, der Herr Götzki angehört hat, zu dem Zeitpunkt, als Herr Götzki Herrn Professor Blumenstein und dessen Gattin und *Reguna-Pharm* aufgesucht hat, nicht bereits aufgelöst?«

Schär nickt demütig.

»Mit welchem Mandat, wenn ich fragen darf, hat Herr Götzki dann gehandelt?«

Götzki entsinnt sich Gampfers Worte, dass es Schärs Ziel sei, Staatssekretär im Innenministerium zu werden, mithin eines gar nicht allzu fernen Tages in einer solchen Runde dort am Tisch zu sitzen, wo gerade Bründl mit leicht zitternder Hand sein Glas abstellt. Insofern dürfte das Treffen für Schär erheblich belastender sein als für ihn selbst. Götzki sieht sich weiterhin in der Lage, es mit Aussicht auf den Mittagstisch nebenan über sich ergehen lassen zu können. Natürlich ist ihm bewusst, dass Konsequenzen in hierarchischen Settings, so tief es geht, nach unten durchgereicht werden.

»Es ist völlig klar, dass Herr Götzki in dieser Sache keinerlei Ermittlungen mehr durchführen wird. Ich war der Ansicht, das rechtzeitig hinreichend klargestellt zu haben.«

Verantwortung ist in der Politik eine entsicherte Handgranate, die rumgegeben wird. Und das hier ist Politik. Lügen ist statthaft, solange man nur nicht die Granate in der Hand hält, wenn sie explodiert. Jetzt hat Götzki sie in der Hand. Schär, der ihm vor wenigen Tagen noch exklusive Infos im Fall Jessy Lafleur zugespielt und ihn motiviert hat dranzubleiben, stellt sich nun als unverstandener, ignorierter Vorgesetzter hin. Das arglose Opfer eines Berliner Rüpels. Götzki fragt sich, ob dieses Schauspiel um ihn herum das ist, was mit jener Käse-Mafia gemeint sein könnte, von der SKP behauptet, es würde sie seit den siebziger Jahren nicht mehr geben.

»Darauf einigen wir uns gerne an erster Stelle heute«, Grothaus-Wegele beschließt die Detonation in Götzkis Hand, während sie Schär ansieht, »dass sich Herr Götzki künftig strengstens und zu hundert Prozent an die Weisungen seiner Vorgesetzten hält, damit es kein weiteres Mal zu solchen Irritationen kommt.«

»Herr Schär«, sagt Bründl kumpelhaft, »Sie wissen ja, dass wir nicht nur beaufsichtigend, sondern auch beratend tätig sind. Sie können sich immer an mich wenden, wenn es Unsicherheiten gibt.«

Und so sitzen sie da wie ein schwer erziehbarer Knabe und sein überforderter Lehrer. Die Innenministerin freut sich über die »konstruktive Runde« und bedankt sich bei allen Beteiligten für die »Zielorientierung«. Götzki kribbelt die Zielorientierung nachhaltig in den Fingern, gerne würde er Professor Prinz ins Visier nehmen und über seinen Schwiegersohn ausfragen, an Ort und Stelle, vor der Frau Ministerin.

Draußen in der zupackenden Schwüle sehen sich Götzki und Schär an.

»Ich hätte ahnen müssen, dass wir da landen.«

»Ist das die Spundekäs-Mafia?«

»Handkäs-Mafia. Aber nein, das ist bloß Politik, Herr Götzki.« Schär wirkt ausgepowert, niedergeschlagen. »Ihnen ist klar, dass der Fall ab jetzt für Sie gänzlich tabu ist?«

Götzki kann darauf nicht antworten.

»Ich fahre zum LKA. Soll ich Sie mitnehmen?«

»Nein. Ich mache hier meine Mittagspause und komme dann zu Fuß.«

Schär betrachtet die Tafel vor der Kneipe. »Guten Hunger, Herr Götzki.«

40

Er hat nicht mit Luthe gerechnet und will sich das nun nicht anmerken lassen. Schwierig, denn aufgrund der Annahme, der Marketingmann würde der Vorladung keinesfalls folgen, hat Götzki erst gar keinen Raum reserviert. Er versucht, sein Umherirren durch das ihm noch kaum bekannte Gebäude wie den kürzesten Weg zu einem angeblichen Ziel aussehen zu lassen. Er steckt die Nase in den erstbesten Besprechungsraum – frei.

»Bitte, hier herein.« Erst jetzt fällt Götzki auf, wie aufgepumpt Luthe ist. Sein Bizeps und seine Brustmuskeln strapazieren das weiße Hemd. Er ist glatt rasiert und hat ein Duftwasser aufgetragen.

Sie setzen sich einander gegenüber.

»Möchten Sie ein Glas Wasser?«

»Nicht nötig.«

Götzki schaltet das Aufnahmegerät ein und positioniert es in der Tischmitte. »Sie sind als Zeuge vorgeladen, Herr Luthe.«

Luthe hebt die Hand. »Sie wissen ja, ich bin mit der Tochter der Staatsanwältin verheiratet. Ich kenne meine Rechte. Wir können gerne sofort zur Sache kommen. Ja, ich hatte eine Affäre mit Jessy Lafleur. Das ist das, was Sie bestätigt haben wollten, nicht wahr? Sie haben ja offenkundig in meinem Privatleben recherchiert.«

»Es wurde ausgesagt, dass Sie mit Frau Blumenstein Händchen haltend gesehen wurden. Von einer Affäre war mir nichts bekannt, Herr Luthe. Ist diese Affäre für unsere Ermittlungen von Relevanz?«

Luthe trommelt mit den Fingern auf der Tischplatte, grinst schief. »Was soll diese Frage? Ich kann froh sein, dass Sie mich nicht festgenommen haben, oder?«

»Eine Affäre ist kein rechtlich relevantes Vergehen und, wie Sie richtig bemerkt haben, Ihre Privatsache. Ich erhoffe mir lediglich, von Ihnen Details zu erfahren, vielleicht haben Sie Beobachtungen gemacht oder Frau Blumenstein hat Ihnen gegenüber etwas geäußert.« Götzki fällt auf, wie wenig gestelzt der private Luthe spricht und wie nervös er die Hände ringt.

»Das klingt vielleicht komisch, aber zu Frau Blumenstein habe ich keinen Kontakt gehabt. Sie war immer Jessy und so habe ich sie auch genannt.«

»Wo haben Ihre Zusammenkünfte stattgefunden?«

»In Ihrer Eigentumswohnung. Diejenige, in der sie die Videos gedreht hat.«

»Sonst nirgends?«

»Nein. Ich hatte auch nie den Eindruck, dass sie an einem anderen Ort Interesse gehabt hätte oder an einer anderen Art von Kontakt als … als diesem. *Reguna-Pharm* hat eine eigene VIP-Loge bei den Nullfünfern. Ich hatte sie eingeladen, es gibt dort richtig gutes Essen. Sie hat mich angesehen wie einen Außerirdischen.«

»Sie hat sich nicht für Fußball interessiert?«

»Wahrscheinlich nicht. Das war mit allem so. Ich hatte oft das Gefühl, es ginge ihr nur um … Ja, das war schon fast unheimlich. Wir haben kaum miteinander gesprochen.«

»Sie hätten sich mehr mit ihr gewünscht als nur Sex?«

»Vor allem hätte ich es von ihr erwartet. Uns Männern wird vorgeworfen, wir hätten nur das eine im Kopf, dabei möchten die Frauen auch tiefgründige Gespräche führen, feudal ausgehen, verreisen, all diese Dinge. Sie hatte an gar nichts davon Interesse.«

»Vielleicht, weil Jessy Lafleur eine Kunstfigur gewesen ist?«

Luthes Gesicht leuchtet auf. »Eine Kunstfigur? Eine Göttin! Ich war von der ersten Sekunde an verrückt nach ihr. Sie hatte eine unglaubliche Ausstrahlung. Können Sie sich vorstellen, dass ich meine Ehe für sie aufs Spiel gesetzt habe?«

»Das ist kein ungewöhnlicher Effekt einer Affäre …«

»Ich war besessen von ihr, Herr Götzki.« Luthe wischt sich mit dem Unterarm über die Stirn und behält einen Schweißfleck am Hemdsärmel. »Mein ganzes Leben, meine Familie, mein Job, das alles ist in weite Ferne gerückt. Die Szenen, die meine Frau mir gemacht hat, die enervierenden Fragen meiner Schwiegermutter, das habe ich als ein Hintergrundrauschen wahrgenommen, höchstens. Wieder und wieder bin ich nach der Arbeit zu Jessy gefahren und wir haben es getrieben, ich hatte die Energie eines Achtzehnjährigen bei ihr. Darüber hinaus – nothing. Wissen Sie, was das Persönlichste ist, das Jessy Lafleur in der ganzen Zeit zu mir gesagt hat?«

Götzki sieht Luthe erwartungsvoll an.

»Ob meine Frau eine Fleuristin ist. Ich sagte: ›Ja, sie folgt dir und praktiziert täglich Yoga nach deinen Anleitungen, sie kocht deine Mahlzeiten nach und so weiter.‹ Daraufhin hat sie mich merkwürdig angelächelt und gesagt, auch die Sonne müsse irgendwann untergehen.«

»Und dann?«

»Hatten wir Sex.«

Götzki hat gebannt zugehört und fällt enttäuscht in seinen Stuhl zurück. »Sie haben sie nicht gefragt, was sie damit gemeint hat?«

»Ich habe diesem Satz keine Bedeutung beigemessen. Ich fand ihr Verhalten allgemein schräg. Und ja, kurz darauf war sie tot.«

Götzki denkt an die Texte, die er nicht mehr findet. »Hat sie sonst jemals den Begriff Sonne in Ihrer Gegenwart benutzt?«

Luthe verneint.

»Worüber haben Sie sich unterhalten?«

»Nichts.«

Götzki schaut fragend.

»Ich habe anfangs immer mal wieder versucht, ein Gespräch anzufangen«, berichtet Luthe. »Schließlich habe ich mich damit abgefunden, dass sie nicht reden will. Zumeist ging es wortlos zur Sache. Hinterher bin ich zügig nach Hause gefahren. In meinem Beruf sind Überstunden normal, trotzdem wollte ich nicht auffallen. Wie auch immer, meine Frau ahnt es seit Langem. Als ich

Ihre Vorladung gelesen habe, fragte sie mich, ob es zufällig um Untreue gehe.«

Götzki nickt. »Kennen Sie Personen aus Frau Lafleurs Umfeld?«

»Ich kenne ihre Eltern flüchtig, man trifft sich in diesem Gewerbe da und dort.«

»Rachid Massoun?«

Luthe blickt Götzki an, als hätte er auf den Tisch gespuckt. »Ihr Mörder … Natürlich ist er mir bekannt. Ganz Rheinhessen kennt ihn. Seit Jahren belästigt er die Öffentlichkeit mit seinem Quatsch.«

»Er hat die Videos für Jessy Lafleur produziert. Haben Sie ihn persönlich kennengelernt?«

»Nein. Ich muss gestehen, er hat die Product-Placements sehr gut umgesetzt, wir hatten nie etwas zu beanstanden. Diesen Freak persönlich kennenlernen – nein danke. Und Sie sehen ja, was dieser Abschaum getan hat. Oder gibt es noch Zweifel daran?«

»Solche Fragen werden Gegenstand der Gerichtsverhandlung sein.« Götzki schielt kurz zum Akkustand des Aufnahmegeräts. »Herr Luthe, ich möchte Ihnen Zeit geben, noch einmal genau zu überlegen. Versuchen Sie, sich daran zu erinnern, ob Jessy Lafleur Ihnen gegenüber jemals etwas angedeutet, vielleicht doch noch weitere Bemerkungen gemacht hat. In der Zwischenzeit besorge ich uns Wasser.«

Götzki pausiert das Aufnahmegerät. Draußen ein Blick aufs Smartphone. Kicker bittet um ein digitales Meeting, hat aber erst spät am Abend Zeit.

Luthe lehnt kurz darauf ein zweites Mal etwas zu trinken ab. Götzki nimmt ein Glas auf ex, schenkt sich ein zweites ein. »Und, Herr Luthe?«

»Sonst ist da nichts gewesen. Ich möchte diese Angelegenheit für mich abhaken. Von meiner Seite aus ist alles gesagt, Herr Götzki. Meine Familie ist mir heilig und ich weiß heute, dass ich eine Dummheit begangen habe. Jessy Lafleur hatte mich verhext.

Ich war manipuliert. Anders kann ich mir diese Affäre rückblickend nicht erklären.«

»Es ist nicht meine Aufgabe, zu bewerten, wie Sie Ihre Ehe führen.« Götzki greift Luthes bittenden Blick auf. »Was mich noch interessiert, ist Ihnen jemals ein Notebook oder ein Tablet in der Wohnung der Getöteten aufgefallen?«

»Nein«, sagt Luthe, ohne zu überlegen. »Diese Wohnung ist eine reine Kulisse gewesen. Sie hat dort nicht mal geduscht. Ich gehe stark davon aus, dass sie in einer anderen Wohnung gelebt hat. Also, richtig gelebt hat.«

41

»Ross ist verschwunden.« Kicker sitzt in seinem Hobbykeller. An der Wand hinter ihm hängt eine Sammlung ausländischer Autokennzeichen. Er trinkt Cola aus einer großen Flasche.

»Woher weißt du das?«

»Der Umsonstladen ist seit Tagen zu. Gestern Nacht hat sich mein Mann vor Ort über den Hinterhof Zutritt verschafft. Es hat höllisch gestunken. Der Dicke hat noch einen Haufen zurückgelassen. Ein Zeichen, keine Frage.«

»Und?«

»Wir haben kein gutes Gefühl. Der hat nicht auf den Tresen gekackt, um uns zu zeigen, dass er von unserer Observation wusste. Er wusste, dass wir wissen, dass er Bescheid weiß. Der will uns wegen was anderem die Zunge rausstrecken.«

»Er neigt zu einer bildhaften Sprache. Ich könnte mir vorstellen, dass er etwas ankündigt: Da liegt was in der Luft.«

»Genau. Aber was? Was sagt uns die Scheiße?« Kicker holt ein obszön großes Stück Kuchen aus dem Off und beißt genussvoll ab.

»Mensch, Kicker, immer noch dieser viele Zucker?«

»Umpf«, erwidert Kicker, Krümel spuckend. »Das ist mein Mitternachtssnack. Oben bei meiner Frau gibt es nur noch Gemüse. Sie läuft vor dem Tod davon, ich ihm in die Arme. Am Ende verlassen wir den Zirkus alle durch denselben Ausgang.« Er kaut und schnauft. »Wir glauben, dass das, was dort auf uns zukommt, in irgendeiner Weise mit deiner toten Influencerin zu tun hat beziehungsweise mit ihrem Alter Ego Lin.«

»Ich habe nachgeforscht. Ross ist keinesfalls der Täter. Zur Tatzeit traf sich der *Aktionskreis Antispeziesismus* und Ross war die gesamte Zeit zugegen.«

»Wäre auch nicht sein Stil, jemanden zu erschlagen. Er ist der Mann für die Planung, nicht für die Ausführung. Wir glauben, die beiden haben etwas vorbereitet. Möglicherweise die drei, wenn man den Privatschnüffler mit verdächtigt. Was wir tun, denn er ist ebenfalls verschwunden.«

»Lorenz?«

»Wir haben seine Wohnung observiert, auch bei ihm sind wir gestern rein. Es sieht aus, als wäre er Hals über Kopf geflohen. Hat den Inhalt einer Schublade aufs Bett gekippt, die Bartstoppeln nicht aus dem Waschbecken beseitigt. Hat sich aber noch die Zeit genommen zu scheißen, diesmal am richtigen Ort. Vielleicht ist es Zufall und er hat in der Eile nicht gespült.«

»Es ist nichts vorgefallen oder hat es einen Anschlagsversuch gegeben?«

Kicker schüttelt den Kopf. »Das hat allerdings nichts zu sagen. Ross taucht unter, bevor es knallt. Und an gefälschten Ausweisdokumenten mangelt es unserem Ross sicher nicht. Er tourt munter unter verschiedenen Identitäten durch Europa. Solange er seinen falschen Namen nicht bei einer Behörde angibt, ist es nicht mal eine Ordnungswidrigkeit. Zumal, wir kennen seinen richtigen Namen nicht. Ross kommt aus dem buchstäblichen Nichts. Du siehst, wir sind weiterhin ziemlich ratlos. Es wäre nicht verkehrt, ein wenig Hilfe vor Ort zu haben. Jemanden, der da noch mal seine Nase reinsteckt. Dein Chef hat uns einen Korb gegeben. Er sagt, es fehlt ihm das Personal, und wenn die Verdächtigen gar nicht mehr hier sind, weiß er auch nicht, wieso das LKA RLP übernehmen sollte.«

»Das Problem ist das Innenministerium.«

»Ja, der Fisch stinkt immer vom Kopf her. Wenn wir ehrlich sind, riecht der Rest vom Fisch nicht besser.«

Götzki brummt. Er kann Kicker keine Unterstützung zusagen, viel zu gefährlich. Doch der Gedanke ist reizvoll und längst hatte Götzki ihn selbst: eine Terrorzelle im Umsonstladen. Ross, die linke Lin und Lorenz, die gemeinsam einen Anschlag planen. Nur worauf? Götzki hat die wildesten Ideen. Eine Bahnhofsbombe zur Rushhour. Ein entführter Promi. Verseuchtes Trinkwasser.

»Ich kann dir nicht helfen, Kicker. Ich befinde mich in einem sehr engen Korridor, was meine Aufgaben angeht.«

»Nur mal ein bisschen Hirnschmalz verbrennen, Götzki. Du hast immer gute Einfälle. Und du hast den Blick für Dinge, die alle anderen übersehen.«

»Das schmeichelt mir. Aber ich kann dir nicht mit Zeit dienen. Ich bin ausdrücklich und von ganz oben von dem Fall Jessy Lafleur abgezogen worden.« Götzki schaut auf die Uhr. Halb zwölf. Noch lohnt es sich, ins *Sixties* zu gehen. »Wenn ich einen Geistesblitz habe, teile ich ihn dir sofort mit, okay?«

»Menschenskind, Adam, du bist vor Ort, kennst die Thematik.«

»Ich arbeite streng weisungsgebunden.«

»Klar«, Kicker grinst, »wie alle kreativen Sonderlinge.«

Sie verabschieden sich. Kreativer Sonderling, Götzki verspürt eine bizarre Mischung aus Stolz und Empörung. Zumindest haben sie ihn in Berlin nicht völlig vergessen. Denn das war eine schmerzhafte Erfahrung für ihn gewesen, dieses Gefühl nach seinem Psychiatrieaufenthalt und seiner Arbeitszeitreduzierung, schon nach kürzester Zeit nicht mehr vermisst zu werden. Die bittere Erkenntnis, dass sich die wenigsten nach einem umdrehen, selbst wenn man kurz zuvor noch der gefeierte Star gewesen ist.

42

»VFRA, erinnerst du dich?« Götzki muss es jemandem sagen, weil es so einfach ist. Zu seiner Freude trifft er Ali am LKA-Bau.

Der Kollege überlegt. »Ja, die Schmiererei an der Hauswand gegenüber Jessy Lafleurs Wohnung.«

»Es wurde nicht vollendet. Das U fehlt. VFRAU. Jemand wollte ihr mitteilen, dass sie eine Verräterin ist.«

Ali nickt. »Wäre vorstellbar. Krass, dass du diesen Fall noch so präsent hast. Mein Hirn ist inzwischen ein einziges Ersatzteillager. Lenkräder, Außenspiegel, Felgen, Airbags. Gut, dass wir die Bande hochgenommen haben.«

»Die *eine* Bande.« Götzki dämpft Alis Erleichterung. »Die anderen werden weitermachen. Es wird sich nichts ändern. Wir sollten damit nicht unsere Arbeitszeit verschwenden. Meine Meinung.«

»Ich stimme dir zu. Uns fehlt ein Abteilungsleiter, der das gegenüber Schär kommuniziert.«

»Ist jemand für den Posten in Aussicht?«

»Kollege Strohfuß hat wohl seinen Hut in den Ring geworfen.«

»Den Hut, der den Hohlraum warm hält.« Götzki grinst diabolisch. Nicht einmal einen vollen Atemzug später ärgert er sich über seinen jähen Mangel an Selbstdisziplin. Er hätte sich die Bemerkung über den Kollegen sparen sollen.

»Ich weiß, was du meinst«, sagt Ali. »Aber du darfst Strohfuß nicht unterschätzen. Er ist sicher nicht gebildet, so wie du und ich, und er hat einen chronischen Überschuss an Testosteron. Viele bei uns im Haus können mit seiner Art nichts anfangen und sehen in ihm nur einen nervtötenden Proll. Ich kann mir vorstellen, dass er eine gute Führungskraft sein würde. Er steht zu hundert Prozent hinter seinen Leuten. Er lässt dich nicht hängen, wenn du ein Problem hast. Und glaub mir, er ist kein schlechter Mensch.«

»Hm, okay. An welchen geheimen Codes erkenne ich, dass er ein guter Mensch ist? Daran, dass er mich auf dem Flur dumm anmacht?«

Ali löst das Schloss an seinem Rennrad. Mainz ist eine Fahrradstadt. Die ideale Umgebung für einen Velobesessenen und bekennenden Verkehrswende-Aktivisten wie den drahtigen Ali, von dem Götzki bis gerade eben dachte, er wäre das personifizierte Gegenteil von Stefan Strohfuß und daher auf seiner, Götzkis, Seite.

»Wusstest du, dass er jedes Jahr eine große Verlosung initiiert, Adam? Er akquiriert einen fetten Hauptpreis und verkauft Lose über verschiedene Kanäle. Dieses Jahr gibt es ein Motorrad zu gewinnen. Der Erlös geht an den Verein *Riesenherz*. Die kümmern sich um krebskranke Kinder.«

»Das wusste ich nicht.«

»Außerdem betreibt seine Frau eine Hundeschule. Sie veranstalten jedes Jahr in Mainz ein üppiges Festessen für Obdachlose. Während die essen, können sie ihre Hunde von einem Tierarzt durchchecken und impfen lassen.«

»Wow«, sagt Götzki. »Ich gestehe, mit so was hatte ich nicht gerechnet. Mir ist er bislang nur als Prolet und Ausländerfeind aufgefallen.«

Ali winkt ab. »Strohfuß kommt vom Land. Der ist im hintersten Hunsrück aufgewachsen. Dort sind viele Leute eben noch anständig soziophob.«

»Ach, er ist gar kein eingeborener Meenzer?«

»Nein. Er tut gerne so. Ist ja auch schon lange hier.« Ali legt kumpelhaft eine Hand auf Götzkis Oberarm. »Weißt du was? Unsere ganze Abteilung sollte sich mal zu einem Kneipenabend treffen. Wie sollen wir miteinander warm werden, wenn wir nicht als Team ins Rennen gehen, sondern jeder für sich mit diesen langweiligen Autoteilen beschäftigt ist?«

»Eine sehr gute Idee. Den Spaß haben wir uns beim BKA öfter gegönnt. Gepflegt in eine Eckkneipe, später noch in einen Klub. Das schweißt zusammen.« Götzki schwärmt aufrichtig, doch es geht dabei nur um ganze zwei Erinnerungen aus einer kurzen Phase seines Lebens, in der er sich im Rahmen solch geselliger Happenings nicht unangenehm unter Druck gefühlt hat. Auch jetzt würde er den Barhocker am Rand der Theke dem großen Tisch in der Mitte des Lokals vorziehen. Um seine nervtötend schlechte Beziehung zu Strohfuß ein wenig zu verbessern, würde er sich auf einen Kneipenabend einlassen.

Vorerst ändern selbst die von Ali erwähnten Charity-Aktivitäten nichts an dem Bild, das Götzki von seinem rüpelhaften Kollegen hat. Krebskranke Kinder, Obdachlose und ihre besten Freunde, schön und gut, aber würde sich Strohfuß mit der gleichen Leidenschaft für Geflüchtete einsetzen? Für misshandelte Frauen? Für die Zukunft des Planeten? Und kann es nicht sogar sein, dass Strohfuß Whitewashing seines Lebensstils betreibt, indem er gelebten Rassismus und klimaschädliches Handeln mit zur Schau gestellter Nächstenliebe aufwiegt?

Ali verpasst seinem freundlichen Gesicht ein Topping aus mintgrünem Fahrradhelm. Vielleicht ist es angebracht, jegliche Vorbehalte zu unterdrücken und den Kneipenabend abzuwarten. Vielleicht geht Götzki noch immer falsch an seinen neuen Lebensabschnitt ran. Ein Mensch, den er für klüger und des Daseins fähiger hält als sich selbst, hatte ihm geraten, Mainz eine Chance zu geben.

Und fokussiert zu sein. *Welche Aufgabe, welches Ziel möchtest du dir für die Woche setzen?*, fragt Jessy Lafleur in einem ihrer Videos, den Körper in die Haltung des Kindes zusammengezogen, voller Dankbarkeit und Demut nah am Boden, frisch aufgeladen mit der Energie einer zwanzigminütigen Yogasession. Ich muss Rachid Massoun sprechen, formuliert Götzki sein Ziel.

»Ehrlich, manchmal versinkst du so richtig in deinen Gedanken, Adam.«

»Bitte?«

»Ich wollte Tschüss sagen«, antwortet Ali.

Sie verharren. Es wird plötzlich lebhaft in der Umgebung. Sie stehen am Seiteneingang Kreyßigstraße. Vorne am Valenciaplatz bewegt sich ein Chor aus Martinshörnern. Aus der Rheinallee stimmen die Feuerwehrfahrzeuge mit ein.

»Ich hatte mich darauf gefreut, heute mal früher Feierabend zu machen«, sagt Ali, während er sein Rad wieder ans Schloss kettet. »Das klingt, als sollte ich noch bleiben.«

Götzki schaut auf die Uhr: Viertel nach eins.

Tietsch rennt aus dem Gebäude, nimmt die letzten Treppenstufen mit einem Sprung. Er ist einer der Pizzeriagänger um Gampfer. Auf Alis Ansprache hin dreht er sich um. »Explosion bei *Reguna-Pharm*. Das ganze Labor ist hochgegangen. Mein Sohn geht dort in die Betriebskita.«

Die letzten Worte verschwinden mit ihm in der Familienkutsche, deren Motor panisch niest und aufstöhnt. Er jagt die Kreyßigstraße runter Richtung Goethepark.

43

Götzki hält nicht viel von Gefängnissen. Er zweifelt an, ob innerhalb dieser Anstalten so etwas wie Resozialisierung gelingen kann. Gefängnisse stinken höllisch. Die Menschen, die Gefängnisse nur aus Erzählungen kennen, haben keine Vorstellung davon. Es ist der Gestank Hunderter Männer, ein schwerer, stickiger Geruch, der selbst gefangen ist und in dem nichts Gutes zu gedeihen vermag. Wer diese Luft über Jahre hinweg geatmet hat, wird das Böse nicht wieder los.

»Bitte schön«, unterbricht der Aufseher Götzkis poetische Gedanken, sein Schlüsselbund prallt klirrend gegen das Metall der Tür. »Ihr Mann mitsamt Anwalt. Bereit für einen flotten Dreier?« Er kichert über seinen schalen Scherz und schließt die Tür hinter Götzki.

Rachid Massoun trägt eine blaue Trainingshose und ein weißes T-Shirt. Seine Glatze glänzt frisch rasiert im Licht der Röhren an der Decke. Massouns Bart erscheint Götzki kürzer als beim letzten Mal und inzwischen kürzer als sein eigener. Der Häftling hat seine Gesichtsbehaarung sorgfältig gestutzt. Im Knast hat man viel Zeit.

Der Anwalt stellt sich vor, ein Mann von biederer Optik ohne Tonalität in der Stimme – das Gegenteil des polternden Fleischbergs, den Rachid Massoun bei ihrer ersten Begegnung hinausgeworfen hat.

»Mein Mandant möchte sich mit Ihnen unterhalten, Herr Götzki. Ich darf mich nicht in das Gespräch einmischen. Es handelt sich um seine Wünsche. Von beidem habe ich Herrn Massoun abgeraten, er insistiert.«

»Jo hat große Probleme mit Jessy Lafleur gehabt«, sagt Massoun, noch bevor Götzki auf dem gebrechlichen Stuhl die bestmögliche Sitzposition gefunden hat.

Götzki lauscht. Er entscheidet sich für die maximal aufrechte Haltung.

»Klar, sie hat gutes Geld mit ihr verdient. Und so rein spirituell war sie cool mit dieser Nummer. Aber der kommerzielle Aspekt hat sie fertiggemacht. Das war nichts, wohinter sie stehen konnte. Eigentlich konnte sie Jessy Lafleur nicht leiden.«

»Herr Massoun«, Götzki geht in sich, muss die richtigen Worte finden, »Herr Massoun, sind wir uns darin einig, dass es hier um eine gespaltene Persönlichkeit geht? Johanna Blumenstein und Jessy Lafleur waren ein und dieselbe Person.«

Rachid Massoun schüttelt heftig den Kopf. »Sie sind kein Künstler, Cop. Das merkt man sofort. Ich bin Künstler. Ich erschaffe Kunst und Kunst ist lebendig. Ein Kunstwerk kann ein eigenes Wesen sein, glauben Sie mir. Und so war es mit Jessy Lafleur. Johanna hat sie erschaffen, sie hat ihren Körper designt und sie mit Drehbüchern zum Leben erweckt. Das ist keine gespaltene Persönlichkeit, das sind zwei verschiedene Menschen, mein lieber Bulle! Tja, und dann gab es da noch diesen dritten Menschen …«

»Lin?«

»Bingo, Bulle! Lin war die Aktivistin aus dem Umsonstladen. Sie war der Gegenpol zu Jessy Lafleur, sie stellte das Gleichgewicht her. Nur so konnte Jo Jessy ertragen, indem es die Lin aus dem Umsonstladen gab, die einen Gegenentwurf zu Jessy Lafleurs kapitalistischem Kommerz darstellte. Als Corona kam, änderte Lin ihre Ansichten. Sie war auf diesen Demos. Und Lin brachte das Ungleichgewicht.«

»Inwiefern?«

Der Inhaftierte grinst. »Ich möchte, dass du die Zusammenhänge begreifst, Cop. Du bist klüger als die anderen Bullen. Aber vielleicht bist du am Ende doch nicht klug genug. Weil, unter uns, die anderen Bullen sind wirklich dumm. Niedriger IQ, sehr niedriger IQ. Es ist gar nicht schwer, klüger zu sein als die.«

»Ich hatte gehofft, Sie geben mir Anhaltspunkte, wer Johanna

Blumenstein erschlagen haben könnte, nicht zuletzt in Ihrem eigenen Interesse.«

»Scheiße«, ruft Rachid Massoun, »du musst rausfinden, wer sie erschlagen hat! Ich sehe das alles ganz anders und ich kann dir nur sagen, wer Johanna ausgelöscht hat, verstehst du?«

»Sie meinen, Lin hat Johanna …?«

»Bäm!« Rachid schreit, dass sein Anwalt zusammenzuckt. »Bäm, Cop! Dieses beschissene Miststück Lin hat meine beste Freundin auf dem Gewissen! Die, die ihr tot gefunden habt, war Lin. Johanna gab es da schon nicht mehr und Jessy hatte an diesem Tag ihr letztes Video gedreht.« Massoun wischt sich Speichel von den Lippen und aus dem Bart, senkt die Stimme zu einem wilden Zischen. »Lin hat meine beste Freundin und meine Hauptauftraggeberin gekillt. Ich weine ihr keine Träne nach.«

Götzki begreift.

»Als wir uns an diesem verfluchten Tag so laut gestritten haben«, berichtet Rachid Massoun, »habe ich unter Tränen versucht, noch einmal an Johanna ranzukommen, irgendwie hinter diese verfluchte Lin zu gelangen und mit meiner Freundin zu reden. Aber sie war schon lange nicht mehr Jo. Sie hat gesagt, meine Arbeit ist getan, sie wünscht keinen Kontakt mehr zu mir. ›Verpiss dich nach Marokko‹, das waren ihre Worte.«

»Und Sie haben sich ver…?«

»Nein. Ich war so wütend, dass ich zurückgeschrien hab. ›Nazihure‹, ›Querdenkerschlampe‹, ich war wirklich abgefuckt.«

»Kam es zu Handgreiflichkeiten?«

»Ja, sie hat mich gekratzt und nach mir getreten.«

»Haben Sie sich gewehrt?«

»Nein, ich bin gegangen. Ich konnte sowieso nichts tun. Ich bin nicht mehr zu Jo durchgedrungen. Was sie diesmal geschaffen hatte, war zu mächtig. Und ich hatte auch nicht mehr die Zeit, du weißt ja, mein Stipendium …«

»Und Sie haben keine Ahnung oder Vermutung, wer die leibhaftige Johanna Blumenstein erschlagen haben könnte?«

»Wollen wir hier unsere Zeit verschwenden? Wollen wir das? Ich hab Besseres zu tun. Lieber hole ich mir einen runter, als meine Zeit zu verschwenden.«

»Schon gut«, sagt Götzki mit beschwichtigender Geste. »Sagen Sie, Herr Massoun, wir haben in Ihrer Einzimmerwohnung in der Neustadt, die Ihr Vater und Ihr Bruder für Sie angemietet haben, ein Ladekabel gefunden. Es muss zu einem Tablet oder Notebook gehören. Kennen Sie dieses Gerät? Wissen Sie, wo es ist?«

»Ja und nein.«

»Ja heißt?«

»Jo hat ein Convertible besessen. Klein und silbergrau. Mehr weiß ich nicht. Könnte mir vorstellen, dass wer in die Wohnung eingestiegen ist und es mitgenommen hat.« Rachid Massoun grinst. »Viele Kanaken in der nördlichen Neustadt, Cop.«

Götzki übergeht die Bemerkung. »Stimmt es, Herr Massoun, dass Sie das Wort VFRAU auf die Wand gegenüber von Frau Blumensteins Wohnung am Zollhafen gesprüht haben?«

»Ich sag ja, du bist cleverer als die anderen Bullen. Ja, das bin ich gewesen.«

Massouns Anwalt beugt sich zur Seite, flüstert seinem Mandanten etwas ins Ohr.

»Sachbeschädigung? Scheiß drauf, die gebe ich gerne zu! Ich war sauer auf sie. Ihr Verschwörungsgelaber, diese Demos, das alles hat mich wütend gemacht. Also bin ich auf den Stromkasten geklettert, um es in ihr Blickfeld zu schreiben. Dummerweise hat mich ein alter Sack mit einer kläffenden Töle gestört. Ich bin neugierig, wie bist du darauf gekommen?«

»Mir ist dieses Wort gegenüber der Wohnung in der Wallaustraße ins Auge gefallen. Die gleiche Farbe, die gleichen scharfkantigen Buchstaben.«

»Ein kluger Mann, ein sehr kluger Mann.« Rachid Massoun wendet sich an seinen Anwalt. »Dieser Cop wird den echten Täter finden und ich werde ein freier Mann sein – so frei, wie es dieser Staat zulässt.«

Der Anwalt gähnt. Sein Blick verrät Götzki, dass dieses Mandat kein Traumjob ist.

»Ich hoffe«, sagt Götzki, »Sie haben alles in Ihrer Macht Stehende geleistet, um den echten Täter, wie Sie sagen, ausfindig zu machen. Es ist nicht mehr lange bis zum Prozessbeginn.«

»Mein Vater, bei dem die religiöse Gehirnwäsche eine strahlende Sauberkeit hinterlassen hat, sagt immer: ›Allah wird es richten.‹ Ich sage: ›Kluge Menschen werden es richten.‹ Ich glaube daran, dass die klugen Menschen am Ende eine Welt des Guten durchsetzen werden, auch wenn es noch tausend Jahre dauern sollte.«

»Was unterscheidet Ihre Prognose von der Ihres Vaters?«

»Meine Heiligen sind keine Fantasiefiguren, Cop!« Massoun steht auf, reckt die Arme in Handschellen nach oben und zeigt der Decke beide Mittelfinger. »Hier, das ist für Allah! Für die dumme Fantasiefigur Allah!« Er wird lauter. »Allah, hey, kannst du mich hören? Wo bist du? Im Kopf von einem Mullah, der gerade seine achtjährige Cousine fickt? Ist das dein Zuhause, ja? Hier, diese Finger sind für dich, du dumme Fantasiefigur! Willst du meinen Schwanz sehen? Willst du, ja?«

Götzki erhebt sich.

»Bitte ziehen Sie Ihre Hose nicht runter. Ich habe begriffen, was Sie von der Religion Ihres Vaters halten.« Er dreht dem verzweifelten Anwalt und dem die Decke anschreienden Rachid Massoun den Rücken zu, klopft an die Tür.

Als der Aufseher den mit halb heruntergelassener Hose tanzenden Häftling sieht, stürmt er hin und bringt ihn zu Boden.

»Die klugen Menschen werden siegen!«, ruft Massoun Götzki hinterher.

44

»Die Nummer eins in Rheinland-Pfalz sind wir!«, grölt Klößchen, als der lange ITler den Raum betritt.

»Wir haben in der zweiten Liga mehr Zuschauer als ihr in der ersten, dabei ist eure Karnevalsstadt doppelt so groß – wer ist hier die Nummer eins?«

»Wer ist hier in Liga zwei?«

»Nächste Saison sind wir wieder oben, dann nehmen wir eure lächerliche Arena auseinander, Bonbonwerfer!«

Götzki verfolgt den Dialog mit einem inneren Kopfschütteln.

»Tut mir leid, dass Sie das Büro mit jemandem teilen müssen, der so wenig Ahnung von Fußball hat.« Der Schlaks stellt sich neben Götzki. »Sie hatten recht. Sie haben in der Spamnacht noch eine weitere Mail von einer Stefanie Blumenstein erhalten. Wir haben sie leider plattgemacht und können sie nicht mehr wiederherstellen. Ist auch wirklich ein blöder Zufall, dass diese Frau Blumenstein ihre Mail zur gleichen Zeit wie die Spamflut schickt. Vielleicht kann sie Ihnen die Mail einfach noch mal schicken. Sorry …«

»Schon gut, kann passieren«, sagt Götzki. Eine Höflichkeitsfloskel. Er ärgert sich darüber, dass er in den letzten Tagen an sich selbst gezweifelt hat, anstatt von einem Fehler der IT-Abteilung auszugehen. »Wann wurde diese Mail empfangen?«

»Drei Uhr sechsundvierzig. Also ungefähr zur gleichen Zeit wie die Spammails.«

»Das war sicher kein gutes Timing von der Absenderin, aber in Zukunft sollten Sie noch mal hinsehen, bevor Sie alles plattmachen.« Der Ärger ist doch größer als die Fähigkeit zur Zurückhaltung.

»Unsere IT arbeitet, wie der FCK Fußball spielt«, frotzelt Klößchen.

»Ruf du noch mal wegen PC-Problemen an«, knurrt der Lange.

Inmitten der Fußballstreiterei erhält Götzki einen internen Anruf. Eine Minute später betritt er das Büro seines Vorgesetzten.

Schärs Gesicht ist verwüstet von den letzten schlaflosen Nächten, den andauernden Meetings und Telefonaten, der Ausnahmesituation. Er kippt seinen Milchkaffee in den Topf einer Zimmerpflanze und raucht gleichmütig bei geschlossenem Fenster am Schreibtisch. »Ich habe Ihre Mail gelesen, Herr Götzki. Eine Terrorzelle im Umsonstladen? Was soll das bitte?«

»Ich bin mir sicher«, sagt Götzki.

»Sie haben die ganze Zeit gegen meine Dienstanweisung verstoßen und nach eigenem Gutdünken in Ihnen nicht zugeteilten Fällen ermittelt.«

»Ich weiß, aber umso besser …«

»Besser?« Schär lacht müde. »Allein Ihre Methoden, verdeckte Ermittlungen ohne Mandat, dafür im Konflikt mit dem BKA. Dann spazieren Sie mir nichts, dir nichts in Rohrbach rein und befragen diesen Marokkaner.«

»Er wollte, dass ich …«

»Er ist nicht derjenige, der Ihnen sagt, was Sie zu tun haben, sondern ich!«, tobt Schär. »Ganz abgesehen davon, dass Sie jemanden ohne Absprache mit Ihrem Vorgesetzten vorladen, der einen Tag später eine Katastrophe auslöst.«

»Er war das nicht.«

»Das ist scheißegal«, zischt Schär. »Ist Ihnen bewusst, in welche Lage Sie mich bringen? Haben Sie unseren Termin im Ministerium schon wieder vergessen?«

Götzki bleibt ruhig. »Nein, natürlich nicht. Aber wäre es möglich, kurz über den Anschlag auf das Labor zu sprechen?«

Schär seufzt, sinkt tief in seinen Ledersessel. »Eigentlich will ich es nicht hören.«

»Dass die Sicherheitstechnik gehackt und der Pförtner niedergeschlagen wurde, ist bekannt. Dann ist da diese letzte Tür, die außerhalb des Sicherheitssystems läuft und durch die nur ranghohe Mitarbeitende und die Fachleute aus dem Labor selbst via

Fingerabdruckscan gelangen. Im System ist hinterlegt, dass der Letzte, der diese Tür passiert hat, David Luthe gewesen ist.«

»Der genau deswegen in Untersuchungshaft sitzt.«

»Wo er nicht hingehört. Ich habe herausgefunden, dass David Luthe ein Verhältnis mit Jessy Lafleur, sprich mit Johanna Blumenstein hatte. Hier meine These: Johanna Blumenstein kennt aufgrund der Arbeit ihres Vaters die Sicherheitsarchitektur von *Reguna-Pharm*. Über das Vehikel einer Liebesaffäre ist sie an den Fingerabdruck von Luthe gekommen. So konnte ein Duplikat erstellt werden. Dieses Duplikat wurde verwendet, um im Labor die Bombe zu platzieren. Johanna Blumenstein hat unter dem Pseudonym Lin im Umsonstladen verkehrt, wo ein umtriebiger Politkrimineller namens Ross sowie ein suspekter Journalist und Privatermittler namens Marc Lorenz ständig zugegen waren. Beide sind seit ein paar Tagen untergetaucht, der Umsonstladen ist geschlossen. Dieses Trio – Ross, Lorenz und Lin – steckt hinter dem Attentat.«

»Das ist ausgeschlossen.« Schär fasst sich erschöpft an die Stirn. »Und wer, bitte, ist Lin?«

»Wie gesagt, Johanna Blumenstein unter Pseudonym.«

»Die ist doch tot.«

»Sie hat den Anschlag noch mit vorbereitet. Dann hat jemand dafür gesorgt, dass sie die Durchführung nicht miterlebt.«

»Herr Götzki, kümmern Sie sich um Ihre Arbeit und verschonen Sie mich mit diesem Nonsens.«

»Alles passt zusammen! Ross ist ein linker Idealist mit Hang zum Destruktiven. Johanna Blumenstein hat *Reguna-Pharm* gehasst, weil sie kein gutes Verhältnis zu ihrem Vater hatte und glaubte, der Konzern führe illegale Menschenversuche in Afrika durch. Sie hat Lorenz, der sie ursprünglich im Auftrag ihres Vaters beschatten sollte, von ihrer Sichtweise überzeugt, sodass er die Seiten gewechselt hat.«

Schär atmet lange und enerviert aus. »Dieser Herr Lorenz ist uns bekannt und glauben Sie mir, er ist kein Linksterrorist.«

Götzki rauft sich die Haare. »Wollen Sie nicht wenigstens überprüfen lassen, was ich Ihnen sage?«

»Ganz ehrlich, Herr Götzki, oft denke ich, Sie leiden, wie so viele hier, unter Depressionen. Ab und zu halte ich Sie für einen hochbegabten Autisten. Und dann, in solchen Momenten wie jetzt, denke ich: Ist es doch eher ADHS? Ehrlich gesagt kann ich Ihnen kaum noch folgen. Ich weiß nicht, wo Sie ermittelt haben und aus welchen Gründen, ich habe keine Protokolle oder Berichte von Ihren Ermittlungen und jetzt überfallen Sie mich mit dieser … dieser Story. Umsonstladen, Menschenversuche in Afrika … Und diese Story konkurriert mit der sehr einfachen Erklärung dieser Tragödie, dass dem Schwiegersohn der Frau Staatsanwältin die Sicherungen durchgebrannt sind.«

»Luthe ist ein unglücklicher Spießbürger.« Götzki hält energisch dagegen. »Dieser Mann ist kein Bombenleger. Glauben Sie mir, ich habe mich mit all diesen Personen intensiv auseinandergesetzt. Wenn Sie möchten, stelle ich den Kontakt zu einem Kollegen in Berlin her, der wird Ihnen alles über Ross sagen und dann werden Sie mir glauben.«

»Herr Luthe lag mit dem halben Unternehmen im Clinch und bildete sich ein, Opfer einer Verschwörung zu sein. Bislang schweigt er, aber seien Sie versichert, der Mann ist schlichtweg gestört und es ist ein Segen, dass er eingesperrt wurde.« Schärs Blick wird finster, seine Stirn furchig. »Wenn auch zu spät.«

Götzki setzt sich ohne Aufforderung auf Schärs Besucherstuhl. Er stützt die Ellenbogen auf die Oberschenkel und stöhnt in seine Hände. »Herr Schär, ehrlich? Wie viele Menschen haben Schwierigkeiten am Arbeitsplatz? Schauen Sie mich an, ich könnte genauso gut zum Bombenleger werden.«

»Wenn ich Ihr Verhalten betrachte, Herr Götzki, steht das Bombenlegen eher mir zu. Sie missachten konsequent meine Anweisungen und mischen sich in Fälle ein, die Sie nichts angehen.«

Götzki holt Luft, will sie überdrüssig zurück in den Raum

hauchen und sagt dann doch etwas. »Sie wissen, dass ich diese Fälle entscheidend vorantreiben könnte.«

»Beide Fälle befinden sich in einem Stadium, in dem es überhaupt nicht nötig ist, sie voranzutreiben.« Schär blickt ihn kühl an. »Außerdem ist die Frau Ministerin regelrecht verliebt in Ihre Ermittlungserfolge in Sachen Autoteilemafia. Und Sie wissen ja, wessen Wünsche maßgeblich für uns sind. Ganz Mainz könnte in die Luft fliegen, ich würde Sie trotzdem nicht von den Autoteilen abziehen.«

»Scheißautoteile«, murmelt Götzki.

»Ihr Ex-Vorgesetzter sagte mir, Sie würden extra deswegen zu uns wechseln. Um mal aus dieser Echokammer der Grausamkeiten rauszukommen, wie er es nannte. Und jetzt fluchen Sie darüber.«

Götzki schaut Schär an, beißt die Zähne aufeinander, spürt seine Schläfen flattern. Lieber nichts zu diesem Thema sagen. Echokammer der Grausamkeiten. Höhner, dieser unverschämte Poet.

»Wo wir gerade so vertraulich reden, Herr Götzki. Er erwähnte, Sie bekämen so eine Art Schwindelanfälle.«

»Ich habe manchmal etwas Kreislauf. Anfälle ist sicher nicht das richtige Wort.«

»Und Sie sind deswegen in Behandlung?«

Götzki zweifelt an der Rechtmäßigkeit dieses Gesprächs.

»Wir hätten Ihr ganzes Onboarding besser gestalten müssen. Ich wusste ja nicht, dass Sie in einem angeschlagenen Zustand erscheinen.«

»Was meinen Sie mit angeschlagen?«

»Sie sind in der Damentoilette umhergetaumelt.«

»Ein kleiner Eindruck und Sie verurteilen einen Menschen.« Götzki ärgert sich. »Wieso reden Sie nicht mehr mit mir und weniger mit Höhner?«

»Ich höre alle Stimmen.«

Götzki lächelt über diesen Satz.

»Sie lächeln. Das Problem ist, ich muss damit rechnen, dass Sie in Bezug auf meine Dienstanweisungen weiterhin deviantes

Verhalten an den Tag legen werden. Ich ermahne Sie hiermit. Sie erhalten diese Ermahnung auch noch in der Schriftform. Und ich werde mir überlegen, wie ich Sie besser fordern kann, denn anscheinend langweilen Sie sich in der EG 62.«

»Sie interessieren sich also nicht für meine Überlegungen?«

»Der Fall Lafleur ist für uns abgeschlossen, der EG 111 *Anschlag Reguna-Pharm* gehören Sie nicht an. Was mich interessiert, ist, dass Sie sich vernünftig bei uns integrieren. Sie sind mit Frau Dr. Ratz im Gespräch?«

»Sehr intensiv sogar.«

45

Ortrud hat kleine teuflische Angewohnheiten. Sie lässt Schranktüren offen stehen, die von Mikrowelle und Backofen ebenfalls. Sie lässt ihre Q-tips nach den Bohrarbeiten liegen. Sie hört einen unerträglichen Radiosender. Und sie hält jenen getigerten Kater namens Sigmund, der Götzki beim Sex mit seiner Halterin anstarrt. Mikroschattenseiten. Nur Sonne ist ja auch nicht das Wahre, wie der Spätsommer gerade eindrucksvoll demonstriert. Also will Götzki nicht meckern. Selbst über den Kater nicht, er möchte sich das bewusst verkneifen. Bloß eine Sache beschäftigt ihn sehr.

»Wenn Schär fragt, ich bin diensttauglich.«

Sie sieht ihn schief an. »Nein.«

»Ich bin es aber oder hältst du mich für irre?«

»Auch nicht. Doch ich müsste in diesem Fall, zu dem es sicher nicht kommen wird, eine ehrliche Einschätzung treffen, ohne deine Einflussnahme.«

»Ist ja keine Einflussnahme, bloß meine Meinung.«

»Wenn Schär fragt, das ist Einflussnahme, Adam.« Sie setzt ein Lächeln auf, will ihn küssen.

Er hält sie davon ab. »Du entscheidest darüber, ob ich arbeiten darf oder verfaulen muss. Wie soll ich das ausklammern?«

»Das stimmt so gar nicht.«

Götzki hält ihr den umgedrehten Daumen hin. »Wenn du so machst, geht es für mich so. Freier Fall auf zehn Stunden.«

»So ein Unsinn, Adam! Niemand wird das von mir verlangen. Schär hat mich ein einziges Mal gefragt, ob wir in Kontakt sind. Wieso sollte er deine Stunden reduzieren wollen?«

Götzki greift sich in die Haare. »Wieso wohl? Er ist im ständigen Austausch mit Höhner. Er sagt mir durch die Blume, ich bin bekloppt.«

»Das glaube ich nicht. Mir gegenüber hat er sehr wohlwollend von dir gesprochen.«

»Fassade. Er hat durchklingen lassen, wie angepisst er ist. Deviantes Verhalten, sagt er. Und dass ich bis an mein Lebensende an dieser Autoteilemafia arbeiten werde.«

»Niemals hat er so etwas …«

»Na gut, der zweite Satz ist frei erfunden. Aber so fühlt es sich an! Ich bin hier gestrandet, Ortrud. Mein Vorgesetzter beim BKA erklärt mich offiziell für geisteskrank, er sagt, ich habe Anfälle! Ich kriege nirgends mehr auch nur den Fuß in die Tür. Und Schär lässt mich wissen, dass ganz Mainz explodieren könnte, und ich würde trotzdem nicht von der Autoteilemafia abgezogen. Und wenn dazu noch die Stundenreduzierung käme …« Er schüttelt den Kopf. Für eine längere Stille sieht er Ortrud an. »Du kannst nicht aussprechen, dass ich uneingeschränkt diensttauglich bin, nicht wahr? Du bekommst es nicht über die Lippen.«

»Ich stelle fest, dass du dich sehr in dieses Thema hineingesteigert hast.«

»Du kannst dich nicht hinter deinen Ich-Botschaften verstecken. Lass uns Du-Botschaften senden. Ich finde, das müssen wir jetzt er-tragen. Ich fange an: Du bist feige, Ortrud.«

»Diese Du-Botschaften sind Anschuldigungen und Beschimpfungen. Ich werde das nicht tun, Adam.«

»Du nimmst mich nicht ernst.«

»Ich finde, Ehrlichkeit ist zwischen uns unverzichtbar.«

»Du hast keinen Mumm, es mir zu sagen.«

»Ich habe dir nichts zu diesem Thema zu sagen.«

»Ich bin ja auch als Geisteskranker kein adäquater Gesprächspartner, aber wohl ausreichend fürs Bett.«

»Du bist ein Arschloch.«

46

Einsamkeit hat Götzki in Berlin nie verspürt. Es heißt, dass ausgerechnet in der größten Stadt die meisten Menschen einsam sind. Auf ihn traf das nie zu. Und diese Erkenntnis, dieser Fakt, ist der Hammer, der Angelas These zerschmettert: Einsame Menschen in großen Städten sind besonders gefährdet, an Schizophrenie zu erkranken. Er beschließt, künftig jeden Satz aus dem Mund einer Psychotherapeutin genau zu betrachten und Wort für Wort auf seine Stichhaltigkeit hin zu prüfen.

In Mainz ist er einsam. Hat dieses südwestdeutsche Kaff ihn schizophren gemacht? Er mustert sein Spiegelbild. Ein hagerer Mensch mit Vollbart, der sich selbst anstarrt. Mit dem aufgeknöpften blauen Hemd in der weiß gekachelten Umgebung sieht er tatsächlich aus wie der Insasse einer Klapsmühle. Doch sein Verstand ist klar. Die anderen sind die Irren. Er knöpft das Hemd zu, bürstet sein Haar.

Eine halbe Stunde später sitzt Götzki im Außenbereich der Pizzeria. Der Sonnenschirm spendet Schatten, hält die Hitze aber nicht ab. Er stellt vergnügt fest, dass sich auch Gampfer für ein dunkelblaues Hemd entschieden hat, an dem die Schweißflecke nicht sofort ins Auge fallen.

»Bei dem Wetter empfehle ich Ihnen den Insalata della Casa mit gegrillten Rindfleischstreifen«, sagt Gampfer, als die Bedienung am Tisch steht.

»Klingt überzeugend, für mich dann auch diesen Salat. Und ein stilles Wasser.«

»Für mich ebenfalls stilles Wasser.« Gampfer lächelt. »Wir scheinen geschmacklich auf einer Wellenlänge zu sein, Herr Götzki. Ich bin natürlich neugierig, wieso Sie sich außer der Reihe mit mir zum Essen treffen wollten.«

»Sie wussten, dass BKA und Verfassungsschutz den Umsonstladen überwacht haben.« Götzki sagt es geradeheraus. Darüber hatte er im Vorfeld lange nachgedacht.

»Ich verstehe nicht.«

»Sie verstehen mich durchaus, Herr Kollege. Das ist auch der Grund, wieso im Fall Jessy Lafleur auf umfangreiche Ermittlungen verzichtet wurde. Es war sehr wohl bekannt, dass das Tötungsopfer dort ein und aus ging. Die Operation der Bundesbehörden sollte nicht gestört werden, der Umsonstladen musste unangetastet bleiben. Deswegen haben Sie mir vorgemacht, dort würde nichts von Interesse für uns passieren.«

»Ich weiß nichts von einer Operation und ich bin weiterhin der Überzeugung, dass in diesem Laden nichts geschieht, was uns tangiert, zumal er ja wohl inzwischen geschlossen ist.«

»Zu wem haben Sie Kontakt? Kicker?«

»Falls Sie das Fußballportal meinen, das rufe ich fast täglich auf. Falls Sie einen Menschen meinen – ich kenne niemanden mit diesem Namen.«

»Was wissen Sie über Ross?«

Gampfer nickt. »Genug, um sagen zu können, dass er für uns uninteressant ist. Ein linker Spinner.«

»Das glauben Sie ja selbst nicht! Herr Gampfer, es geschieht in unserer Stadt!« Götzki spürt einen Stich im Unterleib, als er das sagt. »Der Bombenanschlag auf *Reguna-Pharm*, das ist in unserem Bundesland geschehen, für das alles sind wir zuständig!«

»Meines Wissens wurde die Explosion von einem durchgedrehten Mitarbeiter herbeigeführt, der unglücklicherweise der Schwiegersohn von Frau Küster-Prinz ist. Was aus den zuständigen Dezernaten zu mir durchdringt, gibt es daran wohl keine Zweifel. Aber Sie sind doch gar nicht in die Ermittlungen zu *Reguna-Pharm* involviert.«

»Bin ich nicht, da haben Sie recht. Es ist mir nicht gegeben, mein Gehirn runterzufahren und aufzuhören, mir Gedanken zu machen. Ich bin der Überzeugung, dass diese Explosion von einer linken Terrorzelle herbeigeführt worden ist, nicht von einem frustrierten Marketingmanager.«

Gampfer schüttelt den Kopf. Dann sieht er Götzki lange an. »Wissen Sie, ich gehöre wohl zu den wenigen Leuten im Haus, die Sie willkommen heißen, anstatt sich zu wünschen, Sie wären in den Traktor gerast. Das sage ich Ihnen ganz ehrlich. Von daher«, raunt er, »sollten Sie sich aus der Arbeit anderer Dezernate raushalten und fleißig Autodiebe jagen. Kommen Sie erst mal an, Herr Götzki. Ich bin überzeugt, Sie werden sich noch früh genug profilieren können.«

Götzki verschränkt die Arme. »Lassen Sie uns auf der Sachebene bleiben, Herr Kollege.«

»Ich meine es nur gut mit Ihnen. Und jetzt sollten wir unseren Salat genießen. Er ist wirklich ganz ausgezeichnet.«

Die Portionen sind wahrhaft üppig. Götzki hat auf dem Weg in die Neustadt eine Banane gegessen und fühlt sich nicht bereit für diese Menge an Essen. Gampfer hingegen faltet mit leuchtendem Gesicht die Serviette auseinander und breitet sie sorgfältig auf seinem Schoß aus. Mit dem Messer bewegt er den Salatberg ein wenig vom rechten Tellerrand weg. Er nimmt die Gabel hinzu und greift die einzelnen Rindfleischstreifen, die auf dem Salat liegen, um sie auf der frei gewordenen Fläche übereinanderzustapeln. Mit einer ähnlichen Technik hievt er die beiden großen Tomatenstücke von dem restlichen Salat und legt sie zwischen dem grünen Hügel und dem Rindfleischstapel akkurat nebeneinander. Dann parkt er Messer und Gabel exakt auf fünf und sieben Uhr und nimmt einen Schluck stilles Wasser.

47

»Ich bin ein alter Kollege, selbstverständlich können Sie mir Herrn Kickers private Nummer geben.«

»Nein, das darf ich nicht. Und einen Adam Gützki gibt es bei uns nicht.«

»Götzki! Mit ö! Ich habe noch vor einem Vierteljahr bei euch gearbeitet!«

»Tut mir leid.«

»Was hat Herr Kicker denn? Wann kommt er zurück?«

»Das darf ich Ihnen erst recht nicht sagen.«

»Dann … dann …« Götzki möchte ihr eine unflätige Anweisung erteilen, drückt sie aber lieber weg. Angela hat mal gesagt: »Wenn Sie ein Auto sind, bedeutet Jähzorn, im ersten Gang auf maximaler Drehzahl zu fahren. Nach kurzer Zeit ist Ihr Motor überhitzt und der Tank leer und Sie sind nicht vorangekommen.«

Er hatte Kickers private Nummer. Bis zu seinem ersten Filmriss, aus dem er ohne Smartphone erwacht ist. Sämtliche Nummern seiner zugegeben nicht zahlreichen sozialen Kontakte – alle unwiederbringlich futsch. Seither ist er vorsichtiger geworden. Götzki führt ein analoges Back-up zu seinem digitalen Telefonbuch. Er bewahrt in seiner Geldbörse nur Bares und eine Kopie seines Ausweises auf. Und anstelle eines Schlüsselbunds trägt er nur noch die Schlüssel zu seiner Wohnung bei sich, in einem kleinen Lederetui, das an seinem Bein befestigt ist. Es ist nicht leicht, dermaßen limitiert ausgerüstet, ein Gefühl der Vollwertigkeit zu erlangen, doch es minimiert die möglichen Folgen eines jener zahlreicher werdenden Malheurs.

In einem fort zittert der kleine dunkle Quader auf dem weißen Tisch. Die erste Nachricht kam über den sicheren Messenger, der offiziell für dienstliche Kommunikation genutzt werden soll. Es war Schär, der einzige Mensch im ganzen LKA, der dieses Tool nutzt und der wissen wollte, ob Götzki von zu Hause aus arbeitet. Er hat nicht darauf reagiert. Danach fing Ortrud an, mit der gängigen App Ich-Botschaften zu senden, ganz offenkundig während ihrer Dienstzeit. Und sie hört nicht damit auf. Götzki reagiert auch auf sie nicht. Vielmehr ärgert er sich darüber, sich auf diese Affäre eingelassen zu haben, zumal er immer mehr den Eindruck hat, dass er entscheidende Dinge nicht über sie weiß. Wenn sie ihr Smartphone in seiner Gegenwart zur Hand nimmt, dreht sie sich bewusst von ihm weg, sodass er keinesfalls ihr Display sehen kann. Inzwischen muss er tief in sich graben, um zu glauben, dass sie nicht in Schärs Auftrag mit ihm ins Bett steigt.

Während er an seinem zweiten Bier nuckelt – es ist elf Uhr vormittags –, schreibt er in sein Positivtagebuch, dass er fest entschlossen ist, seinen Alkoholkonsum wieder auf das Vor-Mainz-Niveau runterzufahren. Anschließend lässt er das Tagebuch durch den Raum flattern und klatscht auf die Couch. All diese kleinen Probleme – die Trinkerei, sein ambivalentes Techtelmechtel, die ekelhafte Sommerschwüle, die er nicht mehr aus seiner Höhle kriegt – stapeln sich zu einer mehrstöckigen Problemtorte, die ihn vergiften wird. Als Cocktailkirsche kommt nun obendrauf, dass er Kicker nicht erreichen kann, um ihn zu fragen, was er wirklich über Johanna Blumenstein weiß. Hätte er Kicker erreicht, wäre er motiviert, sich wieder mit der Autoteilemafia zu befassen. So liegt er rum und denkt im Kreis, bis er sich entschließt, Frau Blumenstein anzurufen. Die geht nicht dran.

Das Bier und die Hitze machen seinen Kopf und Atem schwer. Das Smartphone zittert in seiner schlaffen Hand. Kein Rückruf von Frau Blumenstein. *Ich will dir nahe sein, aber in meiner Rolle als Psychologin darf ich es einfach nicht*, textet Ortrud. Götzki stöhnt klagend auf. Er ist Sozialwissenschaftler, er kennt dieses soziopsychologische Gefasel von Rollen nur zu gut. Ein sicher legitimes Modell, um Gruppendynamiken zu erklären, auf der individuellen Ebene nichts weiter als ein willkommenes Instrument, zweifelhaftes Verhalten von der eigenen Person abzuspalten.

Ich möchte dir privat nahe sein. Ich möchte nicht mit dir streiten. Ich möchte dich küssen. Wenn es nicht so ärgerlich wäre, könnte er diese Nachricht in sein Positivtagebuch übertragen. Es liegt in der anderen Ecke des Raums, noch ganz zerzaust von seinem Flug.

Götzki findet ihre Rührseligkeit unangebracht. Er legt das Handy auf den Boden und nimmt die Bierflasche hoch. Nur noch Schaum. Seine Lider sind schwer. Er greift wieder zum Handy, legt es wieder ab und beschließt, es zu ignorieren. Diese Texterei ist ihm zu teenagerhaft. Als erwachsener Mann braucht er einen handfesten, erwachsenen Streit oder besänftigende Harmonie. Er kann mit diesen kurz vibrierenden Emotionshäppchen nichts anfangen. Ohnehin kommt ihm seine Liebelei mit Ortrud inzwischen wie leere Kohlenhydrate vor.

48

Götzki erlangt einmal mehr an seinem Arbeitsplatz das Bewusstsein, nachdem er es in der Backofenhitze seiner Schneekammer verloren hat – oder einfach nur erschöpft neben Ortrud eingeschlafen ist, seine Erinnerung ist unscharf. Es ist einer dieser stickigen Besprechungsräume. In einer Ecke arbeitet sich ein Standventilator an seiner unlösbaren Aufgabe ab.

Vorne steht Schär wie ein Wet-Shirt-Contest-Gewinner mit Erich-Honecker-Brille. Das Tropenklima hat jeglichen Anstand aus ihm herausgequetscht. Er trägt keine Krawatte, hat sogar die beiden oberen Knöpfe seines weißen Hemds offen, sodass sein grauschwarzes Brusthaar entblößt ist. Er qualmt mitten im Raum. Auf dem Pult liegen der Rauchmelder und sein herausgerissenes Batterieherz.

»Das hier«, sagt er und nickt dem Stoß Papier zu, den er als Fächer benutzt, »das hier sind Anfragen der AfD-Fraktion zum Thema Autoteilemafia, frisch aus dem Geschäftszimmer. Warum werden nach den Festnahmen weiter Autoteile geklaut? Aus welchen Staaten stammen die festgenommenen Autoteilediebe? Wie viele Diebstähle lassen sich welchen Nationalitäten zuordnen? Was unternimmt die Polizei, um dem Treiben ausländischer Diebesbanden in Rheinland-Pfalz ein Ende zu bereiten? Und so weiter. Unterm Strich zielen die Anfragen allesamt darauf ab, dass wir bescheinigen, unter den Festgenommenen sind keine Deutschen.«

»Unser Dezernat heißt schließlich *Reisende Täter Eigentum*«, murmelt ein hagerer Kollege auf der Zielgeraden zum Pensionsdasein und streichelt seinen nikotinfarbenen Oberlippenbart. »Was gibt es da noch zu fragen?«

Götzki betrachtet ihn aus den Augenwinkeln. Dann die anderen drei, an die sich Schär mit seinem Anliegen wendet: den wie gewohnt ein wenig zu vergnügt lächelnden Klößchen, einen verquollenen Menschen mit rasselndem Atem, einen ergrauten Rockertypen, der seine Beine nicht stillhalten kann. Die Anmutung einer behördeninternen Behindertenwerkstatt.

»Ich möchte, dass Sie das Zahlenmaterial zusammentragen und Statistiken zu den jeweiligen Anfragen aufbereiten.«

»Wir sollten auch erwähnen, dass es sich um europaweit agierende Banden handelt, zu denen deutsche Hintermänner zählen.«

»Ich wiederhole gerne den Auftrag für Sie, Herr Götzki: Bitte tragen Sie Zahlenmaterial zusammen und bereiten Sie …«

»Ich habe es beim ersten Mal verstanden, danke.«

Schär löscht seine Zigarette in einem Coffee-to-go-Becher. Er zählt kleine Blätterstöße ab und verteilt sie an die Anwesenden. »Wenn Sie sich in die Arbeit vertiefen, vergessen Sie bitte nicht, ausreichend zu trinken.«

»Er meint Wasser, Rudi«, wendet sich Klößchen an den Verquollenen. Der Alte und der zappelnde Rocker lachen.

Götzki nimmt seine gefühlte Strafarbeit und entfernt sich eilig. Er sucht das Herren-WC auf, zerreißt die Zettel und übergibt die Fetzen der Toilettenspülung.

»Du hättest es besser verbrennen sollen, Berliner.«

Götzki fährt innerlich herum. Physisch erstarrt er.

»Die Jungs von der KT machen den Text wieder leserlich, selbst wenn die Schnipsel einen Kilometer durch die Scheiße von Mainz geschwommen sind.«

Er dreht sich zu Strohfuß um. »In der KT gibt es sicher auch Mädchen, nicht nur Jungs.«

»Klar. Auch bei denen muss ja wer den Kaffee kochen.« Strohfuß grinst. »Keine Angst, Berliner. Ich werde dem Chef nicht stecken, dass du seine Arbeit im Klo runterspülst. Bin ja kein Kollegenschwein.«

Will er damit etwas sagen? Götzki beschließt, das Gespräch am Laufen zu halten. »Nett von Ihnen. Woran arbeiten Sie eigentlich gerade? Man sieht sich kaum noch …«

»Geldautomatensprengungen. Das Team wurde noch mal verstärkt. Tragisch«, sagt Strohfuß, während er sich zum Urinal wendet und seine Jeans öffnet. »Ist wie mit den Autoteilen. Das sind handwerklich begabte Jungs, die in ihren schäbigen Heimatländern keine anständige Arbeit kriegen. Stell dir mal vor, du fährst ins Nachbarland und jagst Geldautomaten in die Luft, um deine Familie durchzubringen. Apropos in die Luft jagen, du hattest ja einen richtig guten Riecher mit dem Schwiegersohn von SKP, Berliner. Glückwunsch zu deiner Hartnäckigkeit. Wenn wir nur Dienst nach Vorschrift leisten würden, käme gar nichts zustande.«

»Ich hatte David Luthe als Zeugen vernommen und mir Hinweise im Fall Lafleur erhofft. Mehr nicht.«

»Tja, und dann war es doch mehr, gell? Bestraft hat er sich ja nun selber.«

Götzki stutzt. »Was soll das heißen?«

Strohfuß gibt einen Laut der Erleichterung von sich und rückt seine Kleidung zurecht. »Du bist wohl immer noch nicht in der Gruppe? Der Knabe hat sich letzte Nacht umgebracht. Hat sich die Pulsadern aufgeschnitten.«

Götzki würde gerne »Warum nur?« schreien – so laut, dass die Klofliesen bersten.

»SKP fällt für eine Weile aus«, fährt Strohfuß fort. Er schlendert am Waschbecken vorbei, ohne den Hahn aufzudrehen. Plötzlich streckt er die Hand aus. »Ich entschuldige mich, Berliner. Auf dem Flur neulich, das war nichts Böses. Kleiner Spaß.«

Götzki zögert, nimmt schließlich die unreine Hand. »Schon okay. Ich habe unangemessen reagiert.«

»Drauf geschissen. Ganz ehrlich, ich hatte geglaubt, du wärst einer von den Klugscheißern, die Schär in den Arsch kriechen. Aber das stimmt nicht, du hast deinen eigenen Schädel, davor hab ich Respekt. Willkommen bei den echten Bullen. Melde dich übrigens mal beim Kollegen Komorowski. Denn einer wie Gampfer wird dir nicht weiterhelfen.«

Strohfuß drückt kräftig zu. Er hält den festen Griff eine Weile, ehe er Götzkis Hand wieder freigibt, und dreht ab.

Götzki bleibt mit seiner schmerzenden, kontaminierten Hand zurück, den Mund erstaunt geschlossen, die brennenden Augen auf die Klotür gerichtet, auf die jemand *Schärbenhaufen* gekritzelt hat.

49

Seit drei Tagen kein Lebenszeichen von Dr. Stefanie Blumenstein. Götzki fährt mit der S-Bahn nach Nierstein, um sich ein Bild vom Anwesen des Medizinerpaars zu machen. Ihn plagt eine finstere Ahnung, doch Ahnungen sind keine seriösen Quellen. Er beäugt Haus und Grundstück von allen Seiten und stellt fest, dass die Blumensteins nichts preisgeben. Die herabgelassenen Rollläden und Plissees sind angesichts der zornigen Hochsommersonne keine Besonderheit. Stefanie Blumensteins Sportwagen kann in der Tiefgarage stehen oder auch nicht. Tiefgarage! Götzki freut sich über einen Gedanken, aus der Ahnung wird mehr. Nicht völlig unzufrieden fährt er zurück nach Mainz.

Zwischen diesem Ausflug und dem Folgetermin überfällt ihn ein Kreislaufkollaps, aus dem er sich mit Willenskraft und viel Mineralwasser selbst befreit. Wie weit er mit der Beantwortung der Anfragen ist, will der im Treppenhaus auftauchende Schär mit vor Skepsis verkniffenem Gesicht von ihm wissen.

»Weit«, antwortet Götzki. Er hat andere Dinge im Kopf und es eilig.

Ralf Komorowski ist einer dieser Kriminalbeamtentypen, denen anzusehen ist, dass sie von der Akademie kommen, nicht von der Straße. Seine Größe und Statur ähneln der der beiden Towerventilatoren, die seinen Bürostuhl flankieren wie Säulen einen Thron. Der Oldtimerkalender an der Wand zeigt noch den letzten Monat an. Götzki bewundert den prachtvollen grauen Vokuhila des Kollegen aus dem Dezernat *PMK rechts*.

»Willkommen, Herr Götzki. Trinken Sie einen Espresso?«

»Danke, warum nicht?«

»Die Leute schimpfen immer über Kapselmaschinen«, doziert Komorowski, während er sich an seinem Exemplar zu schaffen macht. »Aber ich habe erst neulich gelesen, dass die Klimabilanz von Espressokochern weitaus schlechter ausfällt, weil ein Espressokocher viel mehr Energie benötigt. Wussten Sie das?«

»Ich trinke meistens Instantkaffee.«

Komorowski verzieht das Gesicht. »Sie sind wirklich hart gegen sich selbst. Gut, dass Stefan Sie zu mir geschickt hat.«

»Er hat mich nicht nur wegen des Kaffees an Sie verwiesen.«

»Natürlich nicht. Er hat von Ihnen geschwärmt. Sie sind ein Dickschädel und haben Eier. Einer, mit dem man arbeiten kann, kein Bürokrat.«

»Wenn er das sagt …« Götzki nimmt das Espressotässchen entgegen, das Komorowski liebevoll mit Zuckerstückchen und Löffel auf einem Unterteller reicht.

»Und er sagte, Sie interessieren sich für Johanna Blumenstein.«

»Ich würde es so formulieren: Als ich herkam, wurde mir der sehr interessante Fall Jessy Lafleur in die Hände gegeben und dann wieder weggenommen, weil der Täter angeblich feststeht. Aber ich halte Rachid Massoun für unschuldig.«

»Das vermag ich nicht zu beurteilen. Wir von der *PMK rechts* haben Johanna Blumenstein seit den Corona-Protesten beobachtet. Bis dahin fiel sie in Kollege Gampfers Sachgebiet, die politisch motivierte Kriminalität links. Irgendwann spendete sie nicht mehr für Seenotrettung, sondern finanzierte den Wahlkampf der Querdenkerpartei *Die Basis* mit. Ich habe angeboten, unsere Erkenntnisse zur Verfügung zu stellen, damit auch in diese Richtung ermittelt werden kann. Das wurde seitens der Staatsanwältin abgelehnt.«

»SKP wollte den Fall schnell abschließen, ihr Schwiegersohn hatte eine Affäre mit Johanna Blumenstein.«

»Das ist gut möglich. Ihre Begründung war, dass der Umsonstladen sensibles Terrain ist, weil dort Bundesbehörden verdeckt gegen Volker Penneke ermitteln.«

Götzki stellt sein Espressotässchen auf den Untersatz. »Wer ist Volker Penneke?«

»Ein kiffender Sozialist aus Bielefeld, der sich im Augenblick auch genau dort bei seinen Eltern aufhält. Er hat in den Nullerjahren in Mainz sein Studium in den Sand gesetzt und seither diverse linke Projekte ins Leben gerufen, zuletzt den Umsonstladen. Sein Spitzname: Ross. Viele fragen sich hier, was BKA und Verfassungsschutz von ihm wollen. Er gilt als harmlos.«

»Sind Sie sich da sicher?« Götzki hat plötzlich einen flauen Magen.

»Sehr sicher. Wir hatten ebenfalls einen V-Mann im Umsonstladen, der Johanna Blumenstein observiert hat. Was ich Ihnen sage, sind gesicherte Erkenntnisse.«

»Sie wollen damit ausdrücken, dass Lorenz für das LKA gearbeitet hat?«

Komorowski nickt. »Ich war der Erste, der von Ihren Nachforschungen dort erfahren hat. Aber ich war mir noch nicht über Ihre Rolle im Klaren. Daher haben wir einfach die Füße stillgehalten. Er hatte den Auftrag, Ihnen ein paar olle Kamellen zu erzählen, sollten Sie Kontakt aufnehmen. Und so ist es ja auch gekommen.«

»Kein Wunder, dass er unser Gespräch abgewürgt hat, als ich ihn fragte, woher er Johanna kennt.«

Götzkis Gegenüber lächelt.

»Wusste Herr Schär von dieser verdeckten Ermittlung?«

Komorowski lächelt noch breiter.

»Und wussten Sie«, fragt Götzki, »dass Ihr Observateur auch für Professor Bernhard Blumenstein tätig war, ebenfalls, um Johanna Blumenstein auszuspionieren?«

»Ein wunder Punkt.« Komorowski seufzt. »Es ist die übliche Doppelagentenproblematik, die es quer durch alle Behörden und alle verdeckten Ermittlungen gibt. Wissen Sie, was mich weitaus mehr beschäftigt, Herr Götzki?«

»Was?«

»Dass Johanna Blumenstein es war, die den V-Mann vom Verfassungsschutz angeschleppt hat.«

»Sie meinen, Johanna hat ebenfalls für …?«

»Ich meine gar nichts.« Komorowski steht auf und räumt

Götzkis Espressogedeck ab. »Johanna Blumenstein ist tot. Für mich ist die Sache erledigt. Sie, Herr Götzki, scheinen einen gewissen Ehrgeiz zu haben. Möglicherweise können Sie mit diesen Informationen arbeiten.«

Götzki begreift, erhebt sich und steuert die Tür an.

»Ach, ein Tipp noch, Herr Götzki: Denken Sie in Mainz immer in Netzwerken und Seilschaften.«

»Vielen Dank«, sagt Götzki und meint damit alles außer dem letzten Ratschlag.

50

Er hat sich ärztlicherseits Arbeitsunfähigkeit bescheinigen lassen, um ungestört arbeiten zu können. Im regulären Betrieb ist er mehr und mehr den Kontrollbestrebungen Schärs ausgesetzt und kann sich auch jenseits seiner Dysfunktionalitäten kaum konzentrieren.

»Sie haben Glück, Herr Götzki, normalerweise sind meine Montage vollgestopft mit Terminen.«

»Nochmals vielen Dank, dass wir die Möglichkeit haben, so spontan zu sprechen.«

Sie lächelt ihn offen an. »Haben Sie die Weine probiert?«

»Wenn ich ehrlich bin, nein. Mein Körper reagiert sehr empfindlich auf Wein. Selbstverständlich habe ich bemerkt, wie tief verwurzelt das Winzerhandwerk in Rheinland-Pfalz ist und mit welcher Hingabe man ihm hier nachgeht.« Worte an eine Innenministerin, die man um einen Gefallen bitten möchte.

»Rheinland-Pfalz ist ein wundervolles und leider oft unterschätztes Bundesland, Herr Götzki. Und das sage ich nicht meines Amtes wegen, sondern aus voller Überzeugung. Ich habe überhaupt keine Zweifel, dass Sie sich auf Dauer sehr wohl bei uns fühlen werden.«

»Es hat schon angefangen«, gesteht Götzki. »Ich bin inzwischen ein großer Fan von Spundekäs. In Kombination mit diesen Brezelchen ein absolutes Suchtmittel.«

Sie legt eine Hand auf seine und blickt ihn durchdringend, nahezu euphorisch an. »Wenn Sie Spundekäs mögen, Herr Götzki, müssen Sie unbedingt den in der Weinstube *Trenkel* probieren – der beste der Stadt!«

»Das«, er versucht, ihre Aufnahme von Körperkontakt als vollkommene Selbstverständlichkeit zu behandeln, »das werde ich mir merken, danke.«

Sie nimmt ihre Hand betont langsam von seiner, hält den offensiven Blickkontakt. »Was ist Ihr Anliegen, Herr Götzki?«

»Ich bitte Sie, die polizeiliche Suche nach Dr. Stefanie Blumenstein zu veranlassen.«

»Damit deuten Sie an, dass Frau Dr. Blumenstein vermisst wird – von Ihnen?«

Jetzt ist es Götzki, der sich zu ihr beugt. »Natürlich von mir. Ich werde ganz offen zu Ihnen sein, Frau Ministerin. Ich halte mich nicht an unsere Absprache, die, genau genommen, ja auch gar nicht meine war. Ich ermittele noch immer heimlich im Fall Jessy Lafleur. Ich hatte Kontakt zu Frau Dr. Blumenstein, habe mich mehrfach mit ihr getroffen und möchte mich mit ihr über aktuelle Erkenntnisse austauschen, nur, tja, sie ist nicht erreichbar. Ich habe ein ungutes Gefühl.«

Innenministerin Grothaus-Wegele nickt mit gehobenen Brauen. Wie Angela, wenn Götzkis Telefon während einer Sitzung klingelte. »Es ist sehr gewagt, dass Sie mir das erzählen, Herr Götzki.«

»Wagnisse sind der Spundekäs in meinem Berufsalltag.«

»Berichten Sie mir von Ihrem Stand der Ermittlungen? Es scheint ein anderer zu sein als der mir bekannte.«

»Gerne. Ich kann Ihnen mit Sicherheit sagen, dass …«

Sie hebt die Hand, um Götzki das Wort abzuschneiden. »Wie wäre es, Herr Götzki, wenn Sie mir nicht in diesem lieblosen Ministeriumsgebäude berichten, sondern heute Abend in meinem Jacuzzi? Seien Sie um zweiundzwanzig Uhr da. Es ist erst schön, wenn es draußen dunkel ist.«

51

»Du betrügst Ortrud mit der Innenministerin von Rheinland-Pfalz?« Maja sitzt in ihrem Potsdamer Zimmer am Notebook und hält Götzki ihr Tablet hin. Auf dem Display steht Frau Ministerin Grothaus-Wegele redenschwingend vor einem überdimensionierten Parteilogo. »Mit dieser Frau?«

»Es gibt sicher vorteilhaftere Bilder von ihr.«

»Unfassbar«, sagt Maja kopfschüttelnd. »Als panischer Paranoiker warst du mir sympathischer, Papa.«

»Betrügen ist außerdem nicht das richtige Wort.«

»Und was ist das dann zwischen der Polizeipsychologin und dir, wenn du sie mit dieser Whirlpoolaktion nicht betrogen hast?«

Götzki faltet die Hände und sackt auf seinem weißen Stuhl zusammen. »Ich weiß es nicht. Eine Liaison?«

»Eine Liaison? Was soll das bitte sein, eine Liaison? Glaubst du, wenn du ein französisches Wort benutzt, verwandelt sich deine Betrügerei in ein Kunstwerk?« Sie staunt ihn an. »Was haben die da unten aus dir gemacht? Bekommt dir das Klima nicht? Oder ist das einfach nur der Höhepunkt deiner Midlife-Crisis?«

Götzki fasst instinktiv nach der Stelle auf seinem Schädel, deren Haarwuchs seinem Altern zum Opfer gefallen ist. Er fühlt sich ungerecht behandelt. Schließlich hat er die Innenministerin ohne sexuelle Ambitionen kontaktiert und er ist noch immer darüber erschrocken, wohin sich jener Abend entwickelt hat, gleichwohl er spannende Dinge über seinen Vorgesetzten erfahren durfte und auch, dass sich die Professoren Prinz und Blumenstein, einst gute Freunde, schon lange nicht mehr ausstehen können.

»Es ging von Anfang an mehr von Ortrud aus«, behauptet Götzki, wenngleich ihm bewusst ist, dass ihm die Episode zwischen ihrem ersten Treffen im *Sixties* und wie er sich auf ihrem kleinen Balkon stehend vorfindet, fehlt. Er vermutet, dass Ortrud die Initiative ergriffen hat, weil er von sich weiß, dass er Frauen gegenüber sehr zurückhaltend ist. Und dann ist da noch der Verdacht, dieses kleine Pflänzchen, das zunächst nur unterirdisch keimte, das nun jedoch gedeiht und wuchert, seit er Ortrud aus Schärs Büro hat kommen sehen und sich sicher ist, dass sie ihn bemerkt hat, ehe sie unter Vortäuschung von Eile in die andere Richtung gegangen ist.

»Dir ist klar, wie verletzend so etwas sein kann, auch wenn ihr noch kein offizielles Paar seid? Möglicherweise bedeutet ihr eure gemeinsame Zeit etwas und du hintergehst sie mit einer Frau, die ihren Mann hintergeht.«

»Rheinland-Pfalz mag auf Sie hinterwäldlerisch wirken, Herr Götzki, aber Sie werden das familiäre Klima und die ungezwungene Geselligkeit zu schätzen lernen. Das Leben hier ist weniger kompliziert.« Die Worte der Innenministerin, während sie ihm unter Wasser maximal nahekam.

Zweieinhalb Tage ist es her, dass er mit der Politikerin ungezwungen gesellige Zeit verbracht hat.

»Ortrud steht in mehreren Beziehungen zu mir und ich zu ihr. Wir können kein Paar sein, weil wir so etwas wie eine Gruppe sind. Ich muss erst noch herausfinden, ob Ortrud und ich diese Gruppe Hand in Hand verlassen oder ob mir eine der anderen Ortruds ein Messer in den Rücken rammt.«

»Was redest du für konfuses Zeug? Du brauchst Ortrud, ich fühle, dass sie dir guttut. Übrigens gibt mir dein weißes Apartment genau diese verwirrten Vibes.«

»Es ist leicht, jemanden als gestört abzustempeln. Oder als paranoid. Oder als schizophren.« Er betrachtet die Patronenhülse. Sie steht neben seinem Notebook und wirft einen Schatten. Werfen Einbildungen Schatten? Seit er sie ansehen kann, sieht er keine Käfer mehr. »Ich war für eine ganze Weile versucht, mich selbst für bekloppt zu halten. Das ist nicht die richtige Erklärung, jedenfalls nicht für alles. Du kannst mir glauben – oh, Augenblick, mein

Vorgesetzter ruft an.« Götzki deaktiviert Kamera und Mikrofon seines Notebooks.

»Herr Götzki? Ich weiß, Sie sind krankgemeldet. Aber wir brauchen Sie dringend bei *Reguna-Pharm*.«

52

»Sehen Sie sich das an«, sagt der Streifenkollege, als sie auf das Gelände von *Reguna-Pharm* biegen und das Blaulichtgewitter über den Dächern der zahlreichen Einsatzfahrzeuge ins Blickfeld rückt. »Sie kennen so was ja …«

»Eigentlich nicht, ich bin Schreibtischtäter«, erwidert Götzki. »Aber in dieser Gegend erreicht man vom Schreibtisch aus nicht viel.«

Schär öffnet atemlos die Beifahrertür. »Kommen Sie schnell mit.«

Götzki faltet sich aus dem Wagen. »Was ist los?«

»Eine Geiselnahme. Es ist Bernhard Blumenstein. Er muss erfahren haben, dass wir ihn verhaften wollen, und ist hier aufgetaucht. Wir wissen nicht genau, womit er bewaffnet ist. Jedoch haben wir eine klare Forderung von ihm. Er möchte mit Ihnen sprechen. Trauen Sie sich das zu?«

»Hat es die Verhandlungsgruppe schon versucht?«

»Vergeblich. Sie sind Schritt Nummer zwei. Ich möchte Sie nicht unter Druck setzen, nur wenn Sie ihn nicht zur Aufgabe überreden können, dann …«

»Verstehe.«

»Und das sollten wir verhindern. Fühlen Sie sich dazu in der Lage. Herr Götzki? Ich frage vor allem im Hinblick auf Ihr … Ihre …«

»Sie meinen meine psychische Auffälligkeit? Sprechen Sie es ruhig aus.«

»Bitte denken Sie nicht, dass ich an Ihren Fähigkeiten als Kriminalbeamter zweifele.«

»Dann ist ja alles prima.« Götzki grinst seinen Vorgesetzten an. Eine Geiselnahme ist genau das, was er jetzt benötigt, um seine Diensttauglichkeit unter Beweis zu stellen, auch wenn er Schiss hat wie ein ordinärer Zivilist. Gott weiß, was Blumenstein gerade durchlebt und zu welchen Handlungen er sich in einer dermaßen dramatischen Lage hinreißen lassen könnte. Götzki fürchtet Ärzte. Wem es gegeben ist, Menschen gesund zu machen, dem fällt es umso leichter, sie umzubringen.

»An der schusssicheren Weste ist ein Mikrofon befestigt, sodass wir hören können, wie es drinnen läuft«, erklärt Schär, während ein eifriger Kollege Götzki in das schwere Teil hilft. »Wenn Sie das Codewort Lama benutzen, stürmen wir. Sehen Sie zu, dass Sie sich sofort auf den Boden werfen und flach liegen bleiben.«

»Lama?«

»Es ist kein Wort, von dem wir ausgehen müssen, dass Sie es im Dialog mit dem Geiselnehmer verwenden, und es ist trotzdem selbst unter großem Stress noch leicht auszusprechen.«

»Wie viele Geiseln hat er?«

»Zwei«, antwortet nicht Schär.

Götzki fühlt einen Stich im Bauch. Er dreht sich herum. SKP. Sie ist aschfahl, hat prachtvolle Augenringe, führt unter Schüttelfrost eine Zigarette zu ihrem blassen Mund.

»Meinen Mann und seine Sekretärin. Herr Götzki, bitte sorgen Sie dafür, dass es unblutig ausgeht. Mein Schwiegersohn ist tot. Meine Tochter ist ein Wrack. Wenn ich jetzt noch meinen Mann verliere, dann ... dann ...«

Die bibbernde SKP wird von einer Art Ortrud in Blondgrau an den Rand der Szenerie geführt.

Götzki nickt verständnisvoll. Auch er hofft inständig, dass Blumenstein kein Blutvergießen beabsichtigt, denn irgendwie hat er sein unaufgeräumtes, demoliertes Dasein lieb gewonnen und möchte noch nicht sterben. Außerdem möchte er bei der Nachbesprechung die Gelegenheit erhalten, die vorbildliche Räumung und Absperrung des Ortes zu loben.

Sam und Ali stehen plötzlich vor ihm. Götzki fragt sich, ob sie seine Angst sehen können. Sam fällt ihm in die Arme und zerdrückt ihn fast.

»Gerade mal ein Vierteljahr bist du …«, beginnt sie, der Rest ist Schluchzen.

»Du bist der Supercop aus Berlin, du schaffst das schon«, scherzt Ali, wobei er kein bisschen lächelt.

Schär gibt Götzki einen Zettel. »Das sind die Waffen, die auf Blumenstein zugelassen sind. Er besitzt einen Waffenschein und einen Jagdschein.«

»Zwei Revolver und ein Gewehr, ich kenne mich mit Waffen nicht gut aus. Welche davon benutzt er?«

»Das wissen wir nicht. Er hat einen Schuss abgegeben, als er Professor Prinz' Büro betreten hat. Das hat ein Angestellter ausgesagt, der sich auf dem Flur aufhielt und flüchten konnte. Wir hatten kurz telefonischen Kontakt zu Blumenstein. Er war nicht kooperativ und hat gesagt, er will mit Ihnen sprechen, und sollten wir versuchen, ihn zu täuschen, bringt er die Geiseln um.«

Götzki fühlt einen Adrenalinschub, nicht als heißen Schwall, sondern als kühles, belebendes Strömen im ganzen Körper. Ein Cocktail aus Todesangst und Heldenmut.

»Das Büro ist im sechsten Stock. Es ist vom SEK umzingelt. Wenn Sie Lama sagen, haben Sie eine Sekunde, um auf den Boden zu kommen, in der zweiten Sekunde stürmen die Männer das Büro und schalten Blumenstein aus.«

»Das haben Sie mir bereits mitgeteilt.« Als würde Schär die Eskalation herbeisehnen, findet Götzki. »Ist seine Frau aufgetaucht?«

Schär kriegt große Augen. »Woher wissen Sie …?«

»Flurfunk«, kontert Götzki, obschon er seit Tagen keinen dieser Flure betreten hat, stattdessen gleich die Flure von *Reguna-Pharm*. Auch Luthes Büro ist im sechsten Stock gewesen, er war schon dort oben. Man blickt über rheinhessische Weinberge.

Götzki muss daran denken, was ihm Jessy Lafleur in einem ihrer weniger sportlichen und mehr weltanschaulichen Videos verraten hat: Er muss manifestieren. Muss per Gedankenkraft dem Universum das Schicksal aus der Hand nehmen und es selbst gestalten. Muss demnach das unblutige Ende der Geiselnahme ganz einfach in die Realität wünschen. Was für ein Quatsch. Und doch klammert sich Götzki an den Gedanken.

Im Foyer von *Reguna-Pharm* plätschert ein Brunnen vor einer Wand mit einem riesigen Zitat von Oscar Wilde: *Gesundheit ist die erste Pflicht im Leben.* Götzki rätselt, wie dieser Ausspruch zu einem Geschäftsmodell passen soll, das auf dem Kranksein von Menschen beruht. Würden die Menschen dieser Pflicht nachkommen, wäre der Look der Empfangshalle sicher bescheidener.

»Ich bringe Sie hoch.« Ein Kollege in Kampfmontur reißt ihn aus seinen Gedanken. »Wenn Sie es irgendwie hinkriegen können, sorgen Sie dafür, dass Sie nicht zwischen dem Geiselnehmer und der Tür stehen. Am besten, Sie …«

»… werfen sich auf den Boden. Ich weiß.«

»Vielleicht bleibt uns das ja erspart.«

»Das versuche ich zu erreichen.«

An den möglichen Fluchtwegen sind schießbereite Polizisten postiert. Schwarze Maschinen, die nur aus Augen bestehen. Götzkis Begleiter trägt keine Sturmhaube. Er hat ein jungenhaftes Gesicht, ist sicher keine dreißig Jahre alt.

»Sind Sie aufgeregt?«

»Eher gespannt«, sagt Götzki, ohne zu wissen, ob er dieses diffuse Gefühl korrekt benennt. Er würde seinen Puls auf vierzig schätzen, doch vermutlich ist er bei hundertvierzig. Oder andersrum. Und ob ihm einfach nur die Schwüle zusetzt oder sich einer seiner Anfälle anschleicht, ist ebenfalls nicht einwandfrei festzustellen. Während des Gesprächs mit dem bewaffneten Geiselnehmer das Bewusstsein zu verlieren wäre ein Szenario, gegen das zu manifestieren sich lohnen könnte.

Sie warten auf den Aufzug.

»Sie sind derjenige, der den russischen Capo gekriegt hat?«

»In Teamarbeit.«

»Was man so aufschnappt. Respekt. Und jetzt das.«

»Ich habe mich nicht auf eine Geiselnahme beworben.«

Der Junge grinst ihn an. »Anscheinend ja schon oder wieso verlangt er so ausdrücklich nach Ihnen?«

Götzki benutzt den Aufzugspiegel, um einen besänftigenden, wohlwollenden Gesichtsausdruck einzuüben. »Er verbindet etwas ihm Wichtiges mit mir.«

»Dann wirken Sie hoffentlich beruhigend und regen ihn nicht weiter auf. Wir sind trotzdem auf alles vorbereitet.«

Es ist nicht das, was Götzki gerade hören möchte. Dazu der Gedanke, dass ihn Richter und Henker in einer Person erwarten. Er holt sein Smartphone hervor und wählt die Nummer seines Vorgesetzten, zur Sicherheit.

»Ich bleibe beim Aufzug«, erklärt der Begleiter, während sich der Blick auf Stockwerk sechs öffnet, das wie alles andere im Gebäude aussieht, hochglänzend und seelenlos. »Sie gehen rechts um die Ecke. Dritte Tür rechts. Die Kollegen versammeln sich vor dem Büro, wenn Sie drin sind, für einen schnellen Zugriff. Gutes Gelingen.«

Irgendetwas knirscht. Die Fensterfront unter der heißen Hand der Sonne möglicherweise. Ihr sind zwei letzte Einsatzkräfte ausgeliefert. Dann zehn menschenleere Meter bis zur Tür.

»Hier ist Adam Götzki«, sagt er mit klarer, hörbarer Stimme und beruhigendem Tonfall.

Die Tür ist so schwarz wie ein Durchgang in die Unendlichkeit. Eine Frau öffnet, ein Gesicht voller Rahmenbrille, zugekniffene Augen, verzogener Mund, leise wimmernd angesichts des Bewaffneten im Rücken.

»Die Frau kann gehen«, befiehlt Blumenstein außerhalb Götzkis Sichtfeld.

Sie tut es und er hört, wie noch vor der Korridorecke die Dämme ihrer Zurückhaltung brechen, wie ihre Angst implodiert.

Er wackelt seine Zunge vom klebrigen, trockenen Gaumen weg.

»Ich komme rein, Herr Blumenstein.« Wie unpassend an der Grenze zum Unseriösen, dass es sich reimt.

»Ja, kommen Sie rein und schließen Sie die Tür. Bleiben Sie mit dem Rücken zur Tür stehen.«

Götzki blickt direkt zu Prinz, der an einem Fenster lehnt und keineswegs verängstigt, eher äußerst verdrossen wirkt.

»Ich hoffe, ich hole Sie nicht aus dem Urlaub«, meldet sich Blumenstein aus der gegenüberliegenden Ecke. Er trägt ein weißes Hemd, kurzärmlig, und karierte Boxershorts. Sein Outfit zeugt davon, dass er nicht viel Zeit hatte zu fliehen.

»Herr Blumenstein, ich trage ein Mikrofon. Ich möchte ganz transparent mit Ihnen kooperieren, Sie sollen genau wissen, was wir von unserer Seite aus tun. Alles, was wir reden, wird mitgehört.«

»Gehen Sie ans Fenster und werfen Sie es raus, so, dass ich es gut sehen kann.«

Götzki gehorcht.

»Und jetzt wieder zur Tür. Mit dem Gesicht in den Raum, genau so. Wissen Sie, warum Professor Prinz am Fenster steht? Ich hatte gehofft, Ihre Kollegen erschießen ihn. Das funktioniert wohl leider nicht und am Ende bin ich es, der seine Munition verschwenden muss.«

»Niemand da draußen hat die Absicht, einen Schuss abzugeben. Ich bin dafür, dass Sie mir sagen, wie wir zu einer für Sie zufriedenstellenden Auflösung dieser Situation kommen können, ohne dass geschossen wird.«

»Wenn es zufriedenstellend sein soll, *muss* ein Schuss fallen. Hubert, wie fühlst du dich so kurz vorm Tod?«

»Ist denn nicht schon alles schlimm genug, Bernhard? Das führt doch zu nichts.«

»Herr Blumenstein, niemand wird schießen. Ich bitte Sie, schießen auch Sie nicht.«

»Bitten Sie mich nur, Herr Götzki. Mein Magazin ist voll. Genug für uns drei.«

»Du bist ja geisteskrank.«

»Herr Prinz, ich möchte Sie bitten, nichts zu sagen. Ich würde

Herrn Blumenstein gerne zuhören. Denn Sie haben mich sicher hergebeten, um mir etwas mitzuteilen?«

»Richtig. Ich möchte, dass Sie wissen, warum alles so kommen musste, wie es gekommen ist. Vor gut einem Jahr hat der liebe Professor Prinz mir offenbart, dass er zwei Dinge beweisen kann. Erstens, das Interview meiner Tochter mit Aaliyah Beier ist gekauft. Zweitens, meine Frau hat sich von der Realität verabschiedet und ist Mitglied einer Querdenkerzelle. Um zu verhindern, dass diese Dinge öffentlich werden und den makellosen Ruf unserer Familie beschädigen, habe ich auf einen Posten im Vorstand verzichtet. Normalerweise wäre ich jetzt der zweite Vorsitzende von *Reguna-Pharm*. So ist es dieser Kurpfuscher geworden.« Er deutet mit dem Revolver auf Prinz. »Fachlich wie menschlich eine Fehlbesetzung, aber seine Skrupellosigkeit hat ihm schon immer den Weg geebnet.«

Prinz wendet sich an Götzki. »Ich hoffe, Sie können diesen absurden Wahnsinn beenden.«

Götzki blickt Blumenstein an, während er Prinz antwortet. »Sie sehen so gut wie ich, dass Herr Blumenstein die Kontrolle hat. Es steht nicht in meiner Macht, diese Situation zu beenden. Ich möchte natürlich gerne wissen, wie sich Herr Blumenstein das Ende dieser Situation vorstellt. Daher höre ich ihm aufmerksam zu und ich bitte Sie noch einmal, Herr Prinz, nur dann zu reden, wenn Herr Blumenstein Sie explizit dazu auffordert.«

»Vielen Dank, Herr Götzki, Sie gehen Ihrem Beruf gewissenhaft nach. Ich weiß es zu schätzen, von der Polizei professionell behandelt zu werden. Wohingegen du, lieber Hubert, bloß wieder derselbe lächerliche, arrogante Mensch bist wie immer.« Er richtet seine Waffe auf Prinz und genießt es, als der zu zittern und zu japsen beginnt. »Professor Prinz und seine Gattin, die Frau Staatsanwältin, haben von Anfang an alles dafür getan, um ihren Schwiegersohn zu schützen, ihn und seine Vorzeigefamilie. Ich hatte einmal eine hohe Meinung von Herrn Luthe. In Wahrheit war er ein verkommener Charakter, genau wie sein Schwiegervater.«

»Die Taktik der Frau Staatsanwältin spielte Ihnen in die Karten.«

»Stimmt. Ich hatte nichts zu befürchten. Dennoch können Sie sich vorstellen, in welcher Verfassung ich mich befand und bis heute befinde. Zwischen uns herrschte der blanke Hass und dennoch ist sie meine Tochter. Ich habe mir selbst das Herz herausgerissen.« Blumenstein weint, doch seine Stimme bleibt kalt und hart. »Ich hatte es nicht geplant. Ich wollte vernünftig mit ihr reden, über ihren Umgang mit ihrem Vermögen und ihre kruden Ansichten. Und sie – provozierte mich! Sie zog alles in den Dreck, was ich je für sie getan habe, sie machte sich über mich lustig. Ich konnte nirgends mehr hin mit meiner Wut, ich erstickte fast und bat sie aufzuhören, aber sie hörte nicht auf, und da nahm ich dieses Stativ, es lag eingeklappt auf der Küchenzeile und ...«

Götzki nickt. »Wo ist Ihre Frau?«

Blumenstein schweigt eine Weile, betrachtet versonnen den Revolver in seiner Rechten. Schließlich hebt er den Blick. »Sie hatte Johannas Notebook gefunden und dieses letzte Video hochgeladen. Da war mir klar, dass es vorbei ist. Ich habe sie erlöst. Es war ja kein Leben mehr für sie. Sie müssen sich nicht sorgen, Herr Götzki. Meine Frau musste nicht leiden. Ich bin schließlich Arzt. Sie lag friedlich in unserem Bett und ist in Würde gegangen.«

Ein paar Sekunden muss Götzki verdauen, dass sie wirklich tot ist. In seine Anspannung mischt sich Übelkeit.

»Sie wissen, was ein Leben ausmacht, Herr Götzki?«

Götzki würde ihn am liebsten anbrüllen, dass Leben vor allem bedeutet, nicht von einem anderen vorsätzlich beendet zu werden. Ihm ist bewusst, dass er den Geiselnehmer genau dazu verleitet, wenn er ihn unter Stress setzt.

»Nein. Ich bemühe mich seit über vierzig Jahren darum, aber – nein.«

»Das schlägt sich in unseren Berufen nieder. Ich bin ein Wissender, Sie ein Suchender.« Blumenstein lacht für zwei Sekunden mit hängenden Mundwinkeln unter seinem hellgrauen Vollbart.

»Ich sehe mich durchaus auch als einen Wissenden. Ich weiß, dass Leben schützenswert ist«, entgegnet Götzki.

»Schützenswert«, echot Blumenstein schroff. »Hubert, hältst du dein Leben für schützenswert?«

»Du krankes …«

Götzki bedeutet Prinz zu schweigen. »Welche Vorstellung haben Sie von Ihrem eigenen Leben, Herr Blumenstein?«

»Ich werde Deutschland verlassen. Diese bornierte Gesellschaft ödet mich an, dieses stumpfsinnige, verwöhnte Volk mit seinen debilen Wortführern und seinen lächerlichen Idealen, die nichts als flüchtiger, launischer Konsum sind …«

»Sie können«, beginnt Götzki, er muss seine Stimme in Ordnung bringen, die schwere Zunge zu heben kostet Kraft, »Sie können Forderungen nennen, solange Sie ein unblutiges Ende der Geiselnahme in Aussicht stellen. Sobald es Verletzte oder Tote gibt, haben Sie diese Möglichkeit nicht mehr, und Ihr Vorhaben, Deutschland zu verlassen, rückt in weite Ferne.«

»Sie wissen, warum ich ausgerechnet in dieser Ecke stehe?«

»Der Scharfschütze auf dem Dach gegenüber kann Sie nicht treffen.«

»Richtig, Herr Götzki. Und das ist ja nur einer von vielen Scharfschützen, ich mache mir nichts vor. Ich weiß, wie verschwindend gering meine Chance auf ein Leben in Freiheit auch ohne Blutvergießen ist. Also werde ich Prinz erschießen. Sie können es nicht verhindern. Über alles andere können wir gerne reden.«

»Hat David Luthe wirklich die Explosion im Labor herbeigeführt?« Götzki spielt auf Zeit, will die Last der Aufmerksamkeit von Prinz nehmen, der seine Panik nicht mehr verbergen kann.

Blumenstein lacht. »Luthe? Nein. Dieser lächerliche Mensch hat seinen Fingerabdruck dafür hergeben müssen. Ich vermute, dass Johanna aus diesem Grund mit ihm im Bett war. Die Bombe? Einer dieser törichten Anarchisten aus dem Dunstkreis meiner Tochter war es, Micha. Vermutlich dachte er, damit eine fürchterliche Epidemie auszulösen. In Wahrheit forscht *Reguna-Pharm* am Standort Nieder-Olm an harmlosen Grippeviren. Aber so sind diese Spinner, sie handeln an der Realität vorbei.«

»Sie kennen Micha?«

»Selbstverständlich. Ich habe Marc Lorenz sehr großzügig für die Informationen aus dem Umsonstladen bezahlt. Ich habe ihn zusätzlich für Informationen aus dem LKA bezahlt, auch für Informationen über Sie, Herr Götzki. Und ich hätte ihn noch viel großzügiger bezahlt, wäre es ihm gelungen, meine Tochter aus diesem Verderben zu befreien. An jenem unglücklichen Tag hatte ich wieder einmal versucht, meine Tochter von all diesem Wahnsinn abzubringen. Vergebens, alles vergebens. Und als sie da lag und aus ihrem zerbrochenen Kopf lief das Blut und verteilte sich langsam um ihren toten Körper, da entschied ich mich dafür, nicht weiter einzugreifen. Denn das alles hatte nun keinen Sinn mehr.«

»Sie hatten das Notebook?«

»Ich glaubte, es gut versteckt zu haben. Aber meine Frau hat es gefunden und das letzte Video hochgeladen.«

»Und mir Texte weitergeleitet, die vermutlich Ihre Tochter verfasst hatte.«

»Dieses irre Geschreibsel? Ja, daran konnten Sie ja sehen, wie es um meine Tochter bestellt war. Sie war nicht mehr zurechnungsfähig.«

»Weswegen Sie beim Amtsgericht die rechtliche Sorge für sie beantragt haben.«

Blumenstein funkelt Götzki an. »Sie haben auch eine Tochter, nicht wahr?«

»Ja.«

»Was würden Sie tun, wenn Sie mit ansehen müssten, wie Ihre Tochter vor die Hunde geht? Wie sie alles, was Sie ihr gegeben haben, wegwirft? Wenn sie ihre Privilegien aufgibt, für die Sie gekämpft haben, für die Sie viele Opfer gebracht haben? Was würden Sie tun, Herr Götzki?«

»Ich verstehe Ihren Schmerz und Ihre Verzweiflung, Herr Blumenstein.«

»Das glaube ich Ihnen sogar.« Der Mediziner lächelt plötzlich. »Sie haben so etwas an sich, Herr Götzki. Als Sie bei uns waren, hatte ich für einen Sekundenbruchteil den Impuls, es zu gestehen. Es einfach rauszuschreien: Ja, ich habe meine Tochter erschlagen! Dann hatte ich wieder den Gestank in der Nase, den Gestank dieses Lochs, in dem sie gehaust hat, zwischen verelendeten Menschen und Müll auf der Straße und im Treppenhaus, und mir war wieder völlig klar, dass es gar nicht meine Tochter gewesen ist, die ich erschlagen habe, sondern ein Monster, ein Zombie. Mein Kind Johanna war zu diesem Zeitpunkt längst nicht mehr da.«

»Sie hatten Zugang zur Tiefgarage am Zollhafen, nicht wahr? Nach der Tat nahmen Sie den Wohnungsschlüssel an sich und fuhren sofort rüber in die Wallaustraße.«

»Als ich an diesem Ort war, da fühlte es sich richtig an, dass sie nicht mehr lebte.«

Götzki schweigt. Er kämpft gegen die Kräfte, die ihn zu Boden bringen wollen. Die Atemluft schwebt vor ihm davon, er muss nach ihr schnappen. Über das Gebäude donnert ein Flugzeug.

»Herr Götzki, Sie sind der Letzte, der mit meiner Frau gesprochen hat. Mich hat sie nur noch angeschwiegen. Was hat sie gesagt?«

»Wir … Entschuldigung, es ist die Hitze …« Er stützt die Hände auf die Oberschenkel. »Wir haben über Johanna gesprochen, über ihre Jugend und …«

»Jaja«, Blumenstein wird jäh ungeduldig, »das kann ich mir denken. Ich meine, ob sie etwas darüber gesagt hat, wie sie sich fühlt? Was sie für mich empfindet? Verstehen Sie, ich hatte keinen Kontakt mehr zu meiner Frau, sie war eine leere Hülle und vielleicht hat sie Ihnen gegenüber noch etwas von sich gegeben.«

»Vor allem wollte sie demjenigen in die Augen sehen, der ihre Tochter umgebracht hat«, entgegnet Götzki keuchend. »Und das hat sie ja.« Langsam wird es dunkel für ihn. Seine Kräfte schwinden. Er kann es wohl nicht länger aufhalten.

Blumenstein nickt, blickt ins Leere. »Alles dahin. Alles, alles dahin.« Dann schaut er Götzki an, entsichert den Revolver. »Professor Prinz und ich werden jetzt gehen, Herr Götzki.«

»Nein!«, entfährt es Prinz.

Götzki ruft mit dem letzten bisschen Atemluft »Lama«, während er umkippt.

53

»Ich muss mich bei dir entschuldigen, Adam. Ich hatte wirklich die Hoffnung, du kannst in Rheinland-Pfalz zur Ruhe kommen. Wer konnte schon damit rechnen, dass du dort Geiselnahmen beenden musst?«

»Vielleicht ein erfahrener und weitsichtiger Verbrechensbekämpfer wie du?«

»Weitsichtig? Ich sitze hier zwar in den Treptowers, doch ich kann nicht in die Zukunft sehen. Nur auf die Spree.«

»Die Spree fehlt mir«, sagt Götzki mit einem wehmütigen Blick aus dem Fenster. »Aber es geht mir gut. Immerhin habe ich wieder Erfolg im Job. Die Geiseln haben überlebt und der falsche Verdächtige ist frei.«

»Dieser Künstler … Wie verkraftet er den Irrtum?«

»Er hat vorm Mainzer Polizeipräsidium eine spontane Kunstaktion gegen Polizeiwillkür umgesetzt. Die Kosten für die Beseitigung der Farbe wird er tragen müssen.«

»Danke jedenfalls, dass du Kicker enttarnt hast.«

»Nicht der Rede wert. Ich ärgere mich, dass ich ihm so blind vertraut habe.«

Höhner hantiert mit Pfeifentabak. »Ich bin heilfroh, dass in diesem Labor nicht an biologischen Kampfstoffen gearbeitet wurde.«

»Eine typische Verschwörungsgeschichte.« Götzki nickt. »Mich wundert, dass ein intelligenter Mensch wie Kicker darauf reingefallen ist.«

»Er hat sich während der Pandemie in Filterblasen radikalisiert. Wie so viele. Unsere Cyberforensiker durchforsten gerade seinen privaten Rechner. Es ist erschütternd. Ein gestandener BKA-Mann, der an den Deep State glaubt und sich auf den Tag X vorbereitet. Wir nehmen uns jetzt sein Netzwerk vor, mir graut schon vor weiteren bösen Überraschungen. Fest steht, dass in diesem

Umfeld weitere Anschläge geplant waren.« Höhner schielt auf den qualmenden Pfeifenkopf, dann blickt er Götzki an. »Dieser Bart, du scheinst mir etwas verwildert zu sein dort unten. Wie geht es dir psychisch?«

»Darüber würde ich gerne mit Angela sprechen.« Götzki grinst. »Leider hat sie keine Kapazitäten.«

»Du hättest dir nicht helfen lassen, wenn wir nicht agiert hätten.«

Götzki öffnet eine Tüte Salzbrezeln und zückt sein neu gewonnenes Suchtmittel. »Ich fühle mich gesund, Ludwig. Ich habe mich die ganze Zeit über gesund gefühlt.« Er dippt großzügig, so großzügig, dass der Spundekäs die kleine Brezel bedeckt und an seinem Daumen klebt. »Was mich heimsucht, ist ein körperliches Leiden und meinetwegen auch ein klein bisschen Psyche, aber wirklich nicht viel.«

»Gehst du schon wieder arbeiten?«

»Selbstverständlich.«

»Trotz der Geiselnahme?«

»Wieso nicht? Würde ich zu Hause sitzen, hätte ich zu viel Zeit, mich davon belasten zu lassen. Außerdem haben alle Geiseln überlebt. Der Geiselnehmer wollte sterben. Seinen Tod konnte ich nicht verhindern.«

»Klingt für mich, als wäre Arbeitswut noch immer deine Verdrängungsstrategie.« Höhner schüttelt den Kopf. »Wo setzen sie dich jetzt ein? Weiterhin Autoteilemafia?«

»Abteilung 5, Dezernat 52, *PMK rechts*. Dein Freund Schär sagt, ich hätte einen guten Riecher für das Thema.«

Höhner klopft anerkennend auf den Tisch. »Apropos Riecher, was isst du da?«

»Spundekäs. Ist eine rheinhessische Spezialität.«

»Du scheinst tatsächlich in Mainz angekommen zu sein«, stellt Höhner erfreut fest.

»Nein«, erwidert Götzki kauend. »Es ist trotzdem vielleicht ganz gut, eine Weile nicht in Berlin zu sein. Angela hat gesagt, wer in einer großen Stadt einsam ist, hat ein erhöhtes Risiko, an Schizophrenie zu erkranken.« Er leckt den Spundekäs von den Fingerspitzen. »Rückblickend muss ich gestehen, dass Kicker durchaus einsam auf mich wirkte, als er so in seinem Keller saß und sich mit Kuchen vollstopfte. Er hätte sich sicher sehr über deine Hilfe gefreut, Ludwig.«

»Mit dieser Häme muss ich wohl leben.«

»Angela würde sagen, du musst sie er-tragen.«

54

»Wir Fleurist*innen sind also die ganze Zeit einer Rechtsterroristin gefolgt.« Maja wirkt resigniert. Sie rührt ihren Tee nicht an, was untypisch für sie ist. Normalerweise umklammert sie die Tasse mit beiden Händen und hält sie nah am Gesicht.

»Es ist komplexer. Sie bestand aus drei Personen. Du bist nicht der Rechtsterroristin gefolgt, sondern der Yogatrainerin. Ihr Fleuristinnen habt euch nichts vorzuwerfen.«

»Wir werden überall geshamed und verurteilt.«

Götzki nickt verständnisvoll. »Der Graben wird tiefer. Wir Menschen leben in zwei Welten und erreichen uns nicht mehr.«

»Wie wir und Mama.«

»Ja vielleicht. Ich habe immer noch die Hoffnung, dass sie eines Tages davon wegkommt und wieder normal wird, was immer das bedeutet.«

»Wie geht es mit dir und Ortrud weiter?«

»Ich habe ihr gebeichtet, dass ich mit der Innenministerin im Whirlpool war. Sie hat mir gebeichtet, dass sie von Anfang an den Auftrag von Schär hatte, Kontakt mit mir aufzunehmen. Wir haben eine Menge Ich-Botschaften gesendet und sind uns einig, dass wir erst mal unsere Leben in Ordnung bringen müssen, bevor wir uns aufeinander einlassen können. Dazu gehört auch, dass ich meine gescheiterte Ehe aufarbeite. Das ist bis heute überfällig.«

»Wie überraschend.«

»Trinkst du den Tee noch?«, fragt Götzki und ärgert sich über den Sarkasmus seiner Tochter. Er hat erwartet, dass sie feinfühliger und wertschätzender reagiert, wenn er sich öffnet. Klingt nach Angela, hat er aber von Ortrud gelernt.

Maja verneint, indem sie ihrer beider Getränke bezahlt.

Draußen in Berlin Ende September sind es nur knapp unter

dreißig Grad. Der Rekordsommer lässt nicht nach. Sie gehen ein Stück die Straße runter.

»Ich kann sie nicht mehr sehen«, sagt Maja mit Blick zur Sonne.

»Komm zu mir nach Mainz. Mainz hat weniger Sonnenstunden als Berlin.«

»Sicher nicht«, lacht sie. »Ich bleibe lieber hier und genieße, dass mein Vater panische Angst um mich hat.«

Sie erreichen das Auto. Götzki hat den Kleinwagen vor ein paar Jahren aus väterlichem Eifer angeschafft, doch Maja nutzt ihn kaum. Sie hat ihm angeboten, er solle ihn mit nach Mainz nehmen. Götzki sagt, in einem solchen Dorf braucht er kein eigenes Fahrzeug. Er kann nicht mal damit zur Arbeit fahren, denn auf dem Gelände des LKA stehen so viele beschlagnahmte Autos, dass in Mainz Wohnhafte nicht mehr dort parken dürfen.

»Ich habe keine panische Angst«, sagt Götzki. »Ich bin leicht besorgt wie ein ganz gewöhnlicher Vater.«

»Natürlich. Oh, was ist das?« Sie hebt etwas vom Boden auf, hält es prüfend nach oben. Die Sonne spiegelt sich blitzhell in dem Gegenstand. »Ist das eine Patronenhülse?«

Lust auf weitere Lektüre?

Alexander Köhl

Vermächtnis einer Fremden

ISBN 978-3-98659-016-1
Auch als eBook erhältlich

Ein mysteriöses Vermächtnis, ein ungeklärter Mord
und ein Biograf auf den Spuren seiner eigenen Vergangenheit

Der Berliner Biograf und Ex-Polizist Tom Berger erhält einen geheimnisvollen Brief: Es ist eine Kopie des Testaments der Industriellenwitwe Flora Meininger, in dem er als Alleinerbe geführt wird. Rätselhaft, denn er kennt diese Frau nicht. Er beginnt zu recherchieren und findet heraus, dass Flora Meininger seit Jahrzehnten unter falscher Identität lebt und unter dringendem Mordverdacht steht. Berger begibt sich auf die Spuren seiner eigenen Vergangenheit – ohne die tödliche Bedrohung für sein Leben zu erkennen.

Ein wendungsreich-emotionales Drama über ein düsteres Kapitel deutsch-deutscher Geschichte.

grafit